【摳門鬼隔壁沉睡】

鍾偉民

目錄

陽台
常香
床
細雪櫃
浴室
陽台大度
跳板
①號紅門
海瑞(修)
床
三兄弟
浴室
⑤號青門
陸綺
伍婉媚
陽臺
平面圖。
補助安全
②號橙門
彩香(白)
男廁
⑥號藍門
1. 林修甚
2. 三次
陽台
850尺
床太擠倒
陽臺地球
過道太窄了雪櫃過不
③號黃門
中富
廁所
床
水缸
⑦號紫門
七口
雙層床
五斗雪櫃貼牆。
④號綠門
水龍頭
林橙
雪櫃
浴室
滾樓梯
阿富。
廚門
大門
電梯
櫃子兜陽台玩耍。

紅線

——「1」號紅門佟海蘯

突然間，她從一場雨裡長出來。一場紅雨，水漚壞了腳踝。一塊塊絳色手絹，晾不穩，撲下來滿街漂送，那圖案，白刃般削人。萬國歌座外牆，燈箱裡，釘死的臨時歌后，譬如，酸梅姐，譬如陳楚楚，乾笑硬照上化了，居中黃紙黑字：「玫瑰人生，單日三到六時，白大班高雅提琴伴奏，每首歌二十八元……」垂眼看，一簇簇的泥金、粉紫、孔雀綠，抽搐着，忽聚忽散，從街頭假髮店，那反白「since 1997」藍招牌下浮過來。怕讓披散的觸鬚蟄着，她涉水躲開。

這場雨，究竟下了多少年？一條非洲肺魚，感覺上，從歌座泥牆下掙出來，半爬半游，到了對面性商店雨篷下，讓伸着長鼻子一條三角褲衩嚇住，回頭瞥一眼，要竄進溝渠。四億年來，肺魚都這德性，有個盼頭，濕土裡悶幾個月不死；但這天，生路竟讓堵了，遇上繞渠的綠鬢青絲而絕。

她抱着手，拉攏了雨衣包裹自己。那算什麼雨衣了？壓根就披搭着一幅塑料桌布，白地上，疏落的紅玫瑰。煙蒂灼黑的洞眼，彈孔般開着，雨灌進去，那寒刺骨。一掏摸，再吃一驚。桌布裡頭，原來胸罩內褲全無，北風一揭，她就是赤裸裸的。

這一年的第十三個月，唐樓的垣牆灰暗，電線纏搭的路牌，透露一個廟字。該是廟街，入黑一衢燈火，照得五嶽人馬發白；到破曉，天地卻換成這一河兩岸的荒涼。她怎麼會杵在這裡？這一身行頭，欲蓋彌彰，演的又是哪一齣？

騰出手，抹了抹劉海掛的水珠，見推了一車橘子的，房檐下避雨，邁過去想問情況，那廝瞧她趨近，竟撇下木頭車拔腿走遠。吉永冰室開得早，一個客人朝裡坐着，齊刷刷灰短髮，乍看，就一隻水獺趴卡座椅背。老闆娘刷掉白板上藍字，擰眉斟酌早晨「C餐」該換什麼花樣。一拍額頭，寫了乾煎提塔利克魚塊，通心粉，咖啡或茶。

提塔利克（Tiktaalik roseae），貌似肺魚，四億年前上了岸，就沒回到水裡。因緣際會，成了所有陸生動物，包括冰室那水獺頭，還有吉永老闆娘的祖先。清水的衰減長度（attenuation length）是幾十公尺，對水中迎面的突襲，只有幾秒鐘去應變；爬上陸地，視野擴闊，沒準能眺見新簇簇月亮上，與日俱增的疙瘩。魚的某些後代，飽食無事，會思考自身的存在，或者，為什麼以困囿在籠屋，或者劏房的格式存在？入題了，那光屁股的她，怎麼會在這廟街上存在？

琢磨要進去跟「C餐」，跟煎香的提塔利克碰個面，但這一身寒磣，教她踟躕。桌布和雨水黏人，這拖累她。走出不遠，單眼佬涼茶鋪前停步，牆磚上，一頁尋人啟事，頭像很清晰，不用比照黃銅藥鍋上倒影，相中人篤定是她。頁上有名字：HeLa，括着中文的海礁。她叫海礁，姓佟，名字自己取的；見到，就記起來。

實驗室環境，保存不了活的人體細胞；細胞分裂次數，也有先天限制；但HeLa這瘤細胞，像一顆顆乳頭，條件適合，能一直分裂，永不衰亡。HeLa，就好比欲望，不可抑遏，純粹的欲望。這會子，她通體沁寒，就腹下炙熱。這欲，都化做性欲了？竟不看場合，塞進去一條烤紅薯似的。這股熱，慢慢貫上來，撐起她，熏暖她，眼前陰氣蒸騰，這是她唯一感受到的。

隔不遠，電箱上糊了同樣的標貼。她走失了？讓人擄走玷辱了？作踐完，膠桌布一裹，給扔到這街上？經歷極大恐怖，據說，記憶會短暫消失，封存在災難裡。這喪失，真是短期的？不是腦顳葉受損？或者遭人暗中摘除？希望就嗑了藥，招了邪祟。「見貼請早回家。」這家，就是標示的「彩虹皇宮 1 號房」？她住皇宮？她是皇后？是宮女？抑或，讓皇后判去受水刑的宮女？抬頭，一牆牆的灰格子，是哪一窗灰格子後，有人霧雨裡尋她，召喚她？

橫過寧波街，就是尋人啟事標注的皇宮樓下。八層高的舊廈，門內馬賽克鋪的階級兩側，難得都有電梯，一架停單數樓層，一架停雙數。她要上七樓，牆身顯示單數那銅片上，燈號沒見閃動，竟似釘了五枚鈕扣，老象牙製的，了無生氣，卻佈着血絲。確定是壞了，轉身去按停雙數的圓鈕，打算到了頂樓，走一層樓梯下去。她沒穿鞋，腳下黏答答的難受。

電梯槽分據南北，互不相通，聲氣不相聞，儼如壽衣的兩隻黑袖子，一隻晾着不動，是讓什麼漿實了；一隻晃了晃，袖口鼓出滿地陰風，停雙數的電梯應聲縋下來。朱紅鐵門鑲的砂玻璃，倏地發白。她拉開門，伸長了手去拽那趟閘；這一來，大半邊身子連恥丘，卻掩不住露餡了。好在沒乘客，啪一聲拉攏閘門。能塞三四人的電梯，裡頭一陣風雨飄搖。她回過神，馬上撩開桌布，檢視方才臍下乍現的湫隘。

怎麼這樣的陌生？一個炸饅頭，油滋滋的，是誰的陰戶？她記得自己那兒有毛，細而且密，像爬着寒武紀一隻三葉蟲，細爪子鬈曲，嫩肉裡亂螯。褶縫邊兩根觸鬚，最長進了，任她去摳去撩，總像個治史的，隨那指尖鈎沉。

她遲熟，十五歲起，就由着這節肢動物，不濃不淡的，陪她度日。也多虧她摳門，一毛不拔，絕了種的老古董，才得以兩股間落戶。說落戶……對了，夏天，她和松香，梅窩酒店門前海灘曬太陽，比堅尼褲偏小，腹股溝牽扯出烏絲。「蟑螂主任！」松香作狀驚喊，說主任來了，下半截，還陷進屄裡去了。

那年，中史科老師兩叢眉毛，全不收斂，各探出棕黃色一根長毫，基於面相學，是剪不得的，作用大概類近收音機的天線，有個損折，要嘎嘎嘎嘎，盡說胡話。同學見了生畏，背地裡，喊他蟑螂主任。不干擾他這黃毫生長，推想終有一天，會蜿蜒游到她大腿根。一條毛，是挑撥不了什麼，但她沿這線索上溯，沒準能揪住一些眉目，回到十幾年前，心繫的某一個晴天。

這一刻，竟想念起色迷迷的蟑螂，女生坐暖的木椅子，他總愛去揩摸，好像鼻子長在那些指頭上。如果眉毛有靈性，能測吉凶，她這就要他開導，起碼講解一下，歷史上，有沒可鑑的，一樣遺失了整批恥毛的前車？要說是幻覺，這墳起的陰阜，摸上去，卻怎地這麼實在？是腦殘了，眼花了，把自己看成另一個女人？什麼時候，她睡過不長恥毛的女人？松香那裡就有毛，她在游泳棚的更衣室見過，又黑又油亮，不修剪也修剪過似的。

松香大提琴拉得出色，代表她們女校，得過校際音樂節冠軍。她偏好議論，松香嘲她是削過的鉛筆，尖刻，還藏了黑心。她不示弱，噎她說，她叫凝香，骨子裡就是一塊松香，隔三差五，用那油滋滋的坑窪，揩馬尾造的弓毛。「別揩上癮，拉琴拉出香噴噴一股松煙，人人知道你屄癢。」她說。松香姓白，肉也白，諢名叫開了，就沒改口。

背面髹「2」字的電梯門滑過去，轉眼，「4」號那一扇，也滑過去。指數上升，代表亢奮和狂亂？霉味撲鼻，水泥牆附生的黴菌，一直延續，黑濕連綿無盡。三十五億年前，第一顆微生物誕生，眾生的起點，天空也在下雨？耳朵未出現，雨落下來，有沒有聲音？蟑螂主任的長毫呢？欲望呢？她喪失的記憶，起點又在哪兒？

摸一下胳肢窩，更是納罕。怎麼連腋毛也沒了？不可能是自己剃的。她篤信，奉行沒攙水的女性主義，不認為遷就別人口味，定期刮光兩腋，是好習慣。先賢說，茶吃七碗，唯覺兩腋習習，清風生。腋下空無，這風生得起？生起了，覺得着那鬆毛鬆翼的趣致？她不像一九六八年那婦女解放團體，為抗議美國小姐選美，到會場替一隻羊加冕，咩咩聲裡，一個自由垃圾桶（Freedom Trash Can）塞滿女人受壓迫的象徵物，包括乳罩、束腹、抹胸和假睫毛。當然，世情沒什麼實質的改變，火紅自由垃圾桶升起的，只是灰燼。

她出生之前，女人的腋毛，據說，會讓男人往下身聯想；於是，一幅幅給裁下來，破帘幕一樣，扔出了進化的舞台。她是讓「女性原教旨主義」暗算了？狂徒規劃物種演化，手段這麼猛惡，一萬年後，人類腋毛在一萬九千多個基因裡，能不徹底消失？起碼，在女人的胳肢窩裡，永遠不再，也不敢生根。

這算個什麼性別自主？她嘴唇豐潤，細密的皺褶，一樣惹人遐思，一樣跟下陰匹配，遙相呼應。這不按規矩生長的花瓣，怎麼不也頒令割除？黑暗，一直在電梯外蟄伏，細想心裡發毛。牆上細菌，驀地一粒粒鼓起來，集結着，似乎要撲向她。單細胞生物，就硫磺珍珠菌，有英文 full stop 大小，向來深藏納米比亞海岸，這會兒，卻要攻佔她，腐蝕她每一道防線，每一個坑穴。

「6」字樓過去，電梯嘎地一頓，該是在七樓黑牆前，停住了。「full stop！」意識到給困在高懸的一隻鐵籠子裡，她身子發硬，面對一牆黴菌，不知道該呼喊，還是該靜觀。單數電梯出了事，這事，還要成雙？這幢樓的另一面，那黑槽裡，會不會也囚着一個人？兩個小鐵箱，兩根絃分頭縋着，這邊的動盪，激得起那邊的共鳴？講求「分享」的世界，怎麼就沒人分享恐懼？

二零一六年，北京一幢住滿人的公寓，一架電梯卡在十樓和十一樓之間。技工沒查看有沒有人受困，就切斷了電源。兩側載客電梯，如常升降，晝夜不息。一個月過去，電梯門給撬開，才發現一個女人爛在裡頭。歷史，包括棺椁、各種箱櫳的升沉史，不會一成不變，按本子搬演。

黴菌叢裡，她可能呆上十天半月，或者一年。罐頭裡，沒有季節；電梯裡也是。鑿開了，光線再照進來，人們會發現黑牆上，遍是爪痕和指甲的碎屑。她的脂肉，早牢牢黏住蔽體的塑料屍布，漿血源源滋養這一幅不朽的玫瑰。

趟閘交織的大交叉，看着教她沮喪。一個個傾頹的十字，耶穌門徒聖安德烈，就釘死在這種大交叉上，姿勢滑稽，又悲慘。這實在太不吉利，轉過身，壁上貼了財務公司放貸的紙條，勒令某人償還血債的警告文書，招租廣告有三頁，「樂生園大廈，近油麻地臨時熟食市場。七樓B座，有電梯。實用八十五呎，獨立廁廚，冷熱齊。月租六千五百。有意電……」這頁上地址，就是彩虹皇宮所在。電話號碼，讓尋她的啟事遮住，她的黑白臉，同樣黏滿句號的黑點，那過早透露的屍斑。

燈滅之前，她逃得出這一牆 full stop 的圍堵?困在電梯最大的凶險，是缺水。尿是不能喝的，鈉太多，喝了腎衰竭。膠桌布還附着點點水珠，她慢慢解下來，把朝外一面輕輕兜起，提起四隻角抖了抖，但求攢集到殘留的半口水續命。等餓得不成，就吃招貼，吃貸款廣告，她決定到最後，才吃頁上她長了屍斑的頭。

總是看到了，才連帶想起什麼。身上這塊布，她分明見過，卻想不起原來鋪在哪裡？這是誰家的東西？桌布披搭了一天，還是一個星期？外頭一準還下雨，在遺忘的煙瘴裡下着。那幅布她再用力一抖，一挫身，光屁股撞上趟閘，卡嚓一聲，電梯一震一提，竟急升了半層。

到八樓停下，來不及轉身，紅門已讓人倏地拉開。慘白熒光燈下，隔着聖安德烈十字，一個小伙子張開了嘴，瞪大了眼看她。肯定沒料到一大早拉開門，就看了一個女人的全相。這滿臉錯愕，是沒見過這麼細的腰？這麼翹的臀？海藎對自己這玲瓏，這絕不小眾的軀殼，毫不隱諱。十五六歲開始，她就察覺男性煎灼的目光，她陪他們癡迷，享受這副肉體，只容不得外人來染指，或者插手。

待轉身面向趟門，她執着桌布兩端，已展開來橫在前面。他背頂着門，看着屏蔽了自己的女人，回過神，替她拉開趟閘。半遮半掩地，她挨擠着出了電梯，彷彿鬥牛士用紅布，撩弄局部充血的牛。這條牛，她應該見過，看來才成年，除了額頭有一處礙眼的凹陷，稍欠圓潤，也算個白齒紅唇的清秀。「水母……水……要死水母。」鼻頭前紅玫瑰掩映，凹額牛只一味咕噥。海蘊心中嘀咕，她這披搭，像一隻水母？紅門嘭一聲合上，砂玻璃上燈光退去。她背後涼浸浸的，才察覺腰臀一直裸着，光脫脫的擺了個十字造型，獨對過道上幾戶人家。慌忙裹好自己，撞開防煙門，尋路下樓。

尿臊味蒸騰，梯級散佈着空啤酒罐、廁紙和乾了的避孕套，最多是紙錢和灰燼，樓梯轉折處有隻小破窗，光影雨聲，割成一塊塊，玻璃的裂隙投進來。階上鋪的舊報紙，頭版大圖是一叢黃雨傘，幾百幾千朵開着。這場雨，有沒消停過？化寶盆邊，是兩呎見方的瓦通紙箱，載金田牌 Kaneda 單門雪櫃的，一個疊着一個，幾乎把路堵死。她挨擠着過去，紙箱沒貼牢的保養證，竟黏上她光腚，一路招搖。

保養期才一年？不偏短？她也想過買這牌子小雪櫃。不論寒暑天，一雙麂皮短筒靴子，她天天穿着，穿了幾年，鞋底不磨蝕，就擔心鞋面有一天徹底壞了，失去這難以取代的呵護。松香就說過，她不要臭男人，是早迷上臭皮靴。她洗腳洗得乾淨，襪子常換，但一穿鞋，一雙腳臭不可當，鞋也陪着散發惡臭。那臭，是老鼠爛在裡頭，七天沒清理的味道；而且，死老鼠，似乎會重疊，一直疊到眾人鼻頭上來。靴子泊門外，沒的招來怨詈；擱洗手盆下，電飯鍋旁，又太搶味。就想到買這樣一個雪櫃，飯鍋擱上頭，鞋子塞櫃裡，隔熱門一掩，氣味不外傳，翌日穿上涼爽。這牌子少耗電，算便宜，就恐怕短命。

挪出一條窄路，再下十幾級樓梯，門旁一陣窸窣，一隻黑貓伏在盛垃圾的大籮筐上，正撕刮一個漆黑膠袋。袋口嚴封，打了死結，但抓出一道口子，撲鼻一股熟悉味兒，摸一下，知道是自己那雙臭皮靴。真缺德，怎麼直接扔這外頭了？就算不喜歡，也不該乘人不在，下這毒手。

這鞋，出身比她好，中大讀碩士那年買的，法國貨，淺杏色鞋身，腳踝位置有塊圓形灰綠色標誌：Palladium，法文就是守護神；她的守護神。鞋公司本來造戰鬥機輪胎，二次大戰，造起軍靴。天熱，她汗衫短褲，配這小軍靴校園裡走動，也算個特種部隊，對導師和男女同學，都是威脅。當然，登堂入室，她會先綁緊鞋帶，尤其梅雨天，省得洩了氣，有人縮着鼻子，鑽探誰挾帶了鹹魚上課。

碩士讀完，鎮日混博物館的同學，最易謀事。她不偏重旅遊人類學、博物館學這些範疇，要找能餬口的活不容易。她感興味的，是怎樣用人類學的思維方式，探究現代人面對的文化和社會問題。非洲肺魚，提塔利克，硫磺珍珠菌，三葉蟲和海蘯，進化出了障礙的電梯……對考古學、地質學、生物學的旁顧，她總覺得，有助研究的角度獨立，不流於庸濫。決定貸款讀博士之前，她做臨時工，替學生補課。掙錢不多，又要有個窩，無奈追隨白松香，租住這種比屠房狹小的劏房。

「五天了，哪去了你？怎麼……」松香聞聲開了門，見了她神色賣相，也不知該怎麼往下探問。她住過道盡頭房間，朱砂紅的房門，小銅牌鑄了個「1」字。松香住隔壁橙門「2」號房，有海薀房間鑰匙，替她開了門。屋內影影綽綽，單人床褥上，迎面竟僵立了三個儀仗兵！聚酯的，真人大小，赤帽絳衫黃肩章，一樣身材樣貌，一樣面如死灰，連海薀在內，四張臉泡水裡五天一樣白。

「前天才搬過來，睡覺好舒展手腳。你……還行吧？這三兄弟，我馬上搬自己屋裡。」驚嚇，真是接踵而至。沒等松香把話說完，她一步搶進房間，桌布解下，搭上戳眼戳鼻兩枝鼓棍，浴簾不拉，馬桶上一墩，仰着三個一臉恭肅，要朝她奏軍樂的，勃勃勃一股腥風，放肆地噴薄。鬱積排解了些，心魂稍定，肚子卻鼓脹如前，腸子不是蠕動，是抖動着，變一條大鰻屁眼裡掙出來。

感覺源源不絕，尋隙低頭看，全是水，全是泡沫，噴射到後來，約莫洩了十海碗，才漸見黃濁。明顯地，不是吃壞肚皮拉稀，倒像蓮蓬頭擰下來，喉管直插後門，大水洶洶灌進去。她暗暗叫苦，悲歎連肛腸給侵犯了，手法還粗糙，殘酷，沒當她活人看待；

不然，出口，或者說，入口，怎麼會腫脹起來？摸着像嵌了個小號的救生圈？

屁眼遭罪，還不是最糟糕的。指抹着，眼前一紅，臍上吋許，原來橫着一條線！粗箱頭筆劃的，搶眼的茜草紅，楚河漢界強分出上下半身。「請勿超越紅線！Please stand behind the red line, mind the platform gap……」黃線，劃在好多地方，記得上幼稚園，黃線就在，那讓她安心。怎麼變紅線了？擦不掉，拉上浴簾遮住四濺水花，肥皂液塗肚皮上再擦。大概熱水爐未關，水很燙，她卻只管坐着拿蓮蓬頭澆自己。

趔趔趄趄踏出來，褥子上白霧迷茫。髒水出得多，人倏地癟了，口乾得不成，要簾邊架子上取水喝，壺空了，插頭沒接上。要不是出遠門，開水不會倒掉，插頭不會拔出來。她要去哪兒了？怎麼全沒印象？旅行箱，原位泊着，卻不似要外遊。這事蹊蹺，犯完嘀咕，想起問松香：「壺裡的水，你倒了？」這時，她把一個嘴黏橫笛，一個捧啜小喇叭，一個鼓棍敲着虛空，那發硬三兄弟，前胸貼後背的，早搬出去擺過道上，擋着對面「5」號劏房的青色房門。

「你消失了五天，沒準一滿壺水，自己燒乾了。」松香說着，取來一瓶蒸餾水給她。海𤔡接過，咕碌咕碌飲盡。撂下水瓶，鏡面附的水氣大半散了，她濕漉漉挪近洗手盆，鏡裡人，原來除了肚皮，脖子赫然也有一條紅線！一顆頭，新接上去，斷口滲着血似的。「你老妹，這回遇大災了！」她扭轉身子照看，越看，喊聲越響。

松香聽到驚喊進來，海𤔡再發現兩肩，各有紅線胳肢窩下經過，圈住了兩條胳臂。兩邊大腿根，也各有一圈沿腹股溝繞到臀後。膝彎也有，兩個膝蓋下蜿蜒。「總共八個圈。」松香仔細檢查過，點算得清楚。兩人心裡明白，沿紅線圈出來的關節處下刀，恰好能割出九塊差不多等重的肉。「《庖丁解牛》，課文記得吧？」松香一本正經說。「怕是撞上庖丁了。」海𤔡沒心情調笑，的確，她不可能在自己兩邊肩胛，劃出那一脈相連的紅。

得去報警，松香說，街口左轉就油麻地警署。去報失嗎？有五六天的記憶丟掉了，蛛絲洗走了，腸子藏的馬跡，一時急迫，也拉撒得乾淨。去差館剝光了，讓差人鑑賞八個紅圈，管用？掏心掏肺，能換回給劫走的一個星期？見她手指頭一個勁兒捽股溝，越捽越毛躁，松香盯着那光潤的陰阜，也是費解，只着她趴下來，安生俯臥，回隔壁屋裡取來一瓶強生嬰兒油，用棉手帕蘸了，替她擦背後筆跡。

「阿橰不中用了，用油幫他盤一下，硬那麼一會兒。撒手就軟。推說他那行當，陰氣重，鐵杵都要熏蔫。樂團的同事跟我打賭，送來三個白臉阿兵哥，當生日禮物。我能收留滿一年，不讓堵死，明春得輸我一張新琴。阿橰歪理吏多了，說那仨聚酯鬼一樣，充塞房間，害他氣短。」松香說。阿橰是她丈夫，砵蘭街開棺材鋪。大學畢業，她嫁了這賣壽板的，鮮有跟海礚連繫。半年前，兩人音樂會上重逢，聲氣再通，知道海礚找地方落腳，就攛掇她搬入隔壁正招租的小格子。

「氣短，那話兒也短？你有學問，你說說……」見海礚沒答話，橫過腰背那一線潤紅，推擠不見褪色，又試着去擦她臀下大腿根褶紋。水洗不掉，油溶得掉顏色？這不涼不燙，不是真用嬰兒榨的油，她就迷信是萬能的？「留你阿橰浸小鳥用。」海礚記起來了，她答應過松香，要用學到的礦物和動植物學知識，炮製一味複方春藥，讓她男人鞭長能及，抽得她屁滾尿流。

隔壁阿椁睡醒，嬰兒油不在枕邊，諸事不順，坐起朝外瞎嚷：「電梯壞三天了！半夜停電，停那一兩分鐘，就沒再動。管事的死了？等黑松露回來，你問問，電梯好了沒有？伍姑娘說了，能替我擼擼，一擼就好，可也三天沒見影兒。爬個樓梯，嫌累？留宿骨場了？聚酯三兄弟，先摺她門口，別塞回來。」黑松露，說的就是她海蘯，那廝替白淨老婆回敬她的；她是黑，其實比松露味濃。

「老惦着伍姑娘，伍姑娘就那麼神？死鱔魚一經手，立馬抬頭？」松香說着，見她嘀咕，似乎質疑鱔魚那粗幼，沒人受得了，忙補了句：「比喻。」仍舊左手抵着海蘯一邊股肉，徐徐推高，帶出隱匿的線索；右手反復擦拭，拉琴似的，盡量不揭露那嚴絲合縫的軟潤。

屋裡濕翳，松香挨她坐褥子上，連身薄睡裙貼肉，像要蛻的皮。揉着擦着，她心中越發寒慄。海礚腰腹和兩邊大腿根這三個紅圈，當中填了色，就是三角褲衩形狀，肚臍、生殖和排洩孔都在這範圍。沿紅線鋸下，附近性商店零售的矽膠女體，就這模樣。月黑風高，男人的確會去肏這種冰冷的，開有竅門的臀部肉塊。然而，誰要把她製成這種自慰用品？她經歷了什麼摧折？毫無疑問，刀口上逃回來；但那張刀，究竟懸在哪裡？

就像把人鋸成九份，這小單位，也割出七個房間，左四右三，門當戶對排在狹窄通道兩側。左側四道門：紅，橙，黃，綠；右側，是青，藍，紫。房東親自用 Pylox 噴的，一瓶噴漆正好噴完一扇門。然後，他叫這做彩虹皇宮，氣派極了，沒人不滿意。松香抽出一個乳白垃圾袋，把她捎回來，扔在門旁的黑膠袋套住，束了活結，免得鞋味繼續外溢，就脫了睡裙，也赤身貼着她躺下，一俯一仰，離水的黑白正反兩條魚。那紅，好頑固，松香埋怨，只能等它隨死皮剝落。

海礚反手搭上她小腹，熱水澆完，不想指掌還冰冷，松香顫了一下，聽見海礚問她：

「你怎麼有我笑着拍的照片？」她拍照，從來不笑，說不覺得照相機在逗她笑。「貼街招，總不能太嚴肅。」松香說：那是她的自拍。這不稀奇，以前老師總分不出她倆，省得給叫錯名字，中六那年，海儘才剪這長劉海的短髮。其實，除了皮膚黝黑，她乳頭和嘴唇，身上縫兒眼兒，都比松香陰暗。

綠簾外雨聲沙沙，睡意越發濃重。雨霧的味道，松香身上槲寄生的香氣，都讓她舒心。槲寄生像曼陀羅的根一樣能壯陽，裹住槲寄生種子的黏液，舊時巫師會視為天神的遺精。以後，為死鱔魚阿椁調配催情藥，不能缺這一味。卡阿比（Banisteriopsis caapi）也得當藥引用上，在亞馬遜雨林，男人習慣了赤精大條辦事，喝了卡阿比製的飲料，陰莖就硬挺，像風水師循着羅庚的針頭指引，喘着氣滿村子裡轉悠。

女人喝了會害子宮收縮，雖然要爽翻天，卻不宜讓松香去犯險。橫豎阿椁喝了，她也受用，到時數藥齊下，補得他鎮日腹下像掛了大槌子，皇宮的過道來回晃，不管青門紅門，逢門就去搗擂，擂得人人縮頸股慄，也是她的一場學以致用。雖然陰霾不散，還在四方厚積，她的處境，就和臭烘烘的守護神一樣，嚴封在黑和白，生結和死結裡；但一門心思落在松香身上，聽着她一呼一吸，她漸漸覺得安寧。

皇宮裡，人聲越來越雜沓。「3」號黃門的凹額牛，腦袋烙印了她光屁股那小子，一早出去了，就水族箱的藍光從門縫透出來。「4」號綠門住的水獺頭，榕樹頭擺檔演靈鳥占算，這天倒沒動靜，夥拍他幹活的紅嘴白文鳥，也沒吱聲。「5」號青門的伍姑娘三天未見回。「6」號藍門是吉房，在招租。不過，貼近玄關的紫門「7」號房，一房擠了七口人；這戶人，額陷眉骨暴突，長相特徵，跟兩萬年前絕種的尼安德特人，一模一樣。這天，雙層床上的老尼安德特，傳續着咳嗽。一對史前男女，照常仰着塌鼻子，喝斥四個趕上學，卻蹬踏着鐵門廝鬧的原始孩童。

當這一大四小穿上鮮黃雨衣，呼天搶地出門下樓等電梯，準備再下降到新石器時代的霪雨裡，在彩虹皇宮紅門「1」號房，海鰪卻睡着了，最後的這一個夢，是夢見白松香坐起來看着她，看着看着，竟就哭了，眼淚一顆顆落在臂上，很燙，像龕上紅燭滴下的油。

鑿珀墜子

——青門的伍姑娘陸觶

手提電話，她一直認為是按墓碑的形狀造的。實在大家也真當那一塊墓碑，生怕對方入了土，聽不見，總扯開嗓門喊話。她最討厭做老闆的，一邊躺着由她搓捏，一邊嗅着小屏幕吩咐後事；或者做老爸的，一邊聳屁股，一邊微信解答子女作業的難題：「不專心，算得出來？」等那廝銷了聲，她也嗔着他問：「不專心，射得出來？」坐這山，望那山，沒的害她手麻。對於不想老婆滋擾，從不帶手機入房的陳胥，她自然另眼相看。

入黑前，照常到上海街，進桑拿浴室，褪下濕汗衫，換水手服。自攜的濕紙巾，抽幾頁去擦白短裙半掩的高門低戶。「常見細菌，能殺滅百分之九十九。」封套上印的。十年了，陳胥該不是殺不死那百分一；就算是，她也認了。陳胥是不是真姓陳？沒關係。反正陳生好多，這場子旺，起碼一半進帳，是陳生們的捐獻。出了這黑房，狹路相逢，再熟，她不會去招呼，省得陳生想不起祖宗姓氏，或者娘們竄出來問罪。不問，是行規。

「小姓陳。」陳腎第一次來，姓氏，照例從俗。「脫褲子我瞧瞧，看怎麼小了？」她笑着信手一拍他褲檔，糾正他：「你是大姓陳。」開場白得體，皆大歡喜。她廣東話蹩腳，總把陳生喊成陳腎。應了兩年，他才抗議，說陳腎是配西洋菜煲湯的，潤喉降火。「我有那療效，也降火。」黑暗裡，她嫵媚地笑着。六點半，催人硬起來的抗戰歌，大堂傳過來。陳腎呢？星期三，他是她第一個男人；而她，總留給他這一天的清白。

這鐘點，前台怎還沒他的預約？上兩星期，陳腎走得急，她揩擦乾淨，回房已不見人，連隨身的琥珀墜子也沒帶去。她保管了十幾日，今兒捎過來準備還他。這是他的寶貝，黑繩縋着的墜子能打開，扁長銀匣子，正面鑲八黃夾一黑九顆琥珀，都包漿了；背面刻一道符，作用降妖消災，萬萬離不得身的。上回陳腎摳掉的花士苓，出門前，她也填回去了，塞得那銀匣子飽滿。做這事她覺得臉紅，有點遲疑，不想最後一絲兒矜持，也拱讓了；但不去填補，他摳不出油膏就去攪擾，受罪的還不是她自己？

她二十歲入行，九個鐘頭的活，平均剝七條褲子。廣東人叫男子那話兒做鳩，就是大一號的雀。她每日過手七隻鳩，扣掉四天休假，一個月是一百八十二，一年二千一百八，操持十二載，累計不下兩萬六。她手藝好，回頭鳥多，地鐵計算流水般過客，用人次；那兩萬六，她認為，該稱鳩次。「乜鳩都見過。」數字會說話，冷不防還是粗話。不是自鳴得意，這兩萬六，就幾個老是不硬，幾個硬是不出；不是嗑多了藥，就是嗑錯了藥的，平白壞她戰績。

入職兩年，累積四千鳩次，她才遇上陳胥。他總是六點準時去淋浴，按摩床沒鋪好，他就銜尾進來，開水燙得渾身通紅，陰囊也擦得不帶臊味，一來就汗津津爬上床，由她扯掉一股肥皂味的寬褲子。她騎着他，頭一節，按規矩她得踩他，擠他，他受力，還得用前臂碾他。他腰眼下有個弱點，一肘子錐下去就殺豬般嗥，嗥完喊爽，爽利了就吐些人話，等下一節戲肉。

她換了兩個場子，陳胥都跟着。第二節，慣常沒什麼規限，只講心靈手巧，她那一套是在背臀一輪搔抓，忽然一手油汪汪潛入股溝掏捋。要敢憋着不丟，遇另一手在臀溝一勾一捺，也準保涓滴歸公。要翻身施辣手？沒門。就僥倖翻得了身，她也只讓摸摸奶子，有些憑藉。後來也納罕，陳胥當初新來乍到，一個生客，她竟沒帶開他的手，將就着，由他造次。

他沒過人之長，大腳趾倒出眾，一躺下就鎮住她，飯劑似的頭，糙糙的，硬氣。她一路磨蹭，就不好意思坐上去套交情。事了，她沒拉了他手，堆笑送出房門，沒用招牌媚態，囑他再來，切記要報她號碼。她收拾殘局，由他親了耳垂，默默用背臀送他走。說起來邪門，她住的那「5」號劏房，房東才把房門髹了天青色，戲稱那單位彩虹皇宮，她就行尾運交上這陳胥。

手邊這銀匣子鏈墜，陳胥第二次來就戴着，專門澤及她；而且，潤澤了整十年。那天他俯臥，她前頭坐着，掐他天靈蓋，信口誇那玩意兒精緻。他就給她上課，銀匣子鑲的左右各四顆熟黃小珠子，名珍珠蠟，傍着一塊黑漆漆牌子，是瑿珀。「明朝宋應星《天工開物》，說『琥珀最貴者名曰瑿，價黃金五倍，紅而微帶黑，然晝見則黑，燈光下則紅甚也。』你不信？下回我帶齊傢伙，讓你開眼。」好詰屈一篇話，就價黃金五倍能入耳。

「李時珍《本草綱目》，也說『瑿是眾珀之長。』可以通塞寧心，定魂魄……」通塞？會不會整個兒塞進去才管用？人受得了？不撐壞？她不敢問，省得問了他借題深入。再看那墜子，從按摩床擱人頭的圓洞縋下去盪着，她心裡一沉，兩排昏黃小圓鈕，中間漆黑一扇，不就是半空敞開了門，熄了燈的一架老電梯？「死去活來。」陳腎噓了口氣，絮絮背誦瑿珀的好處，似乎真可以對抗早洩。

她取來熱毛巾擦去他一股的油，他翻了身，躺着打開那黑繩繫的銀匣子，摳出一小坨凝脂。還以為他挑剔，要用自備的，扭頭瞟一眼，彎了腰反手去接。東西沒接住，褲衩卻讓褪下了些兒，他一根食指擠一下竟頂了進去。直腸能吸收，指頭沾了山埃，她會死；蟲卵夾帶了進去，會下痢。她一陣錯愕，住手不擼他；他消停了，手指卻不肯拔出來。進退維谷，還是她向後抵一下施壓，讓他陷得更深，算破了僵局。

第三次，他果然帶了手電筒進來，一照那毉珀，黑皮裡竟真的孕了櫻桃紅。「酒一樣濃，就是藏了蟲子，也照不出來。」他說，琥珀有裹了昆蟲的，一坨樹脂塌下來，來不及逃，連最後呼的一口氣，凝固在嘴邊；然後，不生不滅，渡過幾千萬年，彷彿一個氣泡推回去，又活過來。「也有攙死蟲子死蒼蠅偽冒的，但沒那一個扁圓氣泡，死得沒一絲兒生氣。」這話悖理；但有沒死去，沒準自己真不知道，還隔着一層浮光，看這塵世滄桑。她心頭一陣空虛，着他把電筒熄了。房中忽明忽暗，過道有人，隔窗見了不好。乾脆收繳了擱抽屜，免得自己埋頭施藝，他乘隙照她門戶，這般讓她開眼，開得也忒猥瑣。

陳腎趾長，兩行眉各竄起一根黃毫，也撩得人心亂。後來，他透露自己教中史，女學生背地裡喊他蟑螂，客氣的，叫蟑螂主任，以為他不知道。「教育，講究『見孔着楔』，看我多早晚楔死這幫小騷貨。」他匍伏着怨咒。她摸不着頭腦，由他嘀咕，但想到那什麼孔，讓一隻大腳趾楔着，真怕要出人命。陳胥指節粗，右手中指一側結了厚繭，作業改多了，筆頭磨的。她讀書不成，卻遇上教書先生使蠻勁點撥，不覺暗笑，笑腸頭早晚也要給刮出胼胝，飽承雨露教化。還好他沒留指甲，來之前兩三天，總記得去剪短，剉順。這是為她設想，遇上為她設想的男人，不容易。

十幾歲，她隨母親瀋陽嫁過來，成了個油瓶女。沒過幾年，她果真挽了油瓶去幹這手藝活，也算宿命。「你是凌冬不凋。」她北地的胭脂紅，陳胥說，其來有自。的確，成群陀地小娘皮當中，她算是來報春的一枝臘梅。十餘年烏燈黑火，她白話說順溜了，奇在來露短的，卻滿嘴鄉音，嗷嗷咒罵這邊打手槍，壓根兒是搶錢。而一眨眼，陳胥額前兩根長觸鬚灰了，也長了。「等長到四吋，就擺幾桌酒席樂一下。這是壽徵，有一趟讓你褲衩橡皮筋夾着，我臉都嚇青了。」乍一聽，還以為夾着的，是那鳩頭。

陳胥缺席過一趟，兩年前，說去了律師樓和老婆簽字離婚。那之前，每次來都謊稱要留校帶活動，女生組織的銀樂隊，下課在校園操練，音樂老師從旁指點，他負責監督，完事，幫着把銅鈸大鼓，單雙簧管，大號小號等搬回貯物室。搬樂器搬出一身臭汗，在學校洗澡，再帶着一身香皂味回家，合理不過；而她，樂得有一支虛幻的銀樂隊，陰影裡伴奏，為一場手談增色。等兜着卵袋，擼出他一聲怪叫，差不多就是七點半。「受不了，屁股那皺褶都見着。」他說的，是銀樂隊那些白裙子，顯山露水，就跟她脫剩的這條一樣。

「手機擱外頭，不怕老婆找不着開罵？」她關心過他。「一般不找；要找，我在電梯裡，也接不到。」「搭電梯，能搭一兩個鐘頭？」她笑他瞎編。「有女人搭了一個月，前陣子，大陸新聞，就報這事。」他說，等把電梯門撬開，人都爛得見骨。離婚了，不必找藉口圓謊，他還是按時來去。她告訴他，星期日差人不查牌，門玻璃上蓋條毛巾，就可以點燈，可以看清楚她身子。「好習慣不宜改。」他說。她也同意：規律沒了，盼頭也沒了。

他心眼壞，好像人一走開，就構思下一輪該怎麼對她下毒手。說治學，宜一門深入。他這一門，着眼深入，也真個花樣百出，或分進，或合擊，或擠或旋，或徐或疾，交替變化，雖未能日新，但必然月異。十隻手指，除了觸覺，似乎還有嗅覺味覺；而指尖，總潛入不毛竊聽她心聲。

入門功夫，一板一眼，鄭重得像一場祭祀，總是不緩不急打開那琥珀蓋子，油膏扣出來，是白是紅，勾搭着由她循例過過目。「弄死我，你才甘心。」她背轉身子，井然而篤定。她可笑的生活，多得這定期的儀式，竟顯得有點肅穆；起碼，不那麼輕賤。他摳出來，是紅豔豔一指赤血鹽，她就成了祭品，在那張有洞的供桌上犧牲。她的意義，跟豬羊一樣，在祭壇上。或者，就是那難止的心癢，那周而復始的期待，讓她在暗室裡挺着等開花，等結果。

走廊幾盞壁燈，就豆大的光，憑那微芒，她看人看物，是越看越真切，好像她成了一隻黑貓，男人的失態都看在眼裡，自己一雙眸子卻留在夜裡。有一回他來，帶着酒氣，乘她趴着，竟把兩隻食指塞進去撕她。她覺得整個兒要讓他掰開，背心直冒冷汗，卻忍住痛，沒喊停他。恐怕真撕壞了，他竟埋了頭，扒開那兩團肉吸血。瞧他一身怨毒，是觸霉頭了？讓小娘們欺侮？「心一橫，老師就狼相畢露。」她暗忖：好在洩了欲，消了惡氣，不然他真要回去，虐殺一課堂促狹的女學生。沒痛完，她反過來安撫他，對他掩藏的狂暴，甚至凶殘，笑納而已。「不用坐牢，我看你真會去捅人。」她推測。「硬是不肯硬，拿一堆濕陳皮去捅？」一嘍下身，他就咬牙。

自從蝙蝠來襲，攝走了他的陽氣，不套弄半天，使盡絕活，他就不肯抬抬頭，吐些白沫。這蔫頭耷腦的樣兒，真要提槍上陣，決計是不成的。「我等你以眼還眼，照樣子治我。」暴虐一過，他約會她，說想和她外頭曬曬太陽，躺躺別的床，起碼，吃一頓晚飯。「等多攢些假期，我陪你去菠蘿的海。」她婉言推拒，推了一年。她不知道菠蘿的海在哪裡，只聽他說蜜蠟，說過這地方；有菠蘿有海，就是去沉溺的，錯不了。她心裡明白，不會有男人，真會去愛一個掌握過兩萬條陽具的女人，抱到日頭下，想仔細了就悔；交誼，局限在這一室幽晦裡就好。

「連你真名實姓，我都不知道呢。」推拒不過，前兩趟，她拿這話堵他。不想上回，他帶進來一枝紅箱頭筆，粗枝大葉的，她手背和前臂寫了名字，再附了手機號碼。原來他姓章，單字一個朗。那扎眼的茜草紅不褪色，血線一般沁透了幾日；然而，章朗是留給睽睽眾目的，十年窖藏的陳胥，才匹配她，適合她用汗油去浸漬。

除了去離婚，每隔一個禮拜的星期三，陳胥都準時來。這骨場，她代號「七七」。他說，號碼不祥，是一起事變，是八年抗戰一個爆發點，只諢稱她伍姑娘。其實，她姓陸，名鱘；鱘是活化石，兩億年前，就活在水裡。雨，連綿不斷，但他向來風雨不改。這會兒，她特別想和他說話，想告訴他，過去一個月，有五六回遇到一幫人廟街拍戲。上兩星期回家，樂生園門口，就站滿了帽子有皇冠警徽的警察。懸攝影機的吊臂好長，伸得好高，電線叢裡搖來晃去，像織着一幅黑布。她布篷下駐足看，燈照得一街跳彈水珠變了油，油星子濺過來，灼得人覺燙。好多假差人在廊檐下，制服光鮮，大概粉敷得多，臉色慘白，不動還以為紙紮的。

幾張大黑傘遮擋沒戲份的，就要上場的，聚光燈一轉，卻見紅男綠女停了追逐，雨中廝鬧。「拍的都是回顧。」一個小眉小眼，戴粉紅假髮的女人告訴她。不知道哪會子挨過來，就披一條褐色髒毛毯，趿着人字拖鞋，說等埋位。「好戲在後頭。」她說，後頭是女角遇上報館文教版編輯，給強暴了，再敲死了肢解，連同舊期刊雜物，塞進了幾個瓦通紙箱。據說，棄屍地點，就這附近，幾十年前的事。女角挨操怕痛，赤裸後樓梯逃命怕累，不肯演，她做替身。

「死的正當人家，大學生，前程遠大，不光靠一副身子掙錢。」緋髮替身看着她，歎了口氣。陸鱘有點不悅，怎麼認定她賣身？這幹的是手工細活，男人頹喪，一張嘴巴循循去誘導，那是弄虛的。「就不能有戲份才來？」她不無疑惑：怎可能都受僱雨裡候命？「隨時得上場，脫光了候着方便。」她把蔽體毛毯一開一闔，蛇腰，竹笋乳，連一恥丘亂毛，倏地示了眾。

這替身，其實長相清豔，只薄唇描得出格，嘴角兩根線吊起來似的，看着不舒服。大概臂膀的紅筆字搶眼，替身死盯着，念念有辭，竟似在默記人名號碼。「你男人？」她問。沒察覺她換了臉色，陸鱘點點頭，由衷地一笑。然後，她又遇上那替身兩回，照樣披着毛毯，就濕涩涩一頂假髮，變着顏色；一次鵝黃，一次草綠。總是自說自話，說一穿襯衣，連喉頭鈕結扣上的男人，最講規矩，也最陰狠，龜頭還會分泌毒汁。除了浴衣，她沒見過陳胥穿別的衣物；不過，寧可信其有，陳胥要犯了這一項，她得提防。

假髮一頂頂變換，卻都是次貨，「since 1997」丟棄的，招牌這反白數目字，街坊都當是店名。「新簇簇的扔了可惜。」人家不要，替身撿了攢起來，說配襯戲服。「沒法子，得趁下雨拍。」上回，草綠假髮黏住臉頰，她捋出雨水，說想到哪天要捱操，就睡不穩，男人，沒有不想撐死她的。燈熄了，舊警察一個個登上旅遊車。她眼裡忽然閃出異采，「這偵辦的碎屍案，我懷疑也良月那廝幹的。他換了姓氏，刮了鬍子，騙得過一車差人，可躲不開我。好在讓我盯上，等誘他出來處理掉，你出入平安。」她乾笑了聲走開，沒解答良月是誰。

嚇壞陳腎的那一趟蝙蝠突襲，緣於骨場老闆開罪了一夥流氓，原本要放幾條蛇搗亂，但大得讓人看見，害人驚叫的蛇，毒不毒都貴；樓下有炮製太史蛇羹的，蛇王周蛇王賓，據地賣蛇；蛇一放，蛇王們一把抓住，戲沒了，也虧大了。抖出糞團裡，打滾過一袋蚱蜢，是省錢，屎蜢休息室裡，遇人就撲，放蜢的即使全身而退，卻未免寒磣，走江湖走得像小學生耍賴，能出頭立威？幸虧不分賢愚，一律要壯陽補腎，台山等處山旮旯岩洞裡逮的蝙蝠，乘虛偷渡，等齊乾蜈蚣，死蠍了，就一起下鍋。有門道弄來幾十隻，到這場子放生，福有攸歸，還不傷本。

蝙蝠不怕黑，迂迴飛入過道，逢門進門，劈劈拍拍一輪竄突，夠驚慄的。第一節完了她去拿熱毛巾，回來一推門，三四隻蝙蝠緊隨攻入。陳腎赤條條趴着，暗裡，泛起一背油光。幾隻蝙蝠忽然在臀上颶颶颯颯亂旋，雖沒撞下來噬他，翼底生風，倒搧了他一個魂不附體。等她甩動枕巾，趕了蝙蝠出去，如常行儀式了，他鋃嘡子顫抖着掀開，卻連手指頭蔫了，沒了淫興。還以為是暫時的，不想兩二年過去，還是舉而不堅，算個不能人道。那天之後，她總覺得還有一隻蝙蝠躲在暗隅，吃男人精血。

陳胥怎還沒個影兒？上回他重彈舊調，彈得倒認真，具體，說打算提早退休，領一筆錢。她樂意，他就去開一家店，賣文具什麼的。他會入貨，有渠道賣給學校，弄到的箱頭筆，格外出色，也便宜。要做店長，做老闆娘，都聽她的。「先出去吃頓飯，再斟酌，好麼？」他坐起來，看着她說。她明白他的意思，那是大事，就是要跟他走出去，過一清二楚的日子。她答應考慮，考慮了十幾日。或者，試試無妨，後天放假，換一身光鮮衣服，把束髮解下來，陪他找家餐室坐坐，看看他食相，再作計議。

枯等了半個鐘，前台遣來客人。她無情無緒，不吱聲，搓圓按扁了四個；一個擼來擼去不抬頭，以前她會使出殺着，從後一扣，沒有不受驚，陡地僵直了吐潺的。這天，卻捋得烏脖子起繭，只求饒喊停。

「不會出亂子吧？」她有陳胥號碼，凌晨兩點多，取回擱更衣室貯物櫃的手機，電量該夠打一通電話。但這麼晚了，她是他什麼人？憑什麼通過這塊小墓碑向他喊話？窗外淅淅瀝瀝，有點冷，骨場好多沒人認領的雨具，她沒卸下制服裙子，挑了件連兜帽的猩紅雨衣披着，趿拉着拖鞋，出門化入雨裡。

在樂生園對面，她又碰見那做替身的，總算穿了衫褲，還打着把畫了一顆紅心的黃傘。那一襲藍緞子睡衣，她看着眼熟，左胸口袋白線繡了「HeLa」字樣，右邊乳頭，卻似要錐破薄薄一層濕緞。「後巷撿的。」她說：就一個紙袋盛着摺雪櫃盒裡。撿來的藍睡衣，亂冧冧一頂藍假髮，連旁邊繪了海芋的座地電箱，也把那幽藍傳遞開去。

「我等你好久了。」替身說，這夜劇組拍搜證，巷子裡搜到兩個大籐筐，一掀開來，幾百隻蝙蝠嘩啦嘩啦亂撲。「你該早點來，方才差人都抱了頭，喊得天塌了一般。放白鴿，可沒這看頭。」怪不得一路走來，橫掛廟街那幾千塊小旗上，黑鴉鴉一群活物雨幕裡穿插，還以為又有夜店招了晦氣，遇上個大手筆的尋釁。

「那幾個箱子是道具，你別動它，我留給導演的。」她扭轉身，朝影碟鋪旁那暗巷勾勾頭。幾十年前的屍塊，用新牌子的雪櫃盒子去載，合適？「拘泥。」替身竟似看透她，說着一抖傘柄，「我這大清朝的尚方劍，就戳爛了大角嘴現世一隻大蟑螂。」她哈哈大笑。管場務的憋不住斥喝：「花癡姐，你看歸看，安靜點成不？」總算有個名頭，陸鱘心想。接了這花癡一傘雨水，她退兩步把紅雨衣翻開一抖，臨行戴脖子上那嵌琥珀銀墜子，就跳出來盪在胸前。花癡姐兩眼發楞，嘖嘖連聲：「能讓我戴一會嗎？就一會。」陸鱘不情願，動了憐惜，還是解下來遞給她，說是人家東西，着她要謹細。

她掂了掂，推測出內有乾坤，戴上了，竟就塞進了睡衣領口。「真體貼。」花癡盯着她前臂上，還沒全褪色的人名字樣，冷冷笑着：一準是那縮頭龜的遺物。陸鱘聽不清她咕噥什麼，要過馬路回家，兩人走到大廈門口，待要討回鏈墜，花癡卻突兀來一句：「物主……那大蟑螂，沒找你吧？瞞着我快活，嘿！這會兒，就不死，也不中用了。」話音一落，轉身就走。陸鱘一陣愕然，心神大亂。花癡怎麼會知道，鏈墜的主人沒找她？大角嘴？陳胥就提過，龜縮在大角嘴。

吊臂仍在滴水檐前爬梳高壓電線，越理越亂。她退入門內，眼巴巴看着那朵黃傘，帶着血絲，濕漉漉的危牆下淡去。她要上七樓，停單數的電梯下來了，門玻璃透出一眼青光。進去之前，無論如何，該先打電話給陳胥，看有沒遇上不測；起碼報個信，說載花士苓那命根子，不幸讓人騙走。手機斷續響了三分鐘，沒人接，然後屏幕黑了。

心中忐忑，扯門拉趔闖入了電梯，一按「7」字人就離了地。槽底的穢氣，難得沒跟着上浮。電梯壁新貼了一頁尋人啟事，尋的是海蘊，住對門「1」號房的；聽說，兩三天沒回家了。平日沒見這鄰居笑，黑白照的笑顏，卻似乎在安慰她，似乎在說，這扇門消逝的，都會從另一扇門出來。電梯大概升到六樓，眼前一黑，腳下一陣動盪，在本來就無光的暗槽，遇上大廈停電了。密封在四面黴菌牆裡的黑，黑得黏稠，黑得全沒漏洞，她成了新生代一隻蟲子，剎那間給鎖進一方豎珀。

藝術家的生涯

——入住藍門的三代衣子

「我叫衣子，房間留一下，轉頭來看。」劏房剩了間一百呎，租六千八的，上網查明是凶宅想壓壓價，電話不通，傍晚上樓去敲門，卻說租出去了。「租客知道屋裡死過人？」衣子問。「死人又怎樣？死人會和你爭床瞓？」女房東砰地閉了門。「鬼佔床位，原來還得補錢。」暗想不由得咋舌。十五樓下來，果欄一溜鐵皮屋前回望，好巍峨一牆灰影橫着，上千隻老窗子，賣春婦錢包上剝剩的珠片一般，等掉光了，這浮華就盡了。春盡之前，哪一隻窗眼後藏了死人，要找不容易；但藏了四五年，屍氣沒透出來？蠅蛆沒爬過來？一街時果供品，滿門的桃李、橘子、豬腰芒和霪雨的味道，習慣了，就不講究是桃子壞了，是奶子蔫了。

正自感歎，一行人竟已聚到檐下，雜七雜八十幾張嘴，五六把黑傘一律不收斂，接了檐頭冷雨，點點滴滴也有導到她腳邊的。傘影裡，一個男人，臉白顱圓，忽然提高嗓門開講：「導賞團這一站，就在對面。」他指着華德大廈，「模特兒彭楚盈，一九九九年十月，骸骨十五樓1A被發現。當時，單位沒劏成劏房。死狀，據傳是身首異處，但死因，查明無可疑。業主有個司長妹妹，有可疑不好；不過，屍體爛在屋裡，四年來，業主還不時回去，就夠懸疑，不知什麼個玩法。」他把提場用的 iPad 塞回挎包，續了句：「死人好玩，我早去玩了。」小眼對女團友一瞇，摘下黑框眼鏡，用衣角揩了雨水。他穿格子襯衣，墨盒大一朵白菊做了襟花，開宗明義，每位儆一百五，率眾來尊重四方亡魂。

「死亡，從來就在身邊，沒準在背後某一攤檔的蘋果箱裡發酵，在某一家報社的資料櫃裡封存，死亡就在那裡，像我書裡一個隱喻，等着大家去……去感悟。」感悟什麼，菊花男沒明言，大概喉頭那一顆衫鈕扣得緊，勒住氣道，一喘一喘的，竟似隔着一層膜傳過來。衣子聽過那腔調，一時間，卻想不起哪兒見過人，就把黃傘斜着遮住了臉，省得一照面，這廝認出來搭訕，自己不好應對。「上一節那私影妹，才叫死得精彩。」有隨團的回味。「每天，大街小巷，成千上萬隻行李箱，沒準就有幾副，是流動棺材。」

你站在安全島，腳邊可能就有一個死人，隔着一層尼龍，一個倒模膠殼，陪你等一盞綠燈。」菊花男吐了一串針對案情的比喻。二零一四年十二月，十五歲郭惠明，讓所謂的攝影師虐死，行李箱載到賓館姦屍，折辱完，再裹進塑料袋，棄置砵蘭街垃圾站。

「某周報記載，凶手向私影妹屁眼灌鹿茸大補酒，用鹿茸，是不是暗喻社會積弱，不補不成？」「重點不是酒，是酒瓶，是瓶頸。」有解人論斷：「是瓶頸和屁眼，恰好吻合，便利開導。」「凶手惱她不肯換聖誕裝，一瓶茄汁敲她頭，除了要襯色，這又該怎麼解讀？」「創作，會遇上瓶頸，懸樑大哥，你寫書，有沒遇上一個瓶頸，塞得自己放不了屁？」七嘴八舌，菊花男沒回過神接茬，笑謔讓衣子聽了，卻想起這懸樑大哥，其實姓袁，名良月。

衣子在社交網謀過事，像飽受導賞的郭惠明一樣，做過某龍友會的私影模特兒。外景三次，都在青山公路旁泳灘，換了比堅尼，挺胸提臀，讓一隊男人圍着拍。鏡頭有長有短，纍纍掛脖子上，她屁股一抬就一疊咔嚓響，影子漫過來，竟像一堆蠍子要螫她的肉。

這懸樑大哥，第三次才現身。來拍她，也拍躪高伏低，用變焦鏡吸啜她的人。這臨時的置身事外太着迹，留的印象，自然比蚊蠓叮出來的疙瘩持久。他提過，是耶穌要他辦導賞遊的，逢星期六帶團，龍友會成員，肯陪他走過死蔭的幽谷，八折優待。「凶案，是城市排洩的渣滓。」遊興將盡，他照例反芻出這一句。衣子暗笑，這麼說，閣下帶頭吃渣滓，也真吃出名堂了。雨越下越大，不好過馬路到舊戲院那邊，還是退回檐下。

「等雨小一點，就去長沙街，二零一五年六月，一個印傭讓男友裹進床褥套，撂在鋪頭門口。油麻地兩萬人，這一公里半路程，就有十二樁凶案，看完下一個棄屍現場，導賞團結束。」

「該發掘第十三個景點了，不然，以後跟你團，沒味兒。」有人提議。「怎麼發掘？去挖一副新骨頭讓你看？」有人辯解。菊花男懸樑不答腔，仰着臉乾笑。要溶的牆，要化掉的窗，窗後有冤死的，趁陰天向街上撒牙，所有的淅瀝，都是線索。衣子站在幾蕈黑傘後，只屏息聽雨，想起來，那龍友會還算規矩的，廟街擺檔玩靈鳥占卜的林雀，平時榕樹頭少有往還，反而灘頭見着，原來還是會長，說拍些泳衣照，有山有水，歲末出運程書好配圖。

方才路過，林雀就叫住她，知道她去租凶宅，二話不說，傘面草了道斬妖滅鬼符。「保平安的。」顧念是熟人，符錢酌收一百。「這天氣，就雀叔你開檔。」衣子幾十步外賣性玩具，琢磨沒人會冒雨買震蛋、狼牙陽具套、肛門塞等急用，乾脆停擺一兩晚。「開銷大，總不成一下雨就不來。」林雀拉開摺枱，蓋了幅塑料桌布，白地佈着紅花，常見的手機傳情用那種玫瑰。「有個龍友，你見過的，帶完什麼死人導賞，總來玩鳥。」瞜一眼帳篷裡懸的籠子，籠中鳥果真點了點頭，還怕她不信，他指着一桌濕玫瑰控訴：「邊玩邊抽煙，這三個黑窟窿，就他灼的，差一點壞我佈局。」臉上不寒不燥，生不生氣都呲着一排白牙。

「我過兩天開檔，你也來幫襯買一兩隻飛機杯才好。」她繳了錢走開。那道符，就一個大紅勅字認得，以為黃傘蓋頂，去租房能順遂，哪料到一個鴉嘴房東，還比厲鬼險惡？筆迹，雨打不化，反而潤得像吸飽了血，撐這樣的傘，生人不敢趨近，難得懸樑那一夥，仰着鼻子專心吸屍氣，渾沒放她在眼內。

「真會做作。」衣子打心裡笑着。劏房，較九宮格火鍋早盛行，原理倒一樣，三山五嶽，全熬在一個個格子裡，一格有一格的滋味，憑蒸起來那一股煙，能嗅得出哪一格，有一個倒楣的女人，連毛帶肉，爛成了炸醬湯底？「要敢出格。第十三個，死得夠出色，鹹甜適口，準保你客似雲來。」胃口吃開了，都當這是美食團，拿領隊大哥開涮。「對，鬼魂都繳你團費，捧着一顆頭跟來。」「或者，給你送一座圍爐大獎過來。」等起筷的，又猴急地起鬨。

「死得都有味，就活得無趣。」衣子有點感觸。她隱約記得，受邀私影，還有第四次，道貌人，姓章名朗，聽起來像蟑螂。蟑螂做老師，教中史，無事寫幾則掌故，投袁良月編的《字絮》當補白。後來，蟑螂繞過攝影會，直接約她，要她着水手服，挑明了白裙子要短，星期天到他家裡拍。「老婆不管你？」她問。「跑了。」他答。「那誰替你止血？」她擔心他只着眼裙下，鼻黏膜要破，說要考慮。最終有沒推掉，或者有沒應約，卻記不起來。微信通完話，記憶，就有五六天空白。蟑螂、懸樑和林雀，在這場空白裡，她總覺得，有一個曾襲擊她，曾結成一顆冰雹砸下來，砸中她後腦勺，留下幾個月來，一直不散的腫塊。

這天無風，一柄黃傘像平衡用的舵。懸樑的背影，越看，她越覺陰森，也不陪着等雨停，悄然走開。雨有重量，出門她只背一個鱔魚黃防水背包，塞進去常用的十幾副震蛋，二三十枝按摩棒和矽膠陰莖，連兩盒甜餅乾，撐得夠飽夠沉，步子就穩。儼如貨船需要壓艙物，打從那五六天失去了，她感覺身子一直變輕，不拿東西鎮着，走急了整個人飄忽不定，風一起，更不能沒個憑藉；心中也空蕩蕩的，除了大背包，平素出行，還得左右斜孭一對灰褐和尚袋，正面看，一個大交叉把乳房向兩邊撥，撥得墳起來要人眼饞。「總算不偏不倚。」三個袋子，才湊合穩住重心。她詭稱自己三代衣子，代衣疊起來，就是袋，拆開倒挾帶一絲東洋風。

擺檔她用諢名，戴一頂鬈髮，風信子的紫藍，廟街那假髮店幾百塊錢買的，淺描了唇，只悶聲杵在一泡燈能照白的範圍外，市政大樓前這一隅熾盛，白蝕一樣夜色裡附着。矽膠是明擺着的，一排排，堆成了矽谷。難得豐儉由人，修短隨化。她沒學問，這什麼隨化，是林雀路過見了說的，大概誇這一檔陰莖最齊全，可謂「鳩一條，柒一碌，乜撚都有」，都頭角崢嶸，等識貨的檢閱。以前她爸經營，生意好，她接了手，八成的男客，卻見了鬼一般，轉臉去旁顧。分明都貪鮮，擼捋時心裡想着嬌嫩的，自瀆用具，卻找大嬸大叔買。這是哪門子的心思？紫髮紅唇，不倫不類的配搭，讓她自覺從塵世抽身，暗地演的這一個臨時角色，再搶眼，也美得無血無肉。男人不當她是活的，當跟一堆蠟，一個全息影像交易，心障除了，就多買東西。

然後，來的多半成雙成對，也年輕，用什麼去搗擂，去堵塞對方，變成嚴肅的諮詢。就兩個月前，一個男人來胡鬧，黑鴨舌帽，黑口罩，露出那雙鼠目，一時緊盯她兩隻奶子，一時踮着腳，伸長了脖子，窺探她搭肩兩隻和尚袋裡的傢什。「幹嘛你？」她怒目而視。「買東西。」他作狀翻弄面前一組花苞似的肛門塞，奼紫嫣紅，要人眼亂。「這幾個質地好，最搶手。」她循例推薦。「男用，還是女用？」他問。她沒想過屁眼要分性別，定了神回他：「受得了就塞個大的，管什麼男女。」「你用過？」「這都是新的。」「有沒用過的？」他問得由衷，話也率直：「你用過，我就買。假鳩，震蛋，肛什麼珠，全買。」「二手，不衛生。」新貨有淫巧的，到手她都試玩，睡前試一兩樣解鬱，用完洗乾淨，連同絕版了的，一隻大籐箱載着，五光十色，宛如海盜的藏寶箱，不可告人，也不忍割讓。

「一定要我的私伙？我爸用過的成不？」有包裝壞了的，恐怕是她爸生前洩欲工具，想着噁心，能整批脫手最好。「你這算人話？」來辦貨的，喘着惡氣搶白：「我貪你爸味道好？我要你。」「我味道也不好。不賣。」「我有背景的，知道嗎？」「看得出。」她失笑道，背景一牆霓虹，火鍋店「九點後任食七折」燈牌，映襯得人越發卑賤。「我盯着你幾天了，貼身藏倆挎包的，肯定新鮮熱辣。你讓我挑一下。」「挑你祖宗。」「軟的你不吃，那好……」蒙面男瞪着她：「你走着瞧！」擲下矽製的玫瑰花蕾，悻悻然走開。聽聞女生穿過的內褲，有人花錢逐臭，不想這廝口味更深入腹地。她雖覺荒唐，也沒真當一回事。

過了幾日，午夜收檔前，貨物如常藏入內櫳，膠布一覆，不等推車回街鋪寄存的人過來，兀自讓三個袋子縋着，徒步踅向吳松街。街頭通紅一幢大樓，細雨裡沁血。「遇上冤家了。」她心中叫苦。雞記麻雀館門旁燈下，高矮肥瘦四人組的小隊，一律黑口罩遮臉，擺了陣待着。戴黑鴨舌帽那瘦子，她一眼認出，是決意要嗅她腸頭氣味的，聽他喊一聲：「取貨！」立時吼着圍過來。兩個交叉搭着的和尚袋，一個給扯落在地，一個才解下來掛到高個子脖上，餘人又去撕擄那背包。「別扒褲子，剝肩帶！」瘦子急煎煎的，似乎是「聞肛隊」小頭目，只從旁催促。推拽之間，背包保不住也讓矮子奪了。

濕漉漉一地霓虹，那胖匪去撿浮光裡一隻袋子，卻見袋口敞開，掉出來紅緋緋幾枝電震棒，一根七彩矽膠陽具，他瞪着眼詫問：「大佬，會不會搞錯了？你說她接贓，攔下這一票，夠大夥吃三年。」說着，摸出一串矽製黑葡萄，食指勾着末梢圓環，換了哭腔質疑：「這東西能吃三年？吃了，消化得了？」「都塞回去！你最明事理，改天我一說，你就開竅。」見衣子廝扭着不肯撒手，高矮兩爪牙快遏制不住，連忙把一隻長尾巴的震蛋逮住藏好，接過遞來背包，招呼餘人攞了兩袋不文之物，向玉器市場那邊僻靜處潰散。

回家的路變得好長，穩住她的那三個錨，那平衡用的袋子給劫走了，她的心，自從丟失了那五六天記憶，好像充了氣，沒外物鎮壓住，不住膨脹的空洞，就夠她難受。「不穿鉛鞋，月球上走路就這感覺吧？」她浮浮晃晃，走幾十步，就扶着月面的燈柱喘息。好在衣服濕了變沉，就近有便利店，買兩大瓶可樂捧着，總算走得順當，不讓急風摺倒。

家裡存的舊貨，有刺鼻又黏手的，有懷舊的震盪八爪魚和獨角獸，有絕產了厚皮囊裹齒輪鋼線的；有木偶臉上長一條象鼻子，防水靴材料，塞一回撩幾下，嘎吱嘎吱鬧半天就報廢。到底和鐵皮玩具一樣，是老日子的證物，堆起來一股鐵鏽味，撲面是劣質軟膠的幽甜。新出的，食用級矽膠製造，能充電遙控，能發熱放電，直折騰得人兩眼翻白，呼生喚死。說五花八門，也中肯，五件走正路刺探花心，就有八款深究後門。

新舊交替嬗遞，都寧靜順遂，草木不驚。「屁眼的開發，無可限量。」這真是一個日新又新的行業；停滯的，原來只是滿塵世的走肉，前推後擁，老式肛門棒一樣喧噪，觸不到要點，搆不着時代結的果實。

父女倆住的舊唐樓，兩房一廳，客廳形同倉庫，瓦通紙盒一箱箱摞起來，挪出兩個大盒子，蓋上桌布，偶然共膳，也算敘了天倫。母親改嫁，她隨了幹這營生的老爸。屋裡陽盛，陰倒是不衰。三長兩短成套仿真肉棒掉出來，春色滿門，盡是生意。某天，她心血來潮，桌布一揭，盒蓋一掀，滯銷的矽膠粉臀，竟成堆成垛，居上的包裝破了，陰戶屁眼，慘兮兮沒一個攏上的。要不是透出一股熟悉味道，這肢解現場，還真夠大堆頭。她爸急病走了，留下一個小販牌，一大筆軟膠遺產，要承繼也頭痛。房租一萬五，她付不起，要安置人體殘肢，更是費煞了心，譬如五指或成拳，或併攏，測量排洩孔咬合力的假胳臂，就不好賣；怕人懷疑她棄屍，也不敢丟。

一百呎的凶宅劏房租不下來，同樣價錢，只能租再小的，不免沮喪。回程，沒見林雀留守鏽紅帳篷下，再走兩個路口，萬國歌座外牆燈箱，雨中晃亮，硬照上歌后們都朝她訕笑。箱裡貼了黃紙，寫着：「玫瑰人生，單日三到六時，白大班高雅提琴伴奏……」門內傳出的鬼聲鬼氣，有點嚇人，走出幾步，卻看到燈柱上那招租標貼。

「樂生園大廈，近油麻地臨時熟食市場。七樓B座，有電梯。實用八十五呎，獨立廁廚，冷熱齊。月租六千五百。有意電……」小就小，但離檔口近，能租下來，回去把性虐用的皮帶皮鞭，過時漏氣娃娃，直腸容不了的短鞭長棍，捅陰刁手等大而無當廢物，一概拖到垃圾站就是。事不宜遲，撥了街招上號碼，房東沒想到這雨天有人看房，說給「3」號房阿富，留了門匙，要放租的，是藍色門「6」號那一間，着她去看了合適，再連絡他簽租約。

阿富聽到鈴聲去開門，明知道有人來，見了衣子，只張着嘴，愣然不知所措。「我找阿富。」她把黃傘插入門旁水桶。「你找我幹……幹嗎？」「開房。」見他兩眼直愣愣的，衣子暗笑：「開房門，鑰匙你保管着，不是嗎？」「我還以為……」他抹掉凹額上冷汗，寧定了些，才想起掏褲袋，摸出鑰匙，去開斜對自己房間的「6」號藍門。吉房四壁，藍得比房門更深，昏燈下，人像掉進一瓶藍墨水裡。「上手住客鬆的。」阿富說：「你喜歡偏紫色一點，租了，我替你鬆……」這你也知道？衣子睨他一眼，五官規矩，就是行止失常。馬桶淋浴間，壓縮在暗隅，壁上朝外釘着一塊薄木板，一呎見方，墨黑地，粉彩畫了一根連卵袋的七色陽具，不僅筋脈凸顯，紅橙黃綠……七層聳峙，層層呼應七道房門的顏色。

「怎麼變神主牌了？」衣子覺得蹊蹺，廟街該就她一檔進了這貨，無味的高檔矽膠，他爸以前訂過半打，她嫌來價高，留一枝自用，存貨賣完幾在街頭絕跡。「也是上手留下來的。」阿富有點惶恧。衣子退到過道，見一扇黃門敞開，卻是方才延她進屋未及掩上，一直大聲播着歌劇。她不曉得那是普契尼的《藝術家的生涯》（La Bohème），只是男人大嗓門裡，藍幽幽水光掩映。瞟一眼房內，好大一個圓筒玻璃缸，四五隻水母，浮沉舒卷，禁錮了幾縷幽魂似的。再一看，缸邊木架上還有個玻璃罩，畫中淫具的真身，竟一脈相承豎在裡頭。「我撿……撿的。」阿富大窘，臉紅到耳根。「搶的吧？吃三年？這一根就撐死你。」她暗叫不妙，凶宅租不成，一路跟着噩運走，恐怕走進了賊巢。

論身形，阿富跟那鴨舌帽劫匪相若；聲音不同，卻可能戴了口罩，變濁了。「沒見過像你這樣變態的。」她看着他，看久了，怨氣竟大半消了，只不明白這廝戀物，戀得興師動眾，怎不乾脆去戀人？「變態，還死心眼。」衣子不住搖頭。「是我不對。」阿富覺得她看透他，越發膽怯，自悔沒把該藏的，先藏起來。「要不我……我把這根還你？」他兩步進了房間，連玻璃罩捧上顫搖着的陰莖。「真寧願擱裡頭的，是一株玫瑰。」心裡想着，卻伸手虛擋，「都讓你糟蹋了，我還容得？」語氣，到底是軟糯了：「放心，我沒去報案。」報案，得列出失物清單。這小變態，早算準當差的，不會認真偵辦。

再去看那藍房間，越發覺得畫中七色純陽塔，是這七間房的圖騰，摸上去，一層有一層的溫度。「嫌這畫礙眼，可以摘掉。」「我嫌你礙眼。」她言不由衷。納租，就是要跟這賊頭門當戶對，但瞧他臉皮薄，又給點了相，諒不敢再蒙臉來犯。以後大家和睦，興頭上，讓出一兩隻震蛋，誆他自己煨暖了的就是。「房間我租了，畫別拆。」她聳着鼻子出來：「什麼味道？」問完，察覺過道盡頭，半掩朱砂紅門外，泊了一雙靴子，淺杏色鞋身，灰綠Palladium標誌，她識貨，要趨近看，卻讓撲臉一股惡氣逼退。「臭死了，這是人穿的嗎？」受這一熏，半晌楞了。「習慣了，沒這味兒，心裡不踏實。」阿富生硬地笑着。習慣了好，結夥來挺屍，來劏屍，照樣相安無事。一雙舊鞋，原來比一果欄的腐熟，更能隱惡。她忍不住驚歎：「遺臭萬年，油麻地，數這第一臭靴。」

「l'una brucia in un soffio……e l'altro sta a guardare…… In quell'azzurro - guizzo languente. Sfuma un' ardente - acena d'amor.」忽然，一把女聲隨那旋律詠唱，幽幽婉婉的。回頭，卻不見有人。衣子瞜一眼那藍房，再吃一驚，一個女人頭顱，竟無憑無據的，劏房中浮着！「無頭……」驚駭之餘，不忘斟酌：「有頭鬼！」那顆人頭飄近門口，才現出脖子下面，同牆身一色的藍緞子睡衣，長衫袖，長褲筒，左胸口袋白線繡了HeLa。「一個水深火熱，一個冷眼旁觀……搖曳的藍色火苗竄起，愛情的場面，煙滅灰飛。」女人把現身時哼的歌，笑着譯了一遍。

「遇上個黑背景的，算倒楣。怎麼又來一個藍背景的？」她心裡嘀咕：算你模樣脫俗，但腳丫子着地無聲，軀幹如膠如漆融入一牆幽晦，這出場的派頭，就不怕嚇壞人？「臉都白了，真這麼臭啊？」女人笑問。「臭還罷了，剩一個頭還這麼好唱口，這宅，夠凶的。」「等我買了小雪櫃藏那靴子，以後要嗅，得預約。」「這格子火鍋的間隔，好住不？」衣子鎮定下來，打探這屋宜不宜居。

「敢情好，這是皇宮。你男朋友沒對你落嘴頭？」她問。「這是他淫窟，能聽他的？」衣子嘴欠，卻沒否認這突發的男女關係，阿富甜滋滋的也不糾正，只解說門分七色，房東鬆完漆，撞了邪祟，叫這彩虹皇宮。「有窗戶，要補五百，一屏老樓，沒遠景。」言下之意，是封死了好。要挑剔，是那殯儀館的藍調太陰鬱，好在她存貨多，箱櫳摞起來把牆身遮住，也沒個活口。

「背這座包山，不累？」她見衣子苗條，背囊卻脹得擋住去路，轉臉笑覷着阿富，擠眼提他去卸那重負。他笨手一伸，逕去牽衣解帶，衣子白他一眼：「又來搶啊？」把肩帶拉得更緊，啐了聲：「自己有嘍囉，偏去聽女人使喚。」「我喜歡你這種細腰的，擔心自己吧。」女人說。「這淫蟲沒人認頭最好。」衣子戒心漸除，見她斜簽着身子，過去敲阿富隔壁「4」號房門。「這大雨天，雀叔怎麼還沒回來？」那草綠門扇，離鐵閘最近，出入最不招眼。「雀叔？你找廟街擺檔那水獺頭？」衣子問。那齊刷刷灰短髮，的確像一頭食肉目水棲動物，她會心一笑：「我也不是要找他，我找他的鳥。」

「他的鳥好玩？」衣子詫問。「那鳥替我討過些外快。」她展示手上一匣小卡片，過百張，每張寫了一兩個句子。「幹什麼用的？」阿富湊過來插嘴。「餐牌，選舉傳單，傳染病史，土特產論文學……」她解釋：「有不像人話的，我就抄卡片上，讓那文鳥去啄。啄出來，順序分行排了，就是詩。有個月刊編輯，見過我，雀叔介紹的，鼓勵我投稿新設的詩頁。登了幾回，據說反應很好。」「你這是……」衣子也是懵了，瞪着眼等她點化。「Chi son? Sono un poeta. Che cosa faccio? Scrivo. E come vivo?

Vivo. 我是何人？是詩人。我幹什麼？寫詩歌。怎樣生活？就這麼活！」她耳聽八方，跟巴黎某閣樓一隻波希米亞窮鬼的半段合唱，適巧回答了提問。

「袁良月？那《字絮》編輯，死人導遊，他相中你了？」衣子心裡雪亮，懸樑雀叔這一蛇一鼠，兵分兩路討好她，還不是饞涎蒙了心，要吮她十隻臭腳趾頭？未搬進來，幾個劏房，原來早接連起一眾風馬牛的血脈，生活的軌迹，像地台下的水管和排污渠一樣暗通。「第一幕快完。」她沒搭理衣子，只撮嘴噓了聲，要兩人安靜，鄭重宣告：「《你那冰冷的小手》，咱們皇宮的主題曲。」默哀似的過了五分鐘，一曲終了，林雀還沒應門。「有空房不吭聲，等沒人過問，就去壓價，租來藏自己雀蛋？」衣子怪他藏掖。

「沒準裡頭玩雀，我過一會找他。」見衣子盯着自己胸口，對就要啄破薄縠的乳尖吞涎沫，得瑟地，又接上樂曲唱道：「Si. Mi chiamano Mimi, ma il mio nome è Lucia. 人們都叫我咪咪，其實，我叫露西亞。」「你叫咪咪？」衣子嗤的一笑。「《我的名字叫咪咪》是這曲子，我叫海薀。」海薀光着腳，進了自己房間，紅門一關，剩下兩人四目相投。阿富期期艾艾問衣子：「要不要到……到屋裡看水母？」她想說：「我要看你老母。」但這一來，就陷入婆媳關係的泥沼，噤聲半日，盤問他：「你叫什麼富？」「田中富。」他答。衣子不由得暗歎：真是狹路相逢，一個田中，一個三代，倒匹配得可以補些床戲，重拍一齣《絕唱》。

租了房下來，走近隔壁大廈樓梯口，見醒叔仍擺了摺疊椅，在晶晶女子理髮店舊招牌下垂頭坐着。「這長命雨，還有找女人的？」她停了腳步。「下刀子都有。」醒叔抬起頭，目光越過她，看一盞燈染紅的雨絲。他像衣子一樣，也帶着個背包，一向掛在胸前，黑沉沉的，把人穩穩地墩在椅子上。他是衣子亡父手足，以前在翻版影碟店，負責收銀和頂罪，一天兩百塊，道友迷迷糊糊幹的活，他酗酒，也迷迷糊糊幹得入型入格。蹲了幾趟小牢，忽然在樂生園隔鄰每夜坐鎮，帶上去一個嫖客能掙三十，替鳳樓的姐兒們兜攬過路人。「一個長相好，一個服務好，一個……總之，要不要上去玩？」他逢人就攛掇。「我是你世侄女。」「沒說女的不招呼。」他笑說。做這營生，就沒見過這般慈眉善目的，她也笑了，這算什麼選項？不就一個貌醜，一個態度差，個個都不行？

醛叔膝上總擱一疊報紙，這天，才留意到露面的頭版，左上方一幅大圖；圖中一個男人背影，就倒拖的一隻棗紅行李箱眼熟，她分明就有一個同款的。「什麼新聞？」她問。再一看，報紙又黃又舊，想起這三四個月，見過他幾回，都盯着這版面，二零一四年十二月，報道的，正是郭惠明那起凶案。「烏燈黑火，看得見內容？」「就看圖片。箱子，總覺得見過。」「案發就這附近，凶手拖箱子經過，你見過不出奇。」「是箱子，這一隻箱子。要命……」醛叔眉毛擰着：「要緊事情，偏想不起來。」

覺餓，就近餅店買幾塊奶油蛋糕，吃了奶油，回舊居拾掇，準備搬家。行李箱本該在床下，同色棗紅箱套還在，箱子卻遍尋不見。「不會是爸拖出去了？」勞累了一日，漱洗完躺着，空虛早蔓延臍下，彷彿有條邊界，蟲蟻都在那兒集結。要扔的舊貨，一半堆近門口，床頭櫃上八隻纈草紫小震蛋，有尖額，有圓顱的，算劫後的老相好了，想取些匹配名字，以後隨身帶着，卻欷歔親友稀缺，畫了或悲或喜幾個表情圖案，只拿些閒角色充數，林雀，蟑螂主任，醛叔，海蘊，她替懸樑圈了副眼鏡，田中富的凹額在蛋頭上一勾了事，剩下兩個，是移民了的姐妹淘。

腹下水火相煎，癢得不成，心一橫，前後路各塞進去四枚，頓時，兩組渾球像隔着一牆絨幕開會，這邊廂，成頭潤滑膏的要一門深入；那邊廂，卻已頭頭碰壁，落得滿嘴的淫漿；七嘴八舌，一疊聲議論，這般東拉西扯，主題是沒有的，實在都當她一個簽筒，死命抖着往上挪。

床上輾轉忘了形骸，忽溜出來一個直腸裡帶導賞的。「簽沒求，你掉出來作甚？」諒不是壞蛋，就是下簽，就由它縋着，套了絞索般亂顫。舊貨裡，有鏈條連成一嘟嚕的四個圈套，茜草紅皮革造的手鐐腳扣，不用一用，平白棄掉可惜。仍舊由得震蛋們鬧騰，併着足踝，拿兩個皮帶圈兒套牢了，就去束緊左腕，待塌下身子咬住皮帶梢兒，借力把右腕也縛了，這一來，不縮成一坨坐着，就只好屁股朝天額頭貼地趴着。還沒琢磨出按這模樣孵蛋，有什麼好玩，卻驚覺即興的這一羈勒，自個兒未必能鬆綁。果然掙扎到深夜，仍不能脫困。人疲憊不堪，一合眼，竟汗涔涔蜷縮着睡了。分不出是夢，是潛藏的記憶，漆黑緊壓着她，她身體屈摺得不能再小，被迫用這自縛一樣的姿勢，封存在一個行李箱內。

這一箱黑暗裡，她記起蟑螂曾約過她，但沒成事。第四次私影，是懸樑後來私下邀她的。四個月前，知道她為繼承一屋寶貝心煩，就說要幫忙，拍照那天要她順道拖一箱子過去，除了充氣娃娃，矽膠屍塊，什麼都要一些。「假肉摸多了，怕對人肉沒感覺。」一陣嘿嘿笑，從電話那頭傳來。她就一個棗紅大旅行箱，露了貪饞不好，裝個大半滿，摻了些皮繩皮鞭、連皮帶塞嘴球、鑲大雞巴皮褲等，就硌蹬硌蹬拉着出門。

那天，醛叔也在那樓梯口坐着，「去旅遊？」他問，見她棗紅箱子的拉杆，盪着塊銅牌子，牌上一個黑貓頭，還瞪着綠眼看他。衣子告訴他，有一個導遊訂了一箱能弄死人的貨，附近時鐘酒店交收。「大買賣。」她說。細雨黃昏，她走到騎樓的陰影下，萬國歌座敞開了門，難得沒傳出鬼哭，反而是好動聽的提琴音樂。袁良月，那懸樑大哥，就在一碑粉紅燈箱旁候着，襟上插着肥大一朵白菊花，笑意盈盈，那樣的讓人安心。「La vie en rose，完了就上樓。」他陶醉着。然後，樂曲奏完，她就醒了。

雨夜，諸神追逐紅箱子

——藍門的盜火者

「阿白無常謝大爺，五點過後，這段吳松街是禁區，你知道嗎？」「知道。」「知道你還開一輛車，嗶啵嗶啵打轉？」「差大哥，我是普羅米修斯，盜火的。」他遞上瓷製火炬，告訴那巡警：「要考究，該點着茴香稈送出去，就怕搞不好變縱火。」「這麼說，」一坨腥紅塞到嘴邊，他更凝重了：「阿白……修斯，你是一邊開車，車裡一邊燒個火把？」「這是電單車。」米修斯不憚煩解釋，車是一九六七年老古董，故紙堆刨出來，就為表演用，保證只繞圈兒，不會真開上馬路。「電單車，就是車。熄了火推着，我不管。可你嗶嗶啵，嗶嗶啵，一路騎一路磕碰，這車不扣押，終究是個隱患。」初時，這白衫巡警沒入戲，只作態要發一紙告票交差，見人多圍觀，興頭就來了。

「放我一馬。」米修斯求他通融。「欸，你還有馬啊？」他一攤手，滿臉無奈：「馬我管不了，歸食環署辦。」說着擠開他，奪過電單車扶穩了，一個後蹴，踢起支架，離合器一握，就鼓了腮，啵啵啵啵，噘着嘴，一個勁兒噴死氣。搭着把手推出丈許，扭頭撂下一句：「肯定沒驗車，擋泥板爛掉，油箱漏油，不散架不爆炸，算稀奇。」遇遊人阻擋，還勃勃！勃勃！裝做按響老式喇叭，搖搖晃晃，推着破車入了橫巷。米修斯追出十餘步，大牌檔帳下滿街的流水席，吃辣椒蟹的，幾把去路堵死。撲眼的蒜香煙障裡，他心中空落落的，那巡警的赫現，不僅帶走他的謀生工具，還毀壞他非凡的默劇情節。盜火者騎車傳遞天火，就像速遞薄餅一樣，緊接上騰地氣；然而，眾目之下，他用演技擊潰他，把他的坐駕推入死胡同。

待退回原地，他傳火種那段步行區，忽已泊了十幾隻行李箱子。方才沒撿走地上盛打賞的布袋，難得幾個讀了專訪，來看表演的，替他保守住，幾張小鈔，一把鋼鏰兒還在。他道了謝，路邊歇着。那紅頭瓷火炬，那白袍，那厚粉埋沒的臉，那羊毛鬈髮和鐵線衣架扭成的荊冠，一身裝扮，沒經典的裸體造型誘人，到底算個招眼。多虧那十港元膠鈔，瘀青醬赤，像極了死屍剝落的皮。「鈔票，是城市臉面，長這破臉，能活得長？」他暗笑。遊客去找換，捧接這屍皮，沒有不急煎煎扔晦氣似的，一塊塊扔進他腳邊豁開的袋口。

「搞藝術，你知道的，沒討飯的能掙錢。」抬頭，舊廈三樓一框霓虹，藍幽幽的，框住熱點性商店的玻璃牆。伊俄一頭桃紅，同色蕾絲內衣，兀自分腿站玻璃前，左手一串暗黑小圓球，右手罩向他，一個總是在撫慰他的姿勢。油煙嬝繞，辣椒蟹檔上虛懸的這包廂，她是唯一俯視他的觀眾。宙斯鎖他在高加索山危崖，派一隻鷹啄他肝臟。他肝鬱，抑鬱病治不好，是後遺症。對伊俄，宙斯也狠毒，他強姦她，把她變成母牛。牛做夠了，隨他掉入紅塵，到這油麻地受罪。他就地乞討，沒出息，她看着會難受。她天天看，知道那輛車對他的重要。

一九六七年，紐澤西空軍上校維南奇空襲北越，戰機河內墜落被俘。在戰俘營他做了還能做的事，他虛構了一輛電單車，一有機會，就騎車囚室之間馳騁，遇上坎坷，還會摔下來。同袍喜歡他，守衛不在意他的癡傻。那引擊聲，那絕望和羈絆裡響起的嗶啵，嗶嗶啵啵！適時地，再穿插幾下轟隆！轟隆！那樣地提振人心。演出太受落了，守衛不得不叫停，理由是：「對其他囚犯不公平，他們不像你維南奇一樣有電單車。」像那巡警一樣，他把車推入黑房鎖起來。

世道不同，過去戰俘住牢房不繳租，會盼到終戰；戰後，維南奇就贏得一面銀星勳章；而他米修斯，卻必須在沒盡頭的幻境過活。真實，與他為敵，他唯一的真實，是深水埗某唐樓上那一個籠子，每月苦幹，為的是維持籠子對他的困囿。籠屋困死他，街邊坐久了，箱子攏過來，也堵得他出不了重圍。附近多賣藥賣化妝品的，大陸客萬寧卓悅等店鋪購了物，都在面前分貨裝箱。鑲了輪子的倉庫，沒窗戶的秘密房間，一個黃毛丫頭騎箱子上，咔嘎咔嘎滑過去，天曉得這大葫蘆裡，還悶着什麼？

「阿維納斯，昨晚我看你演出，頭頂靈光閃了個通宵，覺得可以拍一點虛的。今天你不開車，那正好，就看你能不能……」「我是米修斯。」他抬眼望着排開箱陣，逼近面前的男人。太陽落山，還戴副墨鏡，不是瞎子，自然是搞電影的。果然他說：「我是彭導演。」笑着申明來意：「修斯納斯，都是斯，不必拘泥。我們那邊拍戲，宵夜外景。你渾身白雪雪，又握着拳頭大，表現主義一朵紅玫瑰，這愛神賣相，我服了。你肯來客串，飯桌上飛來飛去獻獻花，有實有虛，場面倏一聲，有深度。這戲，我擔演一角色，就為省錢，今晚省下的，都歸你如何？」維納斯和米修斯，要飛起來，姿勢該相近，就那火炬……米修斯慮得周全：「頂上太尖，篤眼篤鼻，哪像花瓣了？」

「你表現得像送花，看着就是花。」導演說服他，要他稍後過去。

火炬，今早才用紅箱頭筆塗的燄火；以前連手柄一色瓷白，都當他推銷軟雪糕。半截塗紅了，好事壞事，接踵趕來了。興許臉太蒼白，那悲傷觸動人，布袋源源進錢，再坐下去，乞丐是做定了。不能展現車術，他可以擺姿勢，裝個樣子。他站起來，向包廂伸出火炬，那燄紅，點着了伊俄的假髮，他們倆，遙遙的相對燃燒。濕翳天兒，僵住十幾分鐘，感覺過了半年，整個兒糊掉之前，路過的，箱子上坐的，八成當他自由神像，有合什來拜，有情急的跪着磕頭，但求移民順遂，早得綠卡。「我米修斯，不管遷徙入籍。我要傳的是……」是什麼呢？他暗問。信念？火種能存續的信念？他開始動搖，篩糠般亂抖。

喘過氣，撿起紅磚地上幾撮零碎人民幣，一袋霉腐束在腰間，走幾十步過了臨時熟食市場，萬國歌座那些臨時歌王，臨刑般嚎過，北海街頭燈火耀眼，彭導演樂生園門前，正喧呼調度。荷里活的才去，拍港片的又來，這影城長住的，過路的，樂意不樂意，都得走走過場，越活越入戲。一個月前，他住樂生園七樓，升降機小，電單車進不去，沒演出，都泊電梯槽旁邊。住過的劏房未見招租，他夾板上塗繪了自畫像，覆轉了釘上藍牆，遷出時忘了撬起來帶走，等聯絡上房東，得去取回。劏，就是屠；劏房，卻遠比屠房障翳。他習慣穿戴停當才出門，播完種回去，臉上照例溶得不分青紅皂白。住了一年，同屋六房住客見他都當見鬼，他的真面目，沒必要貼住那藍色鵲巢，等鳩佔了揭出來墊熱鍋吃麵。

行人道上孤伶伶擺的一席，兩瓶啤酒三道菜，燈下新鋪一幅格子桌布，卻跟四圍格格不入。大奶子演員對面，椅子上擺了半個模特兒，該是隔壁印度服裝店借來，方便看構圖，測明暗的，下肢不存，但紗籠上珠片浮光潑眼。「要下雨，趕快就位！」導演見了他，一手搧着風發話：「阿維納斯，你去綁一條威也(wire)，一會吊臂擺過來，吊高你十分鐘。你撲一下，挫一下，給我飛出一個鳥樣。我筷子一擲，你倒頭衝下來，送大奶一朵花。」朝那演員勾勾頭，退到飯桌前，抱起椅上一截殘軀推給場務，吩咐：「墨鏡一摘，我就不是導演，是禽獸，光想剁死大奶鋸成九塊，再箱子藏屍。趕緊拍，這頓飯，一鏡到頭。」對白，沒預留給米修斯，來人替他束了索帶，兩腳忽然就離了地。

一輛警車挨路邊泊着，吊臂勾着他過了車頂，十字街頭黑壓壓全是人，都向光亮處推擁，要看這虐殺前，襯托用的歡娛場面。「全世界安靜！」號令下達，琴音冉冉升起，原來皇宮他對面房住的白松香，挪了凳子，坐近那大奶椅背，正抱着大提琴奏樂。推想萬國歌座獻完藝，導演見着，也即興抓了來。除了有實有虛，一鏡包羅天上人間，還有雅有俗，算一鍋雜燴。白袍鼓風擺盪了片晌，到離桌面十呎，腳下一盤椒鹽瀨尿蝦，一碟煎釀三寶，禽獸導演給女人夾了釀茄子，只涎着臉勸酒。他擺了個橫飛姿勢，入耳是松香拿手的《玫瑰人生》，琴音裡，所有動作隨節拍變慢了，燈火如潮，滔滔的八方送人來，都起落有序。

這一條老街的主旋律上，他看到袁良月。他是先看到那棗紅行李箱，再看到他的。大概沒料到擠過人牆，前路卻絕了，密密擋了一重看大奶吃蝦的。居高下瞰，那箱子，彷彿一把紅鎖頭卡住良月，他進退不得，原地陀螺轉，顯得有些慌亂，抬頭見半天吊着米修斯，即換了臉擠出笑容。月租六千五的劏房，他租不起，退到深水埗住籠屋，租金省一半。那舊單位六百多平方呎，架了十四個住人籠子，廁所共用。他是上層人，鐵絲網繞床鋪圍了三面，鼾雷痰喘裡，開一面供他出入。良月那大箱子他有同款的，色深藍，佔了半張床鎖住全部家當，睡覺腿擱上去，順帶理氣養生。

附近吉永冰室第一次遇上良月，那天他帶完什麼凶案導賞團，榕樹頭擺檔玩靈鳥占卜的林雀，陪他吃夜宵，沒想到一個盜火者坐在鄰桌，蠟像一樣等一碗通心粉。林雀介紹，良月是寫文章的，在報紙編文教版。聊得深入，想到《住籠屋的米修斯》這題目諷世，就遣人去採訪他，拍了些他瑟縮籠裡的情狀。圖文見刊，果然多了專誠來看他的。他手上火炬，良月送他拍照用，說是團契訂的裝飾物，代進了一批，分他一把無妨。「骨瓷的。」良月說，瓷泥裡攙了四成豬牛的骨灰，能造得薄，透光度好，「我看把人骨搗成細末拌進去，低溫燒，效果一樣。」說完得瑟地一笑。那骨瓷帶青氣，米修斯其實覺着一點陰森。

那夜，良月襟上插了一大朵白菊，這會子兀自開着。他把火炬掖進腰帶，為表達謝意，十指輕靠擬了一個心形，兩臂徐徐舒張送出去，舞蹈一樣，肢體的隔空傳情跟樂曲配合無間。沒看清良月反應，他身子一挫，低頭見導演擲了筷子，鋼索直縋他下去。連忙收攝心神，作勢俯衝，但縋得急，骨瓷的紅頭，幾鑿上大奶額頭，才戛然煞住。她停了筷，嘴張着接過天降的「玫瑰」，臉上驚而不喜，沒反應過來，米修斯已出了鏡，像多擠出來一截牙膏，倏地讓陰影倒吸了上去。

回到高處，不見了良月，該是循來路退後，另覓去處。然後，他見到醛叔，人潮裡時隱時現，走幾步停一停，踮腳張望，似乎要追上什麼人。平日沿廟街走，經過晶晶女子理髮招牌下，樓梯口坐着的醛叔總兜攬他：「一個長相好，一個服務好，一個……

總之，你演完白髮魔女，過來玩。」他帶一個嫖客上樓，姐兒們賞他一點錢，盜版影碟店不僱他頂罪，就幹這餬口。「都說了，我不是白髮魔女，我是……」話未完，他就接腔：「我記得，愛麗絲嘛，你也記得來幫襯才好。」正想着，醛叔擠了過來，仰臉朝他喊話。場務喝止前，好像說在找人，那人拖一隻紅箱子。他點頭表示看見，搖頭是指去向不明，再勾勾頭，算提議他朝南京街那邊去追。醛叔只擰眉擺手，靠向前排幾個警察。

聚光燈照過來，頓時燒着了一般，到底知道張開手，曲了腿，佯裝要飛返天堂。飛了半程，田中富現身了，還笑着朝他豎起拇指。怎麼在人間當起了警察？制服黑白分明，明顯不屬於這年代。皇宮一屋七劏房，房門分七色。阿富斗室那黃門，以前，斜對他藍房間。某天，黃門沒掩好，覷着眼往縫裡一探，卻見他只穿三角褲衩，褥上仰着午睡。人是偏瘦，不想那陽物比搗藥的木槌還大，緊貼着小腹，越出褲頭和綺夢的邊界。他第一次動情，對象是個男人，卻總覺得可以隨大流走直路；而且，他不抗拒女性。第二次真去睡了一個女人，睡久了，卻眷念男人的莽撞，緬懷五大三粗的緊湊和酣暢。

回復獨身，他逐漸寬待自己，直視對陰戶的疏離，在男左女右的岔路前，他不再踟躕，不再壓抑抬頭的欲望。

門縫中這一窺視，入夜，他果真夢到讓這樣一根陽物禽了，一根黑得看不見，長在一匹黑豹身上的陽物。他感到滯脹，盆腔灌滿了夜色，星子透着鐵鏽的腥味。醒來，發覺夢遺了。夢裡他沒掙扎，匍伏着承受，那結實一團黑暗，扭頭去看，卻長了阿富的臉。「女人熟了，就是好吃。」阿富真把他當女人來搗擂，他覺得稱心。黃門裡養水母的玻璃缸旁，奇在還有一個玻璃罩，罩住一根矽製七色陰莖。既然供奉，他該知道彩虹，是專門反映同性相禽的天氣現象，作為聖物在媒體招搖，雖亂人眼，但條紋疊上這挺拔一莖凝膠，倒不落俗。他三十三，大阿富十二歲，心事不同，不可能一步邁過劏房間的壕溝，直接去破門。他覺得阿富心底好男色，卻羞於承認，他要的，是循循善誘。

聖物，阿富不會平白奉送，借來寫生，倒是爽快應允。米修斯抓住底部吸盤上兩顆軟蛋，含笑問他：「承受得了？」「擺着看的。」原來他打理的影碟店，午夜後，會讓流動的攤檔存放貨物，十二車貨，各取月租一千，也幫補了鋪租。街檔要一車車推回來，大半他操辦，那彩虹雞巴，是某一檔貨堆裡掉出來，他回頭發現撿的。「賣情趣用品那……那妞兒的東西。」阿富靦腆地一笑。「這樣罩着供養，什麼居心？」他感到挫敗，冷水澆來，還是臉上厚粉護住他。「沒包裝，一大條軟耷耷晃着，不好還人。」「就不能悄悄塞回去？」米修斯嘀咕：分明存心扣着玩味那餘澤。

後來，他對阿富寄情的情趣妞，自然多留了神，入黑總見她榕樹頭設防，守在堆垛起來的一車淫具後。他臨摹了，釘牆上那一款，沒賣了，說來貨貴。他挑便宜的入手，要了蛇頭狀膠套，套住龜頭，也真應了一個頭頭是道。「阿宙斯，你有屁眼的吧？擦得深，算你神仙站不穩。」她彈着套梢那蛇信子，難得來了戲裡人物，瞧半天才憋不住訕笑。「我是米修斯。」他伸冤似地：「屁眼宙斯害慘的。」「未收屍？未收誰的屍了？你真是……」夜色裡，她的笑也撩人。他脫口咕噥道：「怪不得阿富迷上你。」阿富是誰？她懶得問。

燈光白熾熾地漫開去，他看到阿富身後三個警察，高矮肥，制服就瘦子阿富稱身。他幾個中學同學，影碟店隔壁麻雀館，負責睇場，做雜役，該結了夥，開小差出來掙外快。其中高挑的，就是那廝，沒事找事，開鏡前，到他場子去執法，把電單車充公了！不過，既是老熟人同夥，話也好說，稍後，要他揭開黑幔，把車開回來還他。正想着，見阿富挨着這廝耳語，然後，推搡着，排開人牆，似聽到要緊消息，匆匆追隨醒叔，朝佐敦那邊走。遠方閃電，下雨了。曲子奏完，他讓人縋到地面。等鋼索解開，向松香揮揮手，回頭，披橘子色薄毯一個紅髮女人，忽已擋在面前。「伊俄？」他暗自納罕，伊俄怎麼真從櫥窗下來了？

「阿耶穌基督，你升了天，有沒見一個男人拖隻紅箱子走路？」「怎麼你也喊錯名字了？」他低聲糾正她。「基督米修斯，那箱子，大紅鎖頭一般，你該見到的。」伊俄道出他心中的比喻。他點頭，說那人叫袁良月，幫過他。「就那傢伙，一直躲我，不能讓他逃了。」什麼關係？他一臉疑問。「邊走邊說。」她探出一隻手去拉他：「導演喊我花癡，癡不好，叫我阿花吧。」她要找拉箱子的良月，他要追推走電單車的假巡警，不僅同路，要是那輛車失而復得，他馬上開足馬力駛過去，幫她攔截滑輪上那紅鎖頭。

擠到外圍，一街打傘的，他卻擎着那火炬，認真替阿花擋雨。「骨瓷的？」她笑問。連這都知道？算有見識。「你知道骨瓷裡頭有什麼？」「骨頭，動物的骨頭。良月說的。」「鬼話！那是人骨。」阿花透露那良月，是個狗奤的貨，殺的人多，隨便藏編輯部，塞箱子裡，扔入海邊工地。講究起來，會拿骨頭去盛飯載菜。「他以前侍候我，杯碗瓢盤，用的一色骨瓷，女人骨灰造的，據說，也是大學生，都有些學歷。」沒學歷，會影響骨瓷品質？米修斯摸不着頭腦。踅入南京街，他仰頭看性商店，阿花有點不悅：「你不相信？」「能不相信？」三樓櫥窗的伊俄，這會兒竟不見了。千年的夙緣，就搭一條毛毯匆匆下來，來得半遮半掩；而她假髮的紅，他臉龐的白，怎麼看，都是一套的。良月留下的一條紅色虛線，未抵上海街就消隱了，到岔口沒見到人，正左右徬徨，「佐敦有他去過的教會。」阿花拉他轉左。

醛叔告訴扮差人的阿富，他世侄女衣子，榕樹頭擺檔那情趣妞，拖了一箱子性玩具去街頭賓館，說讓一個什麼編輯拍照用。他覺得不對勁，怕有不測，於是守在賓館樓下。守了兩個鐘頭，那戴黑框眼鏡的圓臉男人，拖着衣子攜去的棗紅箱子下來，挪出升降機，搬下十幾級樓梯，看來很吃力。「箱子那麼沉，除了是我世侄女，見縫再塞了些假雞巴，假驢巴，你說，還能載的什麼？」男人見他過來阻攔，走得更急。他滑了一跤，再追，那廝已鑽到一場戲的光影裡。阿富聽着焦灼，管不了敷了粉，穿了過時制服，醛叔一去，即率高矮肥仨兄弟，走出維納斯投下的陰霾。「救人去。」四個臨時警，懵懵懂懂，見路就走。踅進南京街，到上海街右轉，人就寥落，一地潺潺燈影，越遠越顯陰濕。

盡頭紅綠燈前，一隻大箱子紅得好潤澤，好搶眼，魔術師鋸人用的道具箱一樣豎着，揭開來，肯定掉出一截肉體，還例必是女人的肉體。拖箱子那男人，穿連帽黃雨衣，聽到腳步聲急驟，綠燈前一回頭，阿富等人即搶上來，吆喝着要他止步。「箱子藏了什麼？」「就謀……謀生工具。」「我看你是謀……」殺字沒出口，見箱子貼了個黑骷髏標誌，阿富霎時寒毛直豎，「別……別告訴我她……她死了。」他跟那妞兒，從沒這麼親近，這一殼之隔，摸上去，水珠都似有餘温。如果倒轉了塞箱裡，她的臀肉，離他指尖就一厘米。這是生與死的距離，沿着夾縫剝開，他孕育的愛情，就顛倒着誕生，或者，赤條條地枯萎。

「開箱！」阿富定下神發令。「不能開。」「開！」胖警兩步邁過來，大手篷一聲拍上箱腹，悶響過後，傳出一陣噪動，竟似有東西拍擊着回應。「大佬，有動靜，是人是鬼，撬開了救出來要緊。」斥喝着要搶那箱子，雨衣漢燈影下看明白，不由得失笑：「沒戲份，來消遣我？」見幾張臉白得反光，警帽檐上皇冠徽章，正隨佛具店外一龕電紅燭變色，爛肉般搭着，瞧着膽怯，只想勸退來擾的：「前朝警察，搞這世代良民，不怕笑話？」「這叫假戲真做。不開箱，咱們跟你沒完。」肥警阿貴說。「快開！悶死了告你謀殺。」「有孔透氣。」這一回應，等同招認藏了要呼吸的活物。

「沒人拖得走你。」他攬住那紅箱子，輕拍着探問：「我是阿富，每晚推你的貨去寄存的。你可能沒見過我，可我……」還有衷情要訴，背後傳來呼喝，抬頭，一個穿藍制服的來了，抓着藍得發黑一頂鴨舌帽帽檐，逢人兜頭兜臉遮過去，竟像個行乞的。阿富對現世衙差沒好感，見他把阿貴等人逼到牆邊，回身要來揪他，也不發作，反伸手求援，「手足，我懷疑這箱子……」阿富握着把手，只覺和箱中人連成一氣，他不能讓這披黃雨衣的，把他結實的未來拖走。「你一副鬼差樣兒，冒警滋擾人，重罪，知道嗎？」現世警問他。阿富心想：我冒的舊時皇家警，你喪家警管得着？嘴皮上讓着他：「我們拍戲的，是演警察，不是冒警察。」「你怎不演個署長我瞧瞧？演一個高級的，我好聽你差遣。」他瞪着阿富：「身份證！」

制服換得急，證件什麼的沒隨身揹帶，阿貴犯過小案，也不好讓他盤查，但情趣妞，可不能放着不救，只得低聲下氣求告：「先開箱成不？沒藏人，要拉要鎖由你。」「馬上走！不然，都跟我回差館。」他手按槍柄，準備除暴安良。不走不成，阿富示意各人退入橫巷，再伺機回頭擒凶。「你也是拍戲的？」現世警問雨衣漢。「我編劇的，吃不飽，什麼都幹。」「走！」他黑帽一兜，見他扳下箱子，竟似有尖叫傳出，驚覺事有蹊蹺，連忙從後拽住他：「差人假，話原來不假，差一點讓你過關了。」戒備着，要看他藏了什麼。「這會子，開箱要嚇壞人，那場面，差大哥你不會想見着。」「作賊心虛，我就是要見見。」為防生變，他馬步紮穩，死盯着他，連槍套的扣兒打開了。

另一邊，到上海街左轉，急趕了一程，淅淅瀝瀝撲面是萬盞燈，米修斯犯嘀咕了：「箱子真載了人，不似會走這一條明路。」腳步放緩，瞟一眼紅髮阿花，雨絲細長，竟像有一根鈎住她嘴角，要她一路笑着。「所謂繁華，不過是廢墟之間，偶然燒起的鬼火，早晚是要熄滅的。」她突發的文藝腔觸動他；腔有了，文藝一般就在附近蹲着。他搞文藝演出，這調調討喜。阿花挨近一家老藥店楹聯，就陰影下理順披搭的薄毯，掩映間，毯下原來光溜溜不掛寸縷，連跟假髮襯色的蕾絲內衣也脫了。乳尖收斂一點，就亦男亦女，是他偏愛的婉孌心頭好。「導演性急，衣服脫慢了挨罵。」見他楞着，只解釋：「沒輙，我戲份多。」她說，差點讓他那骨瓷鑿中的大奶子，下一場，導演就會帶她上樓，會用一枝墨水筆捅死她。捅之前，她做替身，就負責讓導演虐打完，再一逕肏死。

「那禽獸親身演的，就是良月。戲都據他犯過的血案改編。」她以前賣書，良月去書店看書看上她，她第一次就是給了他。「別看他文弱，床上變了臉，肉都讓他摳出來。他換了報館，躲我，好在終究讓我盯上。這樣拖一隻箱子，不會有好事，肯定載了人。那廝有潔癖，放了血，灌洗乾淨，拖回巢穴，藏着玩。」「能這麼殘忍？」他不敢置信。「他就試過扒光我衣服，塞箱子裡，掄棍子敲，敲得我聾了，渾身瘀青，還不讓出來。他殺人，隔三差五，就殺人。這齣戲，大學生逃跑過，樓梯口給逮住，吃一頓榔頭，掉一批牙，倒拖回去還得讓他作踐。不過，現實裡，他只弄死貪生的；死翹翹挺直了要他殺，他就洩氣。我由他打，勸他揍，毆我不走他自己先溜了。」阿花一口氣說着。

「良月三四十歲。上世紀女人，他怎麼去殺？」算起來，該還在襁褓，指控未免牽強。「他就是有辦法。」她笑容斂起：「你不相信我？」要不是圖書館門關了，她馬上推他進去翻舊報紙。「你看了新聞，就知道他陰險。」她搜羅的圖文，顯示良月行事縝密了，但瞞不過她，他喜歡菊花，案發現場，總遺下菊花；尤其清明前後，遍地佐證。她湊近他耳邊，說他還把一枝肥大白菊花，插她屁股眼裡。「壞透了，說能受得，等生日就在那兒種玫瑰。」瞜一眼他擎的一坨腥紅，笑說：「要種這一款『玫瑰』，沒攮進半截，怕就讓撐死。」他傳的，是火種，頂多煨暖肚腸，她該知道。誤解，保鮮膜一樣裹住他，一重掩一重，膜裡有自己遲緩的生滅，撕破了不好。

兩人站廊檐下，四顧不見良月。阿富和三警，多半背道去追，那邊沒逮到人，他和阿花更不能撒手。不等雨歇，快步橫過了佐敦道。「人捕獲了，打算怎麼處置？」「折磨夠，由他爛我屋裡。你說呢？」「道個謝，還了人情。再要煎要煮，聽你的。」良月在哪辦事，他沒洩露；興許，她愛在人海裡找他，像夜霧下，一艘船偏執地要找一座礁區磕上去。「咱們在一條船上了。」進了寶靈街，她一身淋漓，卻忙着描畫新生活的圖景：「以後一起去逮他，逮到了一起剝他皮。」

一家古董店前，他們停下來。店打烊了，窗櫥原來擺的盔甲，撤換成一襲古老潛水服。街燈昏昧，潛水頭盔罩下來，銅鐘一樣壓住假人肩膀，鐘頂喉管接上密封皮衣。頭盔三個窗洞，兩邊小的有窗格子護着，兩百年過去，銅綠兀自蔓生。雨裡，一間防水的，比他那籠屋還小的流動囚室。罩上身，大墨魚背後來襲，他得抬起穿鉛鞋的腿，僵直地轉身。會不會動作慢了，再一次捲入濃稠的夜色？他竟然讓一襲工作服撼動，他覺得自己一直頂着這座潛水鐘在陸地行走，重壓之下，他轉不過頭來回望過去。

他決定攢錢投資這一身行頭，塗黑了臉，全副裝束聳立在鬧市，不再傳遞什麼，只飾演一套空洞的潛水服，那凝滯的虛空，肯定讓他多掙錢。「這身防火衣，你會穿得好看。」她說：自己陰虛火旺，大夫都確診了，消防員能治她。他沒斟酌她的話，那紅假髮，橘毛毯，映上玻璃櫥，赫然就是濕地燒起的一團火。這團火，他不會再拱手送人，夜長了，他得留着取暖。以後，到吳松街看他的，該會樂見盜火者穿了潛水服，吱嘎響着，藏在幽晦裡跟一團火慢舞。「該回頭了，我還有戲。」她騰出一隻手，他看到那隻手，挽住潛水服的長袖，玻璃櫥的疊影裡，靜靜結了緣。

回說上海街另一頭，巡警脅迫下，雨衣漢開了密碼鎖，卻遲遲不肯把箱子揭開。「差大哥，你書沒讀過，戲總看過吧？潘朵拉盒子，你該聽說過的。這東西，就是潘朵拉那盒子，我再說一次，是開不得的；一打開，什麼梅毒、疱疹、狗官、金錢癬、肺癆議員……天底下，所有禍事，呱啦呱啦，結夥飛出來。到時候，白的變黑，差佬要變賊頭，你這威風……」「住嘴！我也再說一次，你阻差辦公，再拖延，我開槍打你的頭！打你春袋！打你……」「我開……」見他紅了眼，殺氣騰騰，雨衣漢再不敢囉嗦，他蹲下來扳起一對銅扣，箱蓋啪一聲翻開，即抱頭退到騎樓下。驀地，腥風夾着尖嘯，颼颼颯颯，直撲那現世巡警。他眼前一黑，剎那間，讓罩臉一團陰雲，不知道摑了多少個巴掌，驚喊着尿了褲子，三魂七魄，隨一片亂影迴翔了兩匝，湧向甘肅街頭幾株老榕的樹冠，忽散忽聚，投向海濱那一牆黑幕。

「什麼東……東西襲警？」「蝙蝠。」雨衣漢一臉沮喪，看着幾隻悶壞了飛不動的，「好了，連希望都沒了。」他埋怨着，說放蝙蝠，是導演意思，嫌放白鴿矯情，氣氛不對。晚一點，等雨小了，大奶子親身上陣，脫光光逃命，本來要放這一兩百隻試效果；以後，殺人殺得狠，就當場放一批。都吃水果，不咬人，腎虧了熬湯吃壯陽，曬乾了藥用，還好買，拍片要用活的，得有門道。「你以為容易？做編劇，錢一就收不足，一就收不到，不做道具幫補，吃香燭能飽？差大哥，一場戲你搞砸了，我還得拉隻空箱子回去捱轟呢。」巡警怔愣着，聽他說完，知道折損了電影創意，褲襠裡沁涼，帽檐拉低，夾尾去了。

但蝙蝠，也不全是白放的，有一趟聚合，就化為醛叔頭上一帖黑雲。他沒像米修斯和紅髮阿花那樣，到上海街就轉左，也沒隨四個皇家警轉右，他嗅到良月路上留下的菊花味，那殯儀館獨有的腐熟氣息。他看見他披了連帽黑雨衣，過了馬路，他認得那行李箱，於是，仍沿南京街趕上去。良月挑僻靜處急行，他追得喘不過氣，頭上一陣噪響，成群蝙蝠已掠過他，追着消毒水的幽甜，撲近前頭那一箱濕透的棗紅。良月早察覺有人盯梢，翼影下，一個打着黑傘的人，就要化入黑夜似的。

再往前走，工地前有圍網豁了口，良月踉蹌扯了箱子進去，醛叔小跑着尾隨。旅行箱拉杆把手下，鏈子緊扣的一塊銅牌，沿路抖着，燈影裡閃動。這距離，他沒見着牌子上的綠眼黑貓，卻更確定箱子裡藏了人，隔着胎衣，隔着血淋淋一層膜在呼喚他。他不是去救死，是去接生。鐵絲網內，雜草萋萋，怎麼突然浮出這樣一座荒野？分明有過樓台店肆，都哪去了？他迷迷糊糊走着，亂草隱沒了那點紅。遠處，三屏迷濛燈火，沒屏蔽的一面，彷彿傳來潮聲，不是蝙蝠群起拍翼，盡頭該就是大海。良月要把箱子沉海？人活着落入潮流，還能有救？

在這片廣漠的腐土，他楞着，一傘黑菌似的孤獨。然後，連續的悶雷，閃電了。他頂着風雨，還要追逐。驀地，背後一陣窸窣，他頭殼裡轟響，一輩子沒聽過的聲音，震波在顱內傳到眼窩，三面遙遠的熒煌，剎那間熄滅。讓雷殛了？給偷襲了？漆黑裡，他嗅到菊花的甜香，那樣熟悉，卻濃郁得不合情理。不知道過了多久，他睜開眼，四野空寂，乾草上，月圓而皎潔。怎麼會杵在這兒？他想不起來了，好像是某天擅離了崗位，而廟街某一幢老樓陋室裡，有三個女人，「一個長相好，一個服務好，一個你肯將就，就什麼都好。」她們仨，還等着他招攬急色的過客。他茫然走着，一路走，那荒地竟一路長着肥壯的，白得像骨瓷的菊花。

南極性商店

——黃門的田中和三代

聚光燈熄了，該散的散了，紙紮巡邏車陰溝上燒化完，落一地的灰，阿富才看到三個同是演皇家警的，搖搖擺擺，廟街騎樓陰影裡盪來，卻也是紙紮的。他踢開麻雀館門邊化寶盆，省得火星子濺起，燒了各人紙衫紙褲，不想鞋頭招了火舌，掩映間，一個穿鮮黃連帽雨衣漢子，忽到了面前。「把人還我！」阿富盯着他攜來物件，方才攔下他，分明拖的一隻紅箱子，當時沒查出底細，這會踅回來投案，卻怎麼換了顏色，變單門雪櫃了？

「那箱子呢？」阿富問。「橫豎誣我藏了人，換個雪櫃去藏，保鮮。」他賭氣說。「沒藏，幹嘛上鎖了？」櫃門焊了橫閂，蠟油，偏從四邊縫隙咕唧咕唧冒出來，黏乎乎，風一吹，成幅凝結了把雪櫃罩住，也真像原來遇見的那紅箱。剔起一塊紅痂皮，金田牌商標，他倒覺得眼熟。雨停了，附耳去聽，嬌喘早不可聞，蠟膜下還悶住一場淅瀝。

一箱濃縮的黑暗裡，雨，滾燙黏稠。他想像她撐一把破傘，赤條條，讓滴下的紅蠟封死之前，就等他搭手。他會捉緊她，像從雪花紛飛的舊屏幕裡，扯出來一根蠟炬。「空的，色即是空。」雨衣漢說：載了拍戲用的蝙蝠，衙差來攪局，攪飛了。「還囉嗦？」紙警察阿貴領來兩個紙紮同袍，讓阿富下身揚起的火屑一撲，都灼了些漏洞。「富哥，你雞巴燒沒了！」胖的那紙警最焦灼，卻不敢去滅火。「不礙事。」褲筒燒剩支架，阿富去拍，拍起一掌赤餤，卻兀自晃着命人開箱。「老弟，再燒下去，你整個兒要化灰的。」「誰不會化灰？」他覺得好笑，難道你不化灰，化一間時鐘酒店？雨衣漢開了鎖，櫃門一掀，撲面一股蛇鼠糞便的膻臭，掉出來的，卻不是衣子，不是心裡惦着，賣假鳩假卵的那女孩。

「媽？怎麼裡頭藏的，變我媽小澤鯨了？」阿富好迷惘。他媽滑下來，攤在灰堆上，身子一貫的纖薄，從屏幕裁下來似的，臂上幾個紅掌印，還掛着些漿液，熒熒然，儼如吃光陰的蠶。待轉了身，兩乳上積的燭淚，也印證箱中紅雨的火燙。再一抖，兩個黑人纏搭着掉落，同樣不掛寸縷，鳥毛刮得光溜，兩條二維世界的陽物，正面看，竟比警棍粗實。「我的媽，這樣雙管齊下，一夜生受，能不內傷？」骨架燒壞，阿富一顆頭陷入自身的火堆之前，兩個紙警察把小澤鯨扶起來，她瞅着他一笑說：「下一場，你爸大驚要肏我，一九九七年無碼版。眸子別也燒了，留着看你媽榨乾他，最後十五秒，別眨眼，你爸陰囊下那條筋一脹一縮，特寫拍了，就那一刻，挾裹了你，射得好深。他不知道我沒吃藥避孕，要知道了，他走旱路，你會死在直腸裡的。」避不避孕，他不好妄議，但想到自己幾乎撞上一橛大便，臭烘烘爛在起跑線上，就意難平。

道具師拉下黃雨帽，真面目更讓他迷惘，「爸？」喊完，卻覺得彆扭。一開始，這廝就想把他推入絕境，自己能存活，純粹源於他的疏忽。他能稱這一個疏忽做爸？「你穿了褲子，不好認。」阿富埋怨。「這齣戲我編劇，還監製，分不了身上陣。」他臉上和悅。「媽死了，你知道不？」問完，撐不住一直墮落，塌向自己化成的灰堆。半年來，他總做着這一家團聚的夢，情節大同，小異是掉出來的黑人數目。這天，鄰房小雪櫃的鼓噪，再擾醒他，一板之隔，單人床褥貼住的製冷機器，嗚嗡嗚嗡，日夜鑽他顱頂。「究竟攞了多少個櫃？篩得人失魂。」他抵住薄牆，牆身不僅直顫，還燙手。

隔壁綠門「4」號，房客就是林雀。上回撞見，他正推 個金田牌單門雪櫃進屋。通道狹窄，只挪得過這種小的。「買來藏……藏鮑魚。」說撿了便宜貨，冷藏了等價漲。劏房戶午後一般外出，就綠門斜對着那七口之家，老尼安德特男人咳得下不了床。林雀期期艾艾，像好事給撞破，也裝着咳了幾聲遮掩。前後添了多少金田，貯了多少鮑魚?他沒過問。但房間成了冷凍庫，冰箱散出來燠熱，不宜住人，過去一星期，也真沒見他露臉。「夢到下體化灰，是心火盛。」林雀以前笑過他，說手淫過多，易損腎陰之氣。「好色，不如好德。擼得多眼花，易見鬼。」嘴皮耍過，老雀撂下一屋嗚嗡嗚嗡去了；其實好鮑魚，更驚人夢。「咬牙忍一下，等痳了就受用。」母親在男根下的呢喃，他記住了。暗想：就忍個幾天，真不受用，再到榕樹頭他占卜檔找晦氣。

《帕格尼尼主題狂想曲》，一疊影碟鎮住，樓下戲曲店老闆送的，他信手抽出來播放。除了唱片，那爿店多的是中西影碟，塵封幾十年，一牆國粵語殘劇做掩護，髒毛巾一掀，滿箱子的過氣東瀛成人vcd。「月是舊時圓，女人是舊時的騷。總之，場面淫亂，女優能幹。不是前陣子備了份，這一撥，還不捨得賣。」他說得由衷：「這是承傳，生意其次，後生不知道前賢㐬過的屄，先烈叼過的鳥，可惜。」約莫半年前，阿富店裡挑了幾張封套乾淨的，回屋撲上褥子，猴急地，快播了小半齣，女角登場，他即覺眼熟；細看，赫然竟就是他媽！

他記得她的聲音，認得她鎖骨之間，吻痕般的胎記。當她嘴巴掛着涎沫，脫離男人腹下一堆馬賽克，一個定鏡，他就確認了和畫中人的母子關係。定神再播，哀啼重新響起。他五歲那年，母親李鯨病歿，病發臥床前，偶或教授日語為生。姨母接手把他拉扯大，對胞妹的往事，從來緘口。原來香港易幟前，她就換姓小澤，離鄉幹活，還幹得有聲有色。天黑了，窗外雨聲如潮，他覺得這場雨，大得真會把一座鯨推上灘頭。就是在這一屋潮聲裡，他和重播的親媽，枕畔重逢。

劇終，沒等預告片和飛機杯廣告播完，他急奔下樓，冒雨再訪那戲曲店，搜尋有小澤鯨擔演的電影。翻箱倒篋，總算找到幾隻一九九七年前舊碟。「識貨！手槍打多了眼盲，在你這年紀，就變瞎子，我也要射糊阿鯨姐。」意猶未盡，還要誇他媽屁股圓翹，張弛有度。這店老闆，長相酷似他中學校長，聽校長臨風緬懷不斷擼管的歲月，而且，是當他媽槍靶子，不斷擼管的歲月，他總覺得不是味兒。「擼完，拜託你……」他真喊他校長，盼他用學究的態度，當這是一起歷史事件去鉤沉。果然不負所託，他轉頭在乳波臀浪裡，打撈到三四齣有小澤鯨參演的。後來，滄海裡撿到遺珠，也分幾次提價勻給他。阿富遲睡晏起，黃昏替人推車出去擺檔之前，照例屋裡研磨，要順藤摸瓜，在 15.6 英寸熒幕裡，摸索他田氏一脈的濫觴。他這是在尋根，在男根化成的棍影下，訪尋自己的根柢。

第一齣他媽演的戲，就兩幕，都單挑田中大鷲，舉手投足，算有理有節，結尾他媽例牌地兩眼翻白，汗津津的，文火蒸熟的黃魚膘一般渥潤。興許競爭大，製作也大，越往後越多過過場，去趁熱鬧的，多半臨床軟耷耷降了旗，讓幹嘴皮活的啜一下，又撲上身瞎搞。三五成群，嚙完奶子舔陰戶，死摳瞎挖成不了事，卻知道鞠躬下台。周年紀念版，竟僱來七個黑鴉鴉的，小澤鯨手腳給綁在一起，各人魚貫而進，也不知誰闖了前門，誰深入後院，事成抽出來都往兩個洞眼上噴。海外流出版，演員生殖器沒馬賽克遮掩，壞了規矩，映像倫理協會就不認可，不保障。他媽人出去了，行事也豁出去了。連場摧折，恐怕就那時壞了身子染了病，回來一直沒治好。片尾有攝製和販售年月，他是一九九七年炎夏，中國運兵車隊暴雨裡入城那暗夜誕生的，就在離廟街不遠的廣華醫院墜地。

循自己生日推前二百八十天，搜尋對照電影資料，他發現小澤鯨受孕的良辰，連續兩輯小製作，都只跟大鷲做對手戲。當然，大鷲不是每齣戲都在，但只有讓大鷲作踐，她才透露苦中作樂的表情，那份投入，絕非其他大鵬大鶴可比。半年前，他還以為自己姓田，名中富；然而，田中大鷲呼天搶地，精索抽動那一刻，他忽然明白，他田中富其實不姓田，他姓田中，叫做阿富！雖然不合語理，但血緣上，他算半個日本人。細審了幾齣無碼小電影，比照過自己和大鷲雞巴，那過人之長，那崢嶸頭角，絕對是粵人說的一鳩樣，絕對是他遺孤的旁證。他該感激？該善用？他以後遇上的女孩，能消受？會欣賞菊花與刀之外，這不常見的一橛大棍？大鷲留給他一副屬於水銀燈下的良材，但這座城，卻壓根兒沒這個行業。

小澤鯨大概有幾個月沒接戲，阿富催促擼管校長去搜刮，遍搜不獲，那空虛夠折磨人。最後找到一張，小澤鯨腹部鼓起，該有了四五個月身孕。肚皮裡悶住的，不是他田中富，還會是誰？同樣的一個雷雨天，閃電橫空，他目睹了一樁罕見的虐兒個案，沒想到自己才發芽四五個月，就遇上嚴重的家暴！三個黑人，從熱帶雨林速遞到新宿某小倉庫，股腹還黏着剛果河的吸血水蛭，就輪流用自攜的搗藥錘，搗擂他趴着的媽，一個力弱了換另一個，越捅越深越急驟。

那天，他為辟除淫聲播的是《蝴蝶夫人》，「Un bel di, vedremo, levarsi un fil di fumo……」在那晴朗的一天，日本女人鳥瞰山下黑煙騰起，大船要靠岸了，她扯高嗓門歡呼，美國大兵情人，終於把愛情帶回來了。當然，又是一個悲慘的誤會，唱到斷腸處，他那小熒幕，內外一樣的濡濕。他想到自己頭下腳上，蜷縮子宮裡的姿勢，黑實的錘頭，該每一下都搗向他的額頭。他前額一塊銀元大的凹陷，破了貴相，他一直不明所以。好眉好貌，怎麼會生就這樣一個額頭？原來一早就在東海的彼岸受襲，主犯是非洲人；而大鷲，這個也該受到歌詞控訴的負心鬼子，他可惡極了，只掏出大雞巴讓他媽含着。她閉了眼，像咬着一橛軟木，沒麻醉就讓人截肢。

在這輯國際性的虐兒實錄，他看得出母親對大鷲的信賴，卻見不着他這個大鳥爸爸的半點慈悲。他不欺騙自己，他希望有一個父親，但那廝，更像一個仇人。對音樂，阿富不挑剔，數月來看黃片播西方歌劇，也是校長的啟蒙。「要夠激昂，要一路奏樂，一路有人嘶叫。」他要求明確。「歌劇吧。」校長塞了他一疊月下貨。那隻黑人輪流攻他腦門的影碟，是他找到的，母親演藝生涯的完結篇。字幕黑暗裡升起前，母親癱臥破褥子上，她側着頭看他，看着她降生了的凹額兒子，嘴角雖不住溢出漿液，但眼裡充滿憐惜。

他起來夾了豐年蝦去餵水母，以為可以分神不細想，淚水卻堵不住，嘩啦啦落在玻璃缸裡。破曉前，他還是不能闔眼，不知是心痛是心癢，就怕有看漏眼，錯過了的細枝末節。這時，除了過道盡頭，青色房門的伍姑娘未回，各房人該還在挺屍，為免他媽叫床真把人叫醒，他把《卡門》插入唱機掩飾。要去調低聲浪，抬頭卻見一缸幽藍，水母的升沉全失了序。原來有一隻不動了，一隻在翻滾掙扎。每一隻，傘形不同，觸手長短有異，他就地取材，取了知道的房客名字；這死了，倒過來花瓣一樣開着的，就叫海殣。

他發現二維母親不久，海殣才搬入彩虹皇宮，過道上見過幾次，都是背影，轉眼進了房間。光看腰臀他就臉紅耳熱，那緞子長褲，水溜溜的撩得他硬出頭。另一隻，不上不落，怕也活不成的海月水母，是伍姑娘陸續。水出問題了？雜質是半點不能攙的，難不成黃昏那幾滴眼淚，感染了，或者感動了這脆弱的浮生？不施治，伍姑娘救不回，餘下的，早晚得死。慌得亂了陣腳，竟想不起金魚街早市沒了，天濛濛亮，趿了拖鞋就搶出房門。

他那層的電梯壞了，沒燈號；停雙數的，顯示快升到「8」樓。推開防煙門，一階梯雨聲。撞歪轉折處兩個瓦通紙箱，載小雪櫃的。直奔上樓，電梯紅門，正透出一抹慘青。他大步邁過去，一個勁兒扯門。就是那一趟，他看了海殣一個全相，雖然得一個背面，但黝黑，苗條，橫過腰間一痕茜草紅，乍一看，以為是T字褲的繩帶，但紅線沒往下潛移，她是赤條條地，深淵裡給扯上來的。海殣一轉身，見他呆張大嘴，站在鬧外，連忙拉過一幅白地玫瑰圖案桌布蔽體。《卡門》隱約樓下傳來，他想衝過去，配合樂曲，用腹下暴長的一隻角兜起她，要她見識挑釁的苦果。但說時遲，那時快手替她拉開了趟閘，由她橫拖着鬥牛旗，掩掩映映斜簽着過去。「水母……水……要死水母。」他一嘴含糊，換位進了電梯，人迷迷惘惘的，忘了要揿下絀的按鈕。水腐珊瑚鹽沒貯備，他上下奔竄，沒想到遇這一幕；實在隔壁白松香，見姐妹淘兩三天沒回，還貼了尋人啟事。狹路逢上海璫，奇在這短暫失蹤的，眼裡空茫，沒見過他一般。

在這之前，三代衣子來租房，大家其實見了個正面。那夜也下雨，屋裡奏的是《藝術家的生涯》。海璫穿藍緞子睡衣在藍房出沒，嶄然見頭角，卻不見身軀，一隻有頭鬼隨着旋律和唱，還真嚇人一跳。半個月過去，衣子搬過來，他答應幫忙，臨時拉阿貴等人當搬運工，竟都有難色，不情願。「我們推兩架木頭車，來回三幾趟，嫂子的嫁妝箱櫳，該搬清楚。到了樂生園樓下，你自個兒搬上去，反正電梯載不了人。」分明另有隱情。問原因，阿貴只回他：「你倆同居了，假鳩假屄成堆抱着玩，要大家見了妒恨？」果真瓦通盒子搬進電梯，按了「8」字，各人就撒手。中途沒住客搭上行的，到頂了，阿富開門接應，七八樓來回上落幾十趟，真累出渾身虛汗的一副死相。

衣子擺箱子像砌積木，除冷氣機送風口全堵上。留了擱單人床褥的餘地，床褥下墊一層紙箱，正好當床架子。馬桶暨淋浴間那浴簾一掀，腿不用提，背轉身蹲下，床尾即接住光屁股。難得紙箱之間，還有虛位塞進日用品。拾掇到傍晚，梳洗完躺下，門一關，頓時暗無天日。箱子垛得高，遮了天花燈，點了照樣迷迷濛濛，潑了幾灘發光藍藻上去似的。正感氣悶，紅房門外那靴子的臭，熏了半日，熏得她潮熱，怔忡不寧。這時，阿富房門虛掩，那一縫水藍，悄悄撩進她屋，知道他有心，而且，早生出飽餐她的歪心，也就不拘一格，半步挪過去扯開了門。「借宿一宵。」她知會他。阿富拉住鬆垮垮孖煙囪短褲，靠貼一旁雜物架，腳未蹬直，她已順勢躺倒。要來的，終究要來，沒想來得這麼倉卒，越了雷池，直勾勾地入侵。

「還不睡？」衣子問。「才看了我媽……你來，媽高興。」差一點說漏了嘴。「鬼話。」她挨着他，肉楔子似的。這屋沒點燈，床腳玻璃椿子，浮光漾開來，幾隻水母成了滿場飛的走馬。「『紅1』、『青5』不成了。」他瞪着天花上漣漪。咒人歸西不好，他代換成房號。衣子穿象牙白小背心，同色三角褲衩，陪缸中浮生，沾染了藍調。她隱約覺得，自己是他漏算了，插隊掉褥子上的「藍6」，天亮前，要乾成海蜇。「水母死了，灼人不？」她手掌搭上他大腿根。驀地，他股腹觸電一般，真似讓觸鬚螫着。那話兒出了頭，乾脆四肢一併僵硬了，免得刮響褲子尷尬。「死而不散，才灼……」暗忖：雞巴上擱水母，壓根是縱火。「住海底似的。」她扭頭覷着他：「就為搞氣氛，裝有深度？」屋裡影影綽綽，連他額上那坑窪，也像積了鹹水。阿富中學讀大埔聖潔會，某年，來了個水母專家，生物室變了水母館。他告訴衣子，有個長相像她的學姊，還知道培育水蝪體，玩繁殖。等畢了業，養水母熱潮退去，剩他不離不棄，看護那一缸如夢如電的泡影。

「流不能急，水花不能起，鹹度要適中，髒一點出事。今兒樓下搬東西一夥，三個都我同班的，沒一個養得好。」他自顧絮叨，說幾滴眼淚，害慘一對藍海月，稍後再處置。剩一隻『橙2』落了單，破了三重奏格局，還得避着一隻四草，一隻大西洋海刺。

「『綠4』最碰不得。」一房頂暗湧，他還要囉嗦：「那啡海刺，掛好長一綹毒血絲，玩鳥那林雀，他盯住女人看，眼珠子就那模樣。」他說 句，吐一串氣泡，冤沉海底似的。「進這皇宮，魂魄都寄你缸裡。」她恍然，怪不得浮沉開闔，映照出鬼影幢幢。「這撥都貪吃，得孵化乾蝦卵去餵，忙起來顧不了。以後找隻朝天水母補進去，觸手有蟲黃藻，行光合作用，就不用我操——」他要說操心，她逮到空子續了句：「屄，不用你操屄！」她取笑他，借勢勒轉話頭：「搶了我一綑矽膠，操了自己，就不操屄了？」怕越描越黑，阿富不接茬，硬要說：「六億年前，水母就……」「就有名堂，叫戀母情意結！」她這話螯中他，以為心事給窺破，愣了半晌，才悟到這戀母，是指水母。

「你究竟做不做？」衣子憋不住了。「做什麼？」他頭一側，她就用唇封死他。他總算知道要抱她，舌頭伸她嘴裡攪和。糾纏半天，陽具隔着褲子碾得她發燙。從哪入手？他還沒個章程，正暗罵雙親的演示不實用，她坐起來，倏地把小背心脫了。翻身俯臥，卻半天不見動靜。原來衣子背上橫着兩條青紫色瘀痕，乍一看，他以為是毒蛇刺青，微吃一驚。細審有雞眼扣，每條七個小圓圈排在肉上，該是鱷魚皮的寬邊腰帶，沒隔着衣物新抽的，紋理判然，皮革帶梢磕出來一暈血。「讓人鞭撻了？」他留了道門縫，整夜偷聽，怎麼不聞聲息？「褲衩讓你磨得起漪，還不替我脫了。」她提點他。阿富褪了自己褲子，再兩手掐起她褲頭，這情景，他腦海裡演習過，不就扒褲子，熱臉貼上冷屁股，埋首舔咂個水流花謝，女人就翻着白眼告饒。可事到臨頭，卻激動得一邊拆封，一邊哆嗦，然後，他揭出第三條一樣連綿的瘀青。他好奇，不知蛇腹有沒楔進屁股溝裡，扒開鼓起的兩團肉，那蛇卻攔腰斷了。「討厭！再看我放一個屁你嗅嗅。」她讓他盯得不自在，投訴完，反手一抄，抓住他膨脹的雞巴，覺得爽利就勢扯了兩下，不想手一鬆，耳邊一聲怪叫，背臀上那三横，忽地涼浸浸添了一豎，成精，還成王了。

「處男？」衣子這一問，算破了僵局。他下頷輕磕她後頸，感傷地招認。二十一歲，只搞過飛機杯，一把脈，已確診他是：「性功能障礙。」他汗涔涔，未交鋒就鎩羽，傢伙再大，也是大而無當，瞥眼間，見腳邊筆記本電腦揭了蓋，竟生怕大鷲閃出來踢他，暴斥他廢柴。「沒事，過一會再試。」她兜住他卵袋，輕搔着，算是鼓勵。「我是你遇的第幾個……」他跪着指她背上穢迹，其實想問的是，有沒遇過比他快洩的。「剛好排第一百。」她惱他唐突，拿話消遣他。「記得仕名字？」他有點沮喪。她狡黠地笑着，偏不揭曉他那九十九位前輩，洋名都神氣地叫 Silicon，中文就是阿矽，跟他罩着供奉的軟膠同出一門。「瘀痕，自己抽的？」他帶開話題，尋思：要是她有這受虐的癮頭，他得做好毒打她的心理準備。

「有四個月了，」衣子告訴他，那夜，她杵在廟街頭一幢時鐘酒店騎樓下，粉紅燈箱跳閃着，萬國歌座照常不掩門，有女聲唱着：「雨還在下，落滿一湖煙，斷橋絹傘，黑白了思念……」六點一過，白大班不施提琴伴奏，哭腔缺了潤飾，格外的寒磣。她記不起為什麼會在那廊檐下，忘了見過什麼人，做過什麼事。茫然趦到上海街，雨好大。突然，四個警察奔過，她要追上去，詢問自己出了什麼事，但一雙腿，像給雨水膠住，總落在人後。然後，她發現他們穿的制服，黑白分明，竟不是這年代的。有那麼一瞬，她以為掉入時間湍流，漂回黑白電影裡的香港。街頭紅綠燈前，舊差人截停了一隻箱子，那腥紅讓她不安，她渾身濕冷，趁還記得住址，拖泥帶水回家去了。進門就吐，連咳出來的，都是肥皂水。去洗頭，摸到後腦勺多了個腫包。洗完澡，扭轉身照鏡子，也真以為那是三條蛇，是失了知覺，讓人刺上去的。究竟昏迷了多久？誰會這樣虐打她？糟蹋她？想來想去，最少五天的記憶缺掉了，彷彿那賓館騎樓柱子，貼了一幅月曆，有五個方格子，連日期給裁走了，透露的苔綠入眼驚心。

那七孔瘀痕，歷四月不褪，阿富探她髮叢，腫包也在，萋萋黑草掩沒的墳。那夜，他和阿貴等追截的大紅箱子，查明了是載蝙蝠的，算壞了道具師傅鋪排。普羅米修斯和紅髮女人，向佐敦那邊走，沒了目標，據說，最終去了看百年的潛水服。幾天後，遇見醒叔，問他是不是沿南京街追了過去，他卻滿臉迷惘，說頭痛，隔不久頭殼裡響一下，倒記不起有人拖着棗紅行李箱過街。傍晚到榕樹頭，見衣子好端端的燈下擺了檔，那真是喜出望外。「一場虛驚。」他暗中咋舌：也好在那驚是虛的。那夜，她在其中一隻流動棺材裡，這會兒，就該死透了。衣子自然不知道，在那一夜的混沌時光，有三路人奔走呼號；而他，早為她操碎了心。除了丟失幾晝夜，多了瘀腫，阿富還要查根究柢，但腹下隆起，濁血匯聚，也就按下不問，抱着親一會嘴，掏摸半晌，天亮前，仍舊騎她背上，咬着牙閉了眼去扒撥。

「哎唷……」衣子嚎着，猛拍床褥。過去四個月，她沒懷孕，卻沒來月經，就性欲一天天高漲：痛覺，是變遲鈍了，但阿富這麼竄突，她還是痛得油炸一般。心裡數算着，挺得過三十秒，算他贏。果然，沒盡根擠進去，兩下推送，顱腔叮的一響，阿富那精氣神，已隨一陣抽搐潰散。「好歹毒，哪有第一回，就炸人後欄的？」她掐他掌心，笑得靦覥。他也是愕然，忙中走錯門了？怪不得老碰壁，火辣辣的，磕了個灰頭土臉。跪着鞠了一躬，竟有點語塞。他向來想入非非，只是沒想過入了非非，自己卻不知道。忽然遂了願，七間劏房，十幾號人，五隻水母，連隔壁一組雪櫃，竟都變啞了，就衣子安撫他：「你這麼莽撞，龜頭入了穢氣，早晚要噴出血的。」這話溫存，也不是真要斷他後路。

平日在外擺檔，相鄰賣性用品的，多兼售神油春藥，有位「呂博士」，賣藥丸，賣得最有心得，同一套話天天說，什麼暖水送服，就一粒，千萬不能多。事了龜頭不能入風，風一入，再怎麼含啜永不起頭。買賣能成，端靠神色凝重，一條心替腎虧者設想。天天聽着，都能倒背了。「我也打算入些春藥。」她一說，阿富還以為要逼他進補。「就不知怎麼進貨，光賣塞前門堵後院的，不掙錢。」瞟一眼癱在枕邊的阿富，就明白男人，不吃藥不成。她搓揉着，雪雪呼完痛，忽談起營謀之道，他心思滯後，接不上茬。

天色轉成蠟白，玄關旁紫色門那一戶，四個小毛頭如常廝鬧，鬧到八點，女尼安德特人會吆喝着率家小出門，回程一般買些肉料配合藥材，為東莞歸來，一星期待三四日的原始老公熬湯，據說，對壯陽有大用。晌午前，藥湯的蒸汽照例漫出來，沿過道滲透各人房間。阿富的黃門「6」號，東壁挨靠林雀那幾台雪櫃；西壁，緊貼白松香床架，她男人早上行事，床頭會磕上板壁，總是悶聲做，節奏很亂，不麻利，好像那床有一隻腳短了，男人不隔天楔一下，就不安心去棺材鋪上班。天空淌的蠟油堆在窗沿，然後剝落，幾瓣落入衣子腰眼的漩渦。起伏的，欲燄燒過的濕原，同樣的蠟白。瘀傷上佈着的圓環，白影下，其實更像橋洞；洞距，他用兩根手指去步量。臂上架的七孔橋，這一頭，他泥足深陷；另一頭，連着一座變黑的城，灰燼橋娩捲起，他知道，威脅就在那兒，束七孔腰帶那凶徒，作踐完衣子，留下不尋常的傷痕，就藏身灰燼的迷障裡。

「睡吧。」他說，卻發現她早睡着了。兩條光溜溜肉蟲，煩聒的市聲裡抱着睡到午後，未睜眼，阿富早嗅到飄進來的藥香。人參、熟地、枸杞了、瘦肉，以前煮過，辨得出還有海馬。大海馬乾，幾百塊錢一對，就這綜援戶吃得起。戶主會投資，說腎水足了，搗出一小鬼，社署再按月補助數千，本利就撈回來。那催情的氤氳感染他，惺忪着眼，發覺衣子枕着他胸口，一手還握住他命根子。反正勃起來，琢磨這回覷準了，再沉住氣推進，表現該壞不了。他輕扳她手指，東西沒褪出來，她卻醒了。「幾點了？」她問手中陽物，像握着的是一支麥克風。「一點多。」他代答。「睡過頭了。」她龜頭上親了親，倏地坐起來，明知他情動，卻着他：「洗洗吃飯，留點力氣一會去搬地球。」苦力活，怎麼總沒完？地球他搬得動？原來她有姐妹開文具店，陳年地球儀賣不去礙着門面，不捨得扔，又不願花錢存倉，聽聞衣子搬了屋，即攛掇她囤積這奇貨。

地球多藍地子，算配襯衣子房間，就陸地斑駁。轉軸、托架一類配件絆腳，早散失了。三四十個，有硬塑料，有金屬，更有橡木的，南北極穿了孔，幾個玻璃瓷的，慳電管插進去算是桌燈，太陽熄了這燈還直亮。阿富沒叫上他水母幫兄弟，文具店不遠，隨衣子推了木頭車去載，來回幾趟，覷準沒人兀自往電梯裡塞，到「8」樓，再每趟一兩個搬下去，「停單數的，要停到什麼年月？就這般卡着，卡一百年？」他內斂，只罵電梯，不埋怨夾附了一撥鋼製的，桃駁李大小，漆色藍褐相雜，三四十顆分兩網兜要他提着。另幾枚銅胎景泰藍地球，國界全掐金絲，沒拳頭大，卻比籃球重。

大球小球，衣子打算每夜攜一兩個去檔口，賣個兩三百，夠一晚檔租。地球進了宮，從床褥堆疊到天花板，房門不能盡開；開盡了，要傾塌下來滿過道亂滾。她擠進去垂簾淋了浴，就去翻假陽具電震棒等，待塞滿隨身兩個和尚袋，一個背包，騰出空盒子，正好存放日用衣物。「我得回影碟鋪，十車貨等着推出去。你歇歇，晚一點我再幫你開檔。」他累得提不起腿，扶着牆壁開了門出去。

入黑，雨下得大了。衣子沒來，午夜他忙完活回去，卻見她瑟縮在那缸水母下，抱着一個玻璃瓷地球睡了。聽到聲音，她睜開眼，把地球推到他腳邊，「剩這一個塞不進我那屋，你一起收留了吧。」她不客氣，一落地就生根，見他衫褲濕透，卻護着個黑塑料袋，笑問：「四仔？」「主要……是給你買的瑞士卷。」他帶家屬的錄影回家，首次覺得不好意思。「次要的也拿出來，你什麼德行，我早領教。」她說。他脫了濕衣服，開了電腦，要她自便，就縮進廁所坐馬桶上，渾身洗擦得一塵不染。出來見她一嘴奶油，趴在熒幕前，還真看得有滋有味。才坐下，卻聽她吩咐：「舌頭伸出來。」他張嘴結舌，才伸了個舌尖，她已一手掐住。「伸長一點。」一邊扯，一邊皺眉：「就這麼短？」阿富發現自己再添缺陷，惶愧不已。「光是鳥大不成。」她看得遠，要他學那演着床戲的。

原來小澤鯨息影，大鷲仍活躍床笫，但盛年過了，那話兒不好濫用，就轉以舌頭主攻，那如簧巧舌，舔起人來嘖嘖響，還真泥鰍一般知道鑽探，把容納他的，攪擾個魂不附體。一門心思苦幹十幾年，倒舔吮出一個名堂，世稱鷲神之舌。自從兼事製片，忙中間或貢獻舌技，由後輩接手肏屄。「有齣港片邀這大鷲演一角，叫什麼《金瓶梅雨》，肯定是幕幕下雨的爛戲。」報上就有開鏡消息。說着，卻想起什麼似的，揭掉他浴巾，只抓住雞巴擼捋。阿富連人帶傢什一塊兒僵直，她卻消停了，只箕張了指掌去量他。量出他那硬物比一拃還長，移過來熒幕，再比照定格了的特寫鷲鳥，不由得乾瞪眼：「怎麼長了一樣糟踐人的東西？」「這廝……是我仇家。」他脫口供認，仇家八成是他老爸。「不會吧？」細審阿富相貌，雖只五六分像大鷲，但下面一副鳥樣，九成戲中東洋貨的翻版，半信半疑，一臉凝重問他：「那你媽呢？不會是蒼井空老師吧？」

阿富揭出內衣褲掩護的一疊黃片，不情不願，抽出有小澤鯨演的給她。插播了影碟，衣子回頭見他神情懊喪，就雞巴豎着，心中暗笑，搬起那瓷地球，洞眼朝下，對準了套牢他。「瞧，硬綳綳的，地球都讓你捅穿了。」作為第一個肏地球的人，他沒發表感言。場面的滑稽，淡化了他家門的不幸，他逐寸逐寸從南極大陸抽了身，就直接騎到她背上，歷經波折，終於入了正途。當他和衣子融成一體，熒屏上田中大鷲，也發着一樣的嗥叫，把他射進他媽小澤鯨的子宮裡。「怪不得阿鯨伯母爽得噴了一床水。」

她感同身受。事成，阿富兀自從後抱住她，暗想：只要不淪為大鷩，不當活去幹，真是幹死了也快活。

他輕嚙她耳垂，懷裡三道橋一團月，注定是他這輩子要留戀的夜色。硬要不出頭，死賴在滿月下，衣子扭臀掙開他，卻又把那地球兜攬住。騷動之後，是尾隨而來的空虛。她有點感觸，說瓷地球沒點出香港，方才回藍房騰挪出七八個檢看，也找不到該有的黑點。「這一切，可能都不是真的。」她說，南極不會這樣浮一大白，白多半該化掉了。他奅的，是消失了的時光。這會子，南極像北極熊一樣，早瘦成了骨頭。阿富想到一堆灰蒼蒼的骨頭，在地球的散熱孔聚着，有點沮喪。未變暖的冰原，陳年色情電影長了撩人獨角的馬面震蛋，「過時，反而成為經典。」他安慰自己。「再過不久，我就會像南極一樣消失掉。你奅過的東西，我，矽膠管，地球……都要給淹沒，就像這一缸藍水，連着水母潑出來，把大夥兒泡成經典的藥酒。」在四牆浮漾的魅影裡，他暱稱她小南極，他說，希望也有一隻冰箱保護她，不讓她化為南冰洋的泡沫。事實上，他悄悄的，早把那隻離奇地，慢慢變得透藍的四草水母，取名衣子，編號「藍6」。

「我得睡了，屁股兩塊凍土，讓你頂撞得龜裂。」她搬他大腿，要他壓住她肚子，說睡着了，怕要碎開漂走。阿富也累透了，朦朧中，忽已踏足密麻麻標滿草藥和補品名字的星球，面前海藍噴漆未乾，有點黏腳，但按常理，不會有船和風浪。他拖着棗紅行李箱要邁出去，但箱子變沉，滑輪讓一條嵌得不好，翹起的黃銅緯線纏住。他認得，那是赤道，總黏附瘴癘一樣的銅鏽。「這年頭，誰會倒楣得讓赤道纏住行李箱？」他要把線索解開，反越纏越緊。越過墳起的深藍，就是如膠如漆的未來。他答應衣子，要和她開一家樓上性商店，要有臨街櫥窗，有穿緊身皮衣的蒙眼模特兒，提着的藍地球是一盞燈。

他箱子裡載的，該就是假陽具、陰莖增大器、補腎丸、港產印度神油和各種春藥。「要你就近找鋪，你溜哪兒去？越逛越遠，找油麻地，找到大溪地了？」衣子一直身後說話，回頭，卻總見不着她。「你在哪？」他感到迷失。「箱子裡啊。那天你摸錯方向，跟丟了，我一直裡頭困着，出不來。」隔着箱壁，聲音總覺陰沉。他蹲下去，鎖頭上亂撥。「密碼，該是我入箱的日期。」衣子似要告訴他，她是一罐罐頭。他演皇家警的雨夜，是四五個月前的哪一天？試了幾回，日子對上，才解碼開了鎖。箱蓋一扳，湧出來一團寒霧。霧散了，沒看到假陰莖、催情丸藥，或者他的三代衣子。那箱子內壁慘白，窩着一雙短筒靴，灰綠 Palladium 標誌，有點殘破，靴筒裡插的兩簇白菊花卻清豔。「寒氣，真把腐壞的味道鎖住了，沒什麼洩漏出來。」換了頭房海蘯的聲音，看來新訂的金田牌雪櫃管用，歡呼傳到他夢裡了。

艞板那一頭的霧

——紅門窗外常香

「余欲上言定律：『凡殺公役者，罪減平人三等。』蓋此輩無有不可殺者也。故能誅鋤蠹役者，即為循良；即稍苛之，不可謂虐。況冥中原無定法，倘有惡人，刀鋸鼎鑊，不以為酷。」《聊齋志異》〈伍秋月〉

「平安夜，掃黃？」進得紅門，海礶窗前站定，一瞧對面屋光景，暗呼不妙：「掃黃派『便衣』了？是頭雜差？是條雜蟲？怎生辨識？」小聲罵道：「畜生仗勢，就挑日子掃興。」悻悻的，撂下兩個白厤袋，計有一瓶麝香葡萄氣泡酒，兩坨梳芙厘，三條炭燒司華力。聖誕餐，算有些規模。炭燒腸粗大，招呼常香的。常香姓苟，苟且的苟；常香愛腸，愛得有理有據。己亥年，正月初二，妄人車公廟求簽，簽文赫現：「石田為業喜非常，畫餅將來未見香；怎曉田耕耘不得，那知餅食不充腸。」不煩廟祝解說，一聽知道，來日百鬼橫行，諸事徒勞。但簽文，四句並排，橫讀句末各字，正是「常香得腸」。「黑腸白腸，大腸小腸，都歸常香；不叫常香，能得眾腸？」她撿了個現成，得失先不論，名字，也真匹配這活兒，彷彿腸子腸孫，應聲擠到了門前，掛了號，就等她涎着臉，剝了腸衣吞噬。

海璗自家屋暗，照進來，是對面老樓的燈影。常香寄寓四呎外小房間，隔窗看去，床沿坐的這坨雜碎，兀自死活賴着。常香和倆南來姐妹，或稱北姑，湊分子租屋，進門設候診室般小廳，僱了個龜奴管事，分流來尋春的夏秋冬。姐妹仁廟街遇上，變親故了，各據「馬檻」一房苦幹；多幹多得，業有專精。常香沒身份證，風聲緊，攝像頭偵出異象，龜奴即高喊：「有鬼！」示警。約莫十九年前，港府劃定砵蘭街、上海街、新填地街、廣東道「四街」可以涉黃。「黃色唐樓」樓梯多，哪條有可為，哪條不得作為，有明契，有默契。樂生園這邊，是民居，牌面上安分；常香營生的「樓梯」，默許黃業萌芽，卻不時掃蕩，不讓黃芽茁長。這會子，常香躲起來了？出去了？要不要樓下攔截，省得她回屋，撞上這孽障。「逮不到人，賴着幹嗎？掃黃，不暗裡放蛇，明着派狗撲咬了？」她咕噥着。

那雜碎，外套撂床邊。藍襯衫，黑西褲裡掖着。寬邊鱷魚皮帶，打了銅鉚眼，過時老氣，卻不見掛了手銬甩棍一類傢什。待見着他身邊擱的和尚袋，掉出來半綑麻繩，海蘊更是納罕。「縛了人作踐，搞壞了，再抓去領賞？」細看，這廝襯衫喉頭鈕，也扣上了，脖子勒出筋肉，分明就一個不讓自己，也不讓女人呼吸的角色。沒規矩！常香抽的薄荷維珍，留床頭櫃上，他竟點了叼着，模樣有些磣人，蚊香架子般，散發出陰陽怪氣。蒲松齡撻伐的「公役」，九成這副德性。欸？怎麼看着眼熟，哪裡見過了？這種東西，乍看沒稜沒角，一旦見諸報端，個個是冷血屠夫。「得提醒常香遠避。」要踢掉濕泥泥短靴，趿一雙拖鞋出去，眼前一亮，仰臉，對面六樓天台矮欄上，竟冒出紫藍色的一蓬，風信子顏色，冷雨裡，卻海葵似地晃悠。

「常香？這是怎麼了？」賀節，樓頂水塔繞了五色小燈，通道口鐵皮檐下，螢光管白慘慘的，照着觸手般的髮絲。髮絲，續上雨絲，老樓沒夾死的天穹下，一絲一縷，掛的都是亮點。假髮本來鬈曲，三代衣子借她的。月前，常香遇一生客，要求她戴假髮，色鮮偏暖為宜，能讓拍照，額外付鈔。衣子廟街擺檔，有阿富陪着，也不講究賣相，乾脆送她招財。「化個厚妝，橫豎六親認不得，能掙錢就接。」這叫多元化，常香說。這晚上，一塊吃夜宵，過洋節，海藴是乘興而行，常香不知情，那一頭紫髮，橡膠紅手套，詭異的行頭，看來不是逢迎她，要送她驚喜。是什麼人，挑耶穌降生前夕，來脅這一隻錦雞？是完事了，才頂風冒雨，倉皇上逃？不點燈，常香看不進來，也就推開窗，仰臉朝她招手。雨，三色的雨，撲臉沁涼。常香穿小白背心，蹲上青磚矮欄，才見她下身就一條蕾絲內褲。她不畏高，海藴看着，卻覺得懸乎，暗罵：「半空擺這拉撒架式，好嚇人。」

常香不敢聲張，打手勢問來抓人的，走了沒有？海藴指一下對面窗戶，食指擋住人中噘嘴，示意她安生待着。常香妝濃，雨水裡化了，薄唇漫漶得豐潤，浮光幻影下，透着淒涼的笑意。來逮人的，怎麼就不肯撒手？掃不到黃，去掃紅掃黑不好？就這麼的沒出息？常香的薄荷煙，是舔完陰囊，不惜工本，辟那腔羶臊的。她最討厭男人的陰囊，但覺寒磣，猥獕；稱春袋，卻分明暑熱，黏滯，對女人一無用處。最糟糕，是沒一個仔細的，肥皂不塗，隨便沖一沖，一股腥臊的邀人舔弄。有幾回，出死力吮，一顆卵蛋啜嘴裡去，沒噬破，那厮就蹬她，要踹死她。春袋的春，也指卵，常香見識廣，這樣評斷一個卵袋，估摸算中肯。海薀沒拿捏過這噁心東西，暗忖：人類幾十萬年演化，不都是進化，穴居時代，男性盪着的原始陰囊，到這現代陰囊，壓根就同一副鳥樣，同一款鳥味。譬如，對面屋那傢伙，明擺着，就一樁演化失誤的範例。那討人厭，那陰濕，那藏蟲納蠱的皮相，說是龜頭叼了薄荷煙，辟自己的臭，氣質上，就若合符節。

這冒煙大陰囊，鳩佔了暖窩，是要逼人家房頂上凍死？舉頭三尺，神明沒見，倒有個嬌滴滴的活受罪。再看床上和尚袋，除了痲繩，還伸出來一株大白菊；花開一朵，葉三片，綠莖不長，但粗；經冬不凋，是膠花無疑。要多矯情，才好意思掃黃，掃得像掃墓？是家破了？得花柳病了？老婆偷漢，送來一疊綠帽子了？有這深恨，佳節賁夜，要捕個人洩憤？天空，窄如河道。抬眼漾紅泛綠，卻不見了常香。「墜樓了？」海薀心慌，伸脖子下望，不想那大陰囊，忽然站起，兩步邁到了窗前，斜着眼，朝她遞上白菊花。「不要！」海薀再一驚，縮回屋裡蹲下。稍定神，覷眼看去，原來那厮久坐無聊，鏡子前擺一個獻菊姿勢，觀賞自己的卵樣。「菊花精。噁心！」不敢大意，緊盯着，防他扳起窗扣，伸頭透氣。常香那扇窗，貼了反光紙，白天外面亮堂，是窺不進去，隱私能保住；入黑，裡頭掌燈，玻璃變了鏡子，換外人能看透，屋裡人，卻不知窗外事。

反光紙這粗蠢設施，一早貼着。入黑，觀摩了幾場床戰，開了眼，她才提醒常香要知道避忌。「你開着燈幹事，有個長短，我瞧着好照應。」她說。琢磨她愛窺陰探秘，嫖客不太磕磣，要燈下翻看屄皮，常香總由得燈火通明，讓一室粉豔，變做她的櫥窗。這會子，就算菊花精去關燈，她滯留陰暗面，諒他瞧不出憑窗的，是人是鬼；不過，熄了燈，敵手在暗，總是不好。橫巷上，一大片窗檐，沒見炸壞，海蘯稍為寬心，足證常香沒墮樓，但這攝氏十七度的暖冬，淫雨霏霏，人在高處，卻容易着涼。「得去搭把手。」海蘯上下審視，她這邊樓底矮，七樓窗戶，正好和對面六樓的相應。一壁的霉綠，上接天台欄外枯藤。常香那幢樓，原來有一部電梯，壞了沒肯湊分子修理，就廢置了；她這邊停單數的升降機，數月來，不升不降，恐怕也是錢沒到位，電梯槽漚了半世紀的餿臭，沒開門疏通，縫隙裡透出來，熏人欲嘔。

沒電梯，居高貨腰，貨什麼東西，都有個壞處，就是來者，八成不善；畢竟，老弱病殘，鮮有能拾完逾百梯級，再爬女人身上耕犁；六樓能接的，不幸地，十九是硬漢。這硬，好在多硬在腿上，嘴皮上；而且，對掃黃的鷹犬們，也算個屏障。路阻且長，氣喘吁吁來按鈴，要躲的，早沿走廊拐角長梯，往上逃遁。進出天台的門戶，外頭能上閂，諒不會遇上硬攻。海蘊暗想：就尋到路，攀上樂生園樓頂，高出一層，也勢難伸手接濟。「起碼送把傘。」搜屋，沒見雨具。床邊架上，抽出玫瑰圖案膠桌布，裹上身，擋擋風雨該管用，琢磨常香避貯水塔旁，捲起那幅膠布，髮圈套着，探身使勁往上甩，差一點，連自己摜出去。軟耷耷膠布條，飛過圍欄，預計落她藏身處。膠桌布勉強蔽體，那天，披搭着回來，信手亂塞。後來，卻鋪床板上，當桌子和常香共膳。紅玫瑰，是手機表情符號，未必全表愛情，投過去的，還有憐惜。桌布上，有幾個煙蒂灼的洞眼，雨灌進去，她記得那寒刺骨。

是哪會兒，搭上常香的？打從裏着玫瑰桌布，大雨中回來，什麼都惝恍，都變迷糊；尤其時間，一個月，儼然卷縮成一天，身上赫現紅圈那清晨，該過了數月，感覺卻清晰如昨。奇在八個圈兒，半點沒褪色，剛讓人塗上去般鮮豔。約莫金田牌買了，貨送來沒幾日，常香第一次現身窗前。小雪櫃入屋，可算座分水嶺。短筒靴雪藏了，鞋臭不外傳，橙、黃、綠、青、藍、紫各房，變化或隱或顯。以前，離最遠的綠門林雀，最愛找茬，說氣味過道上瀰漫，聚在盡頭，晝夜鑽他們縫，睡着了，要讓熏醒，彷彿她十隻腳趾，總擾他鼻喉。林雀問過樓下中醫，斷定厚味不散，多嗅，要導致腎陰虛，會耳鳴，遺精。他高血壓，搞不好爆血管。那味兒，按理說，早晚讓他活不成。某天，海蘯拉開紅門，卻見他門旁蹲着，猛吸那靴筒。「丟……丟了瓶藥，三代推薦，固……固腎。你撿到還我。」一扭頭，作狀青門下瞜一眼，呼哧呼哧喘着氣，回屋去了。然後，就沒再見過林雀。實在他綠門「4」號，斜對皇宮出入口，開鎖邁三步，直入自己房間，不聲張，來去沒人知覺。他榕樹頭的靈鳥占卜，倒是沒擺檔，紅帳篷下一排摺疊桌椅，人和鳥，一塊消失了。阿富和衣子，黃門藍門，以前，鎮日斜刺裡對開；

鞋臭遏止，兩道門，反而常閉。衣子總膩在養水母的黃門，聽那叫床聲，連綿不絕，就知道。隔壁白松香的男人，那賣棺材的，偶然來行房，異味沒壞他心神，卻更不成了。「配些對症花草，祛祛他陰氣。」松香催她研製一兩帖靈藥，治這死鳥。「5」號房，離她一雙「Palladium」最近，靴頭泊到青門下了，伍姑娘陸續，倒沒異議。伍姑娘說，過去幾個月，就那黑幽幽的靴筒，那股鹹魚味，勉強能喚起什麼。心裡懊喪，挪開雜物去跳窗，嫌費事，乾脆進她屋去掀雪櫃門，借那短靴嗅嗅，連寒氣吸進去。

「什麼空洞，奇臭一下填滿。」奇，是重點。伍姑捧起她一隻腳，仔細聞過，判定：「腳趾頭寡淡，就鞋臭。」一輪嘖嘖，問她怎不換雙新鞋？「這不是舊鞋，是舊日子。」海蘊反詰：「舊日子有點臭，你忍心扔垃圾筒？」何況，還牽動了周遭人事？伍姑娘語塞，卻稱許這金田，容得世間腐朽。紫門「7」號住七口人，屋裡擺兩架雙層床，左首顛三倒四，躺了原始小孩；右邊下層，安置長咳不止老翁；上層一牆花布簾，攏上，即尼安德特伉儷，又在交配。兩架床的床尾，鍋爐食具齊備，瓦煲熬湯煮藥，一屋的氤氳。那門常開，濕氣外湧，狹路上，匯合海躉那鞋臭，真是沛然莫御。然而，雪櫃藏了靴，男尼安德特東莞回來，一入屋，卻坐不住了，從他新石器時代，那一百呎生活圈出來，杵過道上悵然吐納。「沒了！真沒了。」塌鼻子仰完，他硬着頭皮，托阿富傳話：靴子撂過道上，妨礙走動，歡迎他寄在門下。「私藏着，悶出惡菌，大家得陪死。」他慮得周全。

卻原來這尼安德特，嘗盡百草、諸種奇方補藥，老婆日夜煎熬，蝙蝠湯，蛤蜊羹，三碗下肚，落得個滯脹，精照樣不固；然後，靴味熏來，經屋中濁氣蒸焙，竟成了藥引子，炭精一樣點燃他。他丹田積熱，卵袋像遇上海躉的腳皮搔刮，雞巴雖小，血足了，倒撬得動那母尼安德特。為延續穴居時期遺風，多捅出個原始屁孩，好多領綜援，讓繁殖，換來實利，他拚命肏屄。突然，靴味淡退了，那話兒疲軟了，明顯傷財。於是，他越發的毛躁，啪啪啪撞屁股；撞了白撞，但那蠻勁，一波波傳到床頭，床頭鐵柵，順勢也啪啪啪，磕上板壁。衣子早遷入黃門，佔了阿富床笫，藍房間的薄牆震響，晝夜撼動，倒不怎麼在意。但一屋地球儀，挨牆堆垛，受那抽送牽連，磕碰得鬆動了，哐啷哐啷，翻下來填了個不留餘地，往裡開的門，竟嚴嚴實實頂住。「堵死了。」衣子要取貨，推不開門，也是無奈。好在一網兜焗漆地球，桃子大小，熱銷，早撂阿富屋裡，可以捎去攤檔補貨。

「都以為塞屁眼的，一買兩三個。」衣子告訴海蘯。地球，一個個地球，相續着，直腸裡壅積，也真顛覆她的宇宙觀。皇宮七間屋，一屋一世界，是好是壞，脈絡理不清。粗略地，仿照地質年代劃分，以金田牌貨到入戶，窩藏了「Palladium」起計，海蘯覺得，往後的時光，能稱「凍靴紀」。她是凍靴紀之初，六房人未嗒然若失，未臨風緬懷這一股宿臭之前，就知道常香的。說回眼前所見，果然，常香捧接她拋上去的膠桌布，兀自出現天台邊沿。這一趟，乾脆坐青磚欄上。那玫瑰桌布，蔽了體，就露出兩隻腥紅手套，一對光腳丫子，憑空邋着。海蘯擺手搖頭，示意來逮人的還在，還得靜觀這形勢。常香這活兒，工時或長或短，總有休歇時光。她一得暇，探頭出來放風吐霧，海蘯總和她閒磕牙兒。雨天，來客少，憑窗相看兩牆苔綠，話是一談就深。

那天，常香二十五歲生日，又挨揍了，兩邊臉搧得紅腫。「我來哄哄你。」海蘯卸下兩呎寬一塊床板，窗框承着，搭上對面窗戶，兩頭還留了三四吋餘裕，平穩地，架在兩幢樓之間，現成一條長桌。玻璃窗，兩方都半開，相傍着，儼然一對屏風。就地取材，長桌鋪上她裹過身子的玫瑰桌布，那是九霄雲上，吃法國餐的氛圍。不過，海蘯卻借了鐵鍋，擺個燃氣爐子，葷素四五盤，外賣來鴛鴦湯底，常香吃紅，她吃白。伸長胳膊，恰好能碰杯。「敬你——」海蘯想不出要敬個什麼，呷了口，各據一方涮肉。「你老家的川辣，吃着心裡燙，沒準臉就不燙了。」海蘯攛掇她舉箸，自己意思一下，吃豬骨湯裡浮渣。「就這泡影誘人。」為煮出泡沫，山藥、芋頭、豆腐等，她總多放，攪弄得像一鍋酥油。她和衣子、伍姑娘仨，幾個月前，離奇地，墜入「臨時黑洞」。是出岔子了，都心裡明白；但事發當日，事發之前五天，記憶卻全沒了，好像那一百二十小時，壓根不存在，讓時光本身吸走了；她們的通書，全缺了頁，搜不出宜忌吉凶。

打從「臨時黑洞」乍現，飲食口味，三人趨向齊一。賀伍姑娘榮休，街邊打邊爐，她不起筷，等沸騰了，就去舀那浮渣。以為嫌油膩，要潑乾淨，不想集到碗裡，舔咂得一嘴泡泡。衣子去舀，湯清不見油沫，竟乾瞪眼，臉上悵然。原來這吃泡的癮頭，數衣子最大，資歷最深。「那夜，三代沒吃夠，換地點，喝了三杯泡沫綠茶。」海薀當笑話說，逗鴨紅吃過，埋頭喝麻辣湯的常香。「要解饞，三代吃洗衣粉攪起的泡泡，一大坨，一大坨的，當棉花糖，說好吃極了。阿富發現，嚇青了臉，她才躲着吃。」海薀試過白貓牌的，泡沫少，不特別惹味。實在「凍靴期」不久，她們仨，連淘寶豬油都排拒，受不了添加物，遑論洗衣粉了。「不拉肚子？」常香好奇。「肚子是不拉，就怕拉出來，馬桶亮堂堂的扎眼。」她沒告訴常香，皮肉接觸化學品的反應，只說衣子沒她幸運，阿富陽性體質，分泌少，起潺不起泡。事了，衣子嘴巴接了他陰精，到喉不到肺，總叼住那話兒不放，吸啜得他血聚龜頭，幾要噴薄，靜夜裡，噑得各房人聽着膽喪。

海薀笑淫淫的，覷着對面人說：「男生哪有你的好。」常香會意，知道是誇她汁多泡滑，臉更紅了，暗罵：「女人有這猥瑣的？」算開了眼。「有沒吃過陳腎？」海薀問。

「好吃？」她啤酒瓶一墩，款款看着她。「陳腎是伍姑娘心頭肉，該有點老。」海礏說：陳腎勸他女人「埋街食井水」，自己卻沒了影兒。伍姑娘無心飲食，一堆夢幻泡影落肚，能飽半天，倒緩了經濟壓力。「有塊『陳腎』傍身，敢情好。」常香說。海礏也是自顧不暇，不然，滋養她，做她的風乾醃鴨腎，那是應有之義。不過，這到底是借來的光陰，偷來的歡娛；她和青門藍門二女，同一鍋白肺湯的氤氳裡，同撈同煲，算起來，才是同一路人；或者，同一層熱流上，蒸出來的蜃景。骨骸分解出磷化氫，會自燃成鬼火，有時候，她真覺得她們這「姦」字一夥，是這彩虹皇宮，這一隻金斗甕裡，三縷浮游的藍燄；裝逼的說法，是有着相同的光譜；譬如，有着相同的飲食光譜。

她和常香，境界不同，就吃頓飯，一鍋的燭紅蠟白，涇渭分明。鐵鍋中這一間隔，彎彎的，規劃出明暗不相混的兩條魚。海礏有感，打趣道：「這吃法，叫『陰陽相隔』才應景。」乾菜鮮肉，看似一爐共冶，一起遭罪，其實，是隔着一堵「牆」的兩個人間。「陰陽相隔？這豈不是墳頭上，才合宴賓客？」涮個鍋，兩個突然死一個，常香只是咋舌。好在魚丸蝦滑，紅湯赤醬裡沉浮，吃得人心暖。八分飽，抬眼，屋頂來了座黑雲，沉甸甸的，圍欄上碾着些破盆景。常香三扒兩撥，吃撐了，啤酒仰脖子再乾了一瓶，臉紅得要炸開。海蘯斟了小半杯，照例攪成一滿杯白沫，當奶油吃。常香也是把不住，笑着說胡話：「死鹹，吃你這甜嘴滑舌，潤喉。」分明吃瘋了，一腳踩上凳子，貓着腰，竟躡手躡腳到了桌面上。

海蘯駭然，不敢勸退，只緊抓木板邊沿，不讓脫離窗框，瞪着眼，看她顫巍巍，避開杯碗瓢盤，從一幢樓，到另一幢樓，趨近她樂生園這小窗。生恐膠桌布上打滑，海蘯僵硬地，抖出一句：「慢……慢蹲着。」常香身上就黑乳罩，黑三角褲衩，窗前一蹲，幾坐上沸騰的紅波白浪，股間火辣，弓身往前就撲。「不要命了？」海蘯架着她兩脅，退半步，讓出餘隙，等她跳進屋來。「就過一條艞板。」她從前跑山，走棧道，慣見斷崖深淵。「你掉下去，我能活？」海蘯摟牢她，怪她兒戲。「就你着緊我，不枉了。」常香挨貼她，兩心相印。沒後退餘裕了，常香稍一前傾，就勢壓她在褥子上。「先吃個黑提子，抗老化。」她戲稱海蘯「黑提子」，愛她皮膚黝黑，乳頭、小陰唇和屁眼，一色烏潤。糾纏間，扒掉海蘯小背心，海蘯扯落她褲衩，兩股肉到手，只死命掰扯。「屁股要報廢了。」常香總嗔笑着，怪她下的狠手，撩陰插眼，一副地盤工的行徑。

「知道你耐用。」海𧃍說。肉欲掌控了，填充了她。打從八個紅圈纏身，她慢慢的，成了一個空洞的皮囊，一星欲燄，用熱流撑起她，鼓脹她，維持這「海𧃍」的模樣。推敲，是經不起的；敲壞了，火滅了，皮囊癟成一片葉，飄過窗前，就秋色深了幾分。喉頭一陣苦澀，她覆轉常香，髮叢裡搜出耳殼，埋頭就舔。她的舌頭，常香領教過，虛脫前掙不開，是要命的。這會兒，耳窩裡滾雷，又是那舌頭竄進來了。「噢——」話續不上，閉了眼，擘大嘴巴生受。海𧃍開拓了她，教她看待耳朵，像看待屁眼一樣，都視為性活動的場所，是陰戶的旁支；可以說，是輔弼腿間低屄的，外向的一對門面屄。門面屄受襲，那滾雷，具體得像一隊石鼓，從耳道隆隆響着，滾落喉頭，堵死她。她喊不出聲音，失魂地咬住枕角。上回，常香電梯搭到樂生園八樓下來，「進宮」入紅門，海𧃍開發她耳朵，枕套還讓撕破了，印下大塊口水迹子。

海𧃍沒換新枕，由她或啃或噬，攢了味道，好留個念想。實在，紅圈赫現，推究是脖子上那一圈，侵入筋脈，吞吐輕鬆了。興許那甲狀舌骨肌，剝離出了食管，沒了舌筋羈勒，舌頭，就像無根無柢的病句，伸得好長。隨便搭下來，竟搆得着下頷；摳鼻孔，是不勞手指頭了。這生理變化，算個驚喜；而且，不爛之舌，長逾三寸，長過尋常陽具，還百倍地靈動。上攻耳窩，攪得常香三魂，去了兩魂，僵冷完，癱着發熱，也管不得窗外陰晴。常香顱裡鬧雷暴，海礑背後，是真的電光破空。轟隆隆未過，嘩啦啦一疊響，瓢潑似的，已潑到這兩廈夾縫間，入耳，辨得出潑到了鐵皮檐上，潑到桌板上，潑到盤碗上，潑到爐上鍋上……是忘記熄火了？欲火，一個勁兒高燒，白汁紅湯，連脂油膏血，源源溢出來了？點點滴滴，沒準像池塘裡，受了驚，失魂地高躍的紅魚白魚，相濕以唾，然後，無望地墜落。

砸落桌板上的，濺起來，打落海礑股臀上，一顆冰涼，一顆灼熱。雨聲沙沙，時疾時徐。床褥濕泥泥，難辨是淫水，是飛濺入戶的雨水。常香說過，就她，讓她泛濫。海礑的陰津，常香嘗出：「是眼淚的味道。」還宣判，她是一個把悲傷藏在屄裡的人。斗室沒晨昏，脂紅乳白滲透，褥子漸成澇池，常香沒知覺，海礑是沒察覺；但舌攻，到底消停了，舌尖沒往裡擠，省得擾了腦髓，七魄出竅了，滂沱裡，不識路回來。雨點，紅豆、白豆般的雨點，穿過她，打在常香身上，匯成河，從背溝下流，腰眼裡小聚，即竄入臀間深溝。海薀羨慕那溝裡，細毛潤膩，繞屁眼佈了一圈兒，越往上游，越見豐茂。畢竟她那方寸地，變遺址了；說廢墟，好歹散落些枯草焦藤，她卻光溜溜，分明遇上五刀頭的一張剃刀，讓人連根剗走。「是『鬼剃頭』還好。」鬼只剃頭，不剃毛；剃她屄毛的東西，遠比鬼可怖。

常香體恤她，說愛她瑩潤，不刮嘴，吃屄就接吻一樣怡情；這接吻，最像文藝家說的「對話」了；海薀不虛矯，直接去跟常香「對食」。骨節眼上，她促狹地，從項背吃起，沿背溝而下，吃那百味雜陳，吃那汗油，那濡濕，循淺壕深溝，吃到尾椎上。「尾巴縮哪去了？」她的尋索，讓常香顫抖，觸電了，通體的雞皮疙瘩。海薀陰間腋下，黑毛刮沒了，人倒明白了，善感了。眼、耳、鼻、舌、身、意六根，觸鬚一樣靈敏。火鍋她吃小半，品得出全局：花椒、蔥段、八角、生薑，紫草、桂皮、大小茴香，紅湯粉裡，還浮一夥指天椒。隨一屋的氣味分子，一點一滴，她進駐了常香身心的暗隅。

寒暑交替，冷熱交侵，沒人生受得了，常香腳掌拳曲，臀肌繃緊，抵禦終究徒然。屁股溝那潺滑，攙和了鹹鮮麻辣，尤其辣，入侵她，折磨她。那雨火燙，讓花椒八角煮過，冒着煙，注入她腸道，天火肛門口燒起。

「咱直腸……開火鍋店了？」廣東人說的屎窟，壓根遷地獄去了，這一刻，她就盼一根飽蘸涼露的手指頭，破門鑽到窟裡去救火。「活不成了……」常香夢囈似的。或許花椒痲痺人，那失禁的開闔，出賣了她。「無恥！小嘴都張大了。」海蘊食指叩她門洞，敲的是快板，呼應那催情的雨聲。窗外，留給暴雨的一場筵席，喧響不絕。她有些迷亂，兜起常香兩股，輕嚙她，甜酸苦辣，咕唧咕唧的，埋了臉，一股腦兒揳進去。常香長噓一聲，不想盼到的，還是那長舌頭，那條不是人類該有的東西。陰戶攬半晌，卻去扒撥她，硬要去串門。風風火火闖進了大半，她蹬開她，搗住浮腫的洞眼，嗔笑着退避：「『粑粑』都讓帶出來了。」「我能吃。」海蘊染淨不管，竟按着她使勁舔咂。常香笑得嗆水似的，只拍着床褥告饒。

海蘯察覺她氣逆，腸子抽搐得急，竟似要把她一條長舌，連根吸進去，趕忙扒開兩個肉饅頭，抽身撲她背上。常香意識回復，翻身只摟住她親嘴，寧願讓那「發財大利」棺死，好過由它再竄下去肆虐。半晌，兩人光身子抱着，喘息着，唯看艞板這頭，流紅淌白。天，冥冥中變暗了，豆大的雨，兀自打得鍋裡濺起紅點白點，着地岔開了，分了左右兩掛，沿桌板流瀉入屋。嘀嘀嗒嗒，一熱一冷兩匹瀑布，越瀉越紅，也越白，沒什麼能沖淡似的。「生幻覺了？」她左腳伸進紅水，燙了腳掌，嚇得猛縮回去；右腳掌一伸，踢起的白水，卻濺上常香小腹。「冷。」常香欹側了身子，讓熱屁股去承受。據說，意識，或者觀察，會改變現象。床前這雙瀑，會不會因意念而生？一晌貪歡，純粹是奈何橋下，紅和白，冷與熱，短暫的交流？是孟婆湯碗裡，激盪出的微波？

常香見她瞪着那木板，一臉悵然，看來大欲未洩，就爬下去吃她，把一個屄，舔咂得山響。那次「對食」之後，常香開了竅，總說，雞蟲如流水，都是業務；唯有海蘯，是她甩不開的砥柱。「你這黑提子，賊甜，就是腌臢。」她愛她，愛得不成。光陰，含糊地過去。同樣的雨夜，她和她，相隔咫尺，卻那樣的迢遙。彷彿她的常香，迫降在一個藤紮的星球，枯藤醒過來，纏住她，把她羈勒在那兒。荒涼，蒼老，曠古寂寞。那假髮、手套、膠桌布，是絕境相續的長藤裡，竄冒的蕈菇。很久以前，她看過一齣《2020》（Blade Runner），電影尾聲，仿生人蒲莉絲（Pris）就常香這扮相，同樣為人類提供「娛樂」，一個戴小麥色假髮，一個淡紫，都掛着霓虹點亮的水珠。夏里遜福年輕，殘忍，仿生人僅活四年，捕到手，還要轟上三槍，打得蒲莉絲噴血。待在窗前馬檻，不逮到常香，誓不干休的這「公役」，這菊花精，會不會也藏了鬼槍？鐵了心要把她打爛？天色，奼紫嫣紅變換。2020快到了？抑或，得等20個20年？一場雨，虛實相疊，樓頂的光影彷彿。海礶總覺得，常香身後，還有一個銀髮的仿生人，天神一般，臨終，天台上誦詩。

I've seen things you people wouldn't believe.
Attack ships on fire off the shoulder of Orion.
I watched C-beams glitter in the dark near the Tannhauser Gate.
All those moments will be lost in time like tears in rain.

「Time to die.」銀髮詩人唸完，低頭坐化。然後，一隻白鴿，從他手上，伴隨真與幻，濕淋淋的，飛進海蘯的記憶。不知怎地，那一句：「萬緣，時光裡消逝，像雨中的淚水。」（All those moments will be lost in time like tears in rain.）總讓她傷懷。起風了，四圍藤條抽動，對女人毫不友善的星球，一片凜凜風聲。「輕一點！」常香呼痛，那些藤條，抽破她的肉。宇宙洪荒，常香夜幕下危坐，菊花精不推窗，不扭轉脖子仰望，不會察覺人在上頭；就見着了，讓一雙腳掌打臉，也諒不會朝一嘟嚕腳趾，打他手槍。仰望久了，海蘯想說，她「穿」那玫瑰桌布，性感得要人窒息。轉念間，沒準這是自己身陷的，一樁風化案的物證，每一朵玫瑰，都疊上最悚人情節，陡地，背心發涼，把話吞了。常香、菊花精和海蘯，以銳角三角形的佈局僵持；流光，也順帶僵住了。

由始至終，海蘯一個人住，房間和隔壁一樣小，白松香卻有男人，再楦進去仨聚酯樂手，那是翻身無望。她心軟，收留了篤眼篤鼻這一夥，兩個杵床邊，隔三差五，一個推倒了陪睡。都紅帽赤袍，青面白手套，獨吹簫一員易相處，薦枕也頻，靠牆擺褥子上，橫簫，即成了直笛。睡前臉盤上研磨，那笛頭幼細，雖無大用，屄裡擾一會，抹些豬油，屁股眼裡撩半天，有幾回，一頂紅禮帽，擠壓得幾從聚酯頭皮，砉然分裂出去，終究止了癢，扭身夾着那呆頭死睡。那吹喇叭的，兩手扶一個鍍金長漏斗，也沒真吹，臉蛋，清秀得像反串，難得鼻子挺拔，耐磨。自從紅線圈附體，她就不出汗，陰道不乾澀，卻也沒什麼分泌。幸好口味陡變，偏喜鬆浮滑膩，帶泡沫的東西，直入直出，肛腸一貫的渥潤。針對門窄路旱，伍姑娘趁價低，囤了些花士苓，勻了幾罐給她。「凍靴紀」開始，大夥卻對這類油膏，突然，反應異常。

陳胥失蹤了，伍姑娘鬱結，無心幹活，早向桑拿浴室辭了職。「吃完積蓄，我吃蠟燭。」她賭氣說。賦閒在家，肉欲，竟與時並長。無事塞進一坨軟膩，想像，或者說，緬懷陳胥的摳挖。正悲哀地撩弄着，臀溝裡，細細的必剝響，感覺埋了小撮跳跳糖，爆炸迭興。取過鏡子，扭身去看究竟。暗室裡，那屁眼周圍，滋滋迸濺着細沫，還煥發出綠幽幽的螢光。「都說『洞若觀火』，老娘可以收門票，邀人來觀煙火了。」覷着奪目一個排洩孔，她是不驚反笑。後來，她和海[illegible]說起，二人竟是相同光景。「就當塗了螢光劑，關了燈，熟客知道摸上門。」海䃜笑她。衣子前後窟窿發光，倒是阿富發現的，數他發現得最早；乍見，以為是養水母那玻璃圓筒的水影；死盯着看，卻有一隊小蟻，藍燄裹身，從她屁眼逃出來似的。「光門！」他嘩然。陽物是嚇縮了，好在皮色陰鬱，還是原來鳥樣。

「屎窟窿放光，天地難容。」海䃜笑道。三個人徵狀相同，推究是過敏，身子變虛了，容不得一丁點化學成分。「用豬油好了，便宜，塗不完撈飯。」伍姑娘淘寶網購，轉眼來了三瓦罐土豬油，乳白香膩，她率先試用，屁眼只輕微爆響，沒現螢光。衣子反應大，門戶綠光照人。阿富閉了眼舔屄，稍一抬頭，映掩間，成了隻青面鬼。「好撚恐怖！」衣子受驚，踹開他。大陸豬油不成，攙了雜質，沒準還做了防腐，要色正質純，得現場煎熬。阿富奉命監製，掏錢交托紫門「7」號女尼安德特，着她一早甘肅街去搜羅豬脊、豬腰肥膘，切片下鍋。煸油之前，豬肉用檸檬汁、粗鹽刮洗過，臊味去盡，還清香。分三日煸出來三鐵鍋，濾去浮渣，盛了三滿罐。豬油渣，算尼安德特人下欄。那幾天，滿皇宮的豬肉香，過道板壁，摸着粘手。林雀「4」號綠門，在凍靴紀，一直熱烘烘的，屋裡總傳出嗡嗡蜂鳴。那道門，斜對尼安德特一家灶頭，油煙就近撲上板面，卻不凝結，綠得像春來了，一個勁兒滴翠。

郵遞來的豬油罐，換裝了自家製品，塗抹起來暢達，異象不復再見。某日，海藎為吹喇叭聚酯老二，厚塗了護膚豬膏，一個光溜溜陰戶罩下，難得這喇叭手悶不死，不用去將就。陰阜無遮無掩，她嗒喪；腋毛，同樣不長進，才着實讓她窩心。女權的象徵物，抗爭的圖騰，遽然凋零；眼前衰敗，固然可歎；腋下無毛，胳肢窩失了緩衝，也有欠疏爽；不過，臍下毛刷子沒了，研磨之際，倒給吹喇叭的，留了臉面。再說那鼓手老三，一張大鼓，肚皮下黏死，兩根鼓槌虛點，敲不得，拔不動，滾圓無處着力。「沒出息的角兒。」海藎挨牆角安置了，搭衣服，擱食物了事。確切說，她與常香的緣起，正是和聚酯仨酣戰的某個傍晚，前庭後院，讓壓軸上場的吹簫老大探究完，兀自無情無緒，不痛不快。「越搔越癢，還指望這死物撲火。」她小背心套頭，褲子不穿，一屁股的酥香，起身站到窗前。百年一遇地，對面那一扇窗，朝她敞開。初見面，海藎招呼她，她點了點頭，夾着一支煙，手肘支着窗框，對她海藎，幾乎視而不見。

那天，常香戴貼肉的紅手套，指上煙灰，像紅燭燒壞的芯。同樣下着雨，但暖暖的，潤物無聲。然後，一關窗就大半小時，再出來抽煙，彷彿一隻發條鳥，從老時辰鐘的窗洞探頭，卻不咕咕的報時。「時間，興許真不在我這　邊。」海燾有點感觸，什麼時候，自己變得這麼不起眼了？躲窗後看了幾回，納罕的是，那些手套，顏色除了紅，還有黃、藍、綠、紫。不點燈，玻璃後窺覷，諒她不會察覺。看全了五色，心癢極了，決定等她一推窗，不管青紅皂白，都涎着臉，拿話去套近乎。同樣是雨天，不想再見面，她手套沒戴，奶罩兜一下，就支着窗框噴霧。再看，眼角紅腫，嘴唇破了，爬着些血絲，分明給揍了。「仆街！竟然打頭。」打頭，她說的國語。海燾沒料到她先開腔，心中暗喜，忙表現關切：「沒事吧？」「粉撲厚一點，瞧不出。」她問海燾，怎麼老盯她？白晝她「鏡子」後外望，是明察秋毫。「好看，想看。」她招認。「喜歡女人？」她問。海燾點頭。「我沒接過女人。」她仰臉，一縷煙送過去。

門外通傳，來熟客了，常香彈掉煙蒂，掩上窗扉。向晚，兩邊屋牆暗下來。不像往日，床頭櫃上罩燈，擰得晃亮，她戴了明黃過腕手套，似乎要解剖什麼。一個壯丁奉命趴着，屁股臨窗，看來害臊了，要人熄燈。「掃興！」海蘊暗罵。常香這五色手套，原來對應了五套手藝，由淺入深，繁簡徐疾，各自不同；大概黃色最輕柔，緩攏慢撚，算個入門；然後，藍、綠、紫、紅，顏色越鮮，使力越猛，戴上紫手套，能稱狂野，像換了個人，捋鼠溪，掰股肉，扯卵蛋，各路肉蟲床蓆上輾轉，心魂沒有不渙散的。但生受了一回，開了竅，不款款試全，式式嘗遍，竟不罷休。特色套路使完，嫖客未疲軟，常香一般匍伏捱肏。既不用面朝生人，戴膠手套，用安全袋，有這一重隔閡，更是賓主盡歡。「紅手套這一戴，雞蟲能活？」海蘊笑問。絕活簡省，卻猛惡。常香一邊說，一邊比劃，說一坨花士苓，門縫揳一揳，食指硬生生綳直了，迅雷般一戳，盡根頂入。死命一擠壓，抽出來大半截，再捅，往腸頭裡捅。頂多三抽五插，沒有經受得住，不怪叫着崩潰的。

那天，兩人初會，常香唇破目腫，滿臉的悻悻，就是遇惡客要見紅，手不套紅，雞巴不肅立。「這一節凶險，緩一緩再玩。」她明說了。那廝囂張，指着那話兒發話：「旗杆不掛紅，扯白？」「菊花炸了，別怨。」她手套戴上，瞄準了，倏地戳入。他受驚大嚎，旗杆沒豎直，杆梢即冒泡。屁眼遇這突襲，他怪常香手重，直來直去，沒留餘地：「頭嚇縮了，還怎麼肏你？」「改天來，挑黃的玩。」常香打發他。「不退錢？」進屋前，他櫃台預繳了肉金。「不退。」她沒不讓肏，是他棄權。爭拗不休，突然，扯白旗的紅了眼，竟毆打她，捏完奶子，摑臉。「進了條雙頭龍，兩呎長，再來我抽死他。」常香郵購了一根橡皮棍，兩端是龜頭，女人互搗用的，藏枕頭下。後來，才知道衣子庫存的古董，短而硬，一擊破人顱蓋。「送你條『環保撚』，千年不腐，鎮宅。」海盪要了她那條軟龍，笑說：「咱倆用得着。」

常香偶戴紅手套獻技，但白天玻璃反光，晚上燈暗，難見真章，越想，越覺心癢。「人家受不了，哀家未必扛不住。」海盪住彩虹皇宮，稱哀家，也貼切，沒真剋死一兩個皇帝而已。心中嚮往，躍躍欲試，屁股抹了油，聳到窗框上了，就琢磨不出，該怎麼婉轉地，邀她染指。這會子，不平安這平安夜，戴的手套血紅，八成來了要通便的，招呼完，驚聞：「鬼來了！」裝備，沒來得及褪下，匆忙開溜。「不衛生。」海盪嘴上取笑，卻心裡苦。「總得活，享受唄。」常香說。她這活，真算個細活。對儀式，她出奇地沉迷；對自己編的流程，死心眼恪守。她臚列五色手套，配製「劏蛇」五殺着，讓情欲祭壇上，提臀就戮的眾生，那些五大三粗，籠罩在肅穆的氛圍，待宰之際，不僅發騷，還瑟瑟發抖。對這些舉措，海蘊不理解，但竊喜。

「服務出眾，還出新，回頭客就多。」常香垂眼看臍下傢生：「躲得過那幫鬼差，幹個三年，我就一個流油富戶。」對這三年，對這些晨昏，她是較真的，還讓每一天，顯得具體。打從地球在藍房間墜落，堵住「6」號門之前，常香就知道衣子，樂見她屋中藏品，堪稱「乜鳩都有」，就近挑了五條耐磨的，長短粗幼，各自不同。但庫存花款有限，衣子網上搜來一棕一黑，兩根大號的，七具湊齊了賣她。併着看，峰巒起伏，也是崢嶸的一景。伍姑娘那裡，常香借來箱頭筆，不褪色，是海蘊皮肉上，線圈那鮮揚的紅。「你識字，替我寫個日曆。」她請海蘊在包莖筋下，工筆豎着寫了「禮拜一」到「禮拜日」，再找來一隻仿舊漆皮箱子，龜頭枕卵蛋的，併攏着，恰好能藏納。箱子置床頭櫃上，午後醒來，洗漱完，吃飽開工，就恭肅地，取出相應日子的「柒頭」。

星期一，箱頂豎「禮拜一」，打頭陣這一根，最粗碩；然後，是大不如前，每下愈況。麻雀館開鋪，按例門首上香；她上一條鳩，也算個敬天法祖。

「你這日曆，如假包換，是個『陽曆』。」海璗讚歎。「圖個順遂。」她說：掙的皮肉錢，拜一碌撚，實在。實在矽膠聳峙，也有好處，來㑽屄的，見了氣短，自慚，勢難展所長，多早洩早退。至於見了興發，要拿這「吉日」助淫，懲前毖後，那可得補錢。「要玩『大日子』？星期一二，早來。」陽曆，還是攻守雙方，得遵從的行事曆。長幼有序推進，適當地，營造延宕，生意反做得長。常香重視儀式，對物件，當圖騰崇拜，其來有自。她老家在四川山鄉，到成都，換公車，三個鐘頭能抵埗。據說小時貧寒，家裡米缸，擱城裡來一個鐵罐，罐上一隻藍鷹，白地「鷹嘜煉奶」四紅字。那時，她奶子才發育，鼓起一點，但覺這「煉奶」磣人，細思心驚，卻不無敬畏。家裡有弟弟，連姥爺姥姥，六口人，每頓飯，卻規定就一罐米。煉奶罐，儼然成了量杯，或者說，聖杯。不夠吃，多兌水煮一鍋糜。就生了鏽，照樣權威，照樣絕對，控制了闔家的溫飽。

青春期過了，常香總算知道，鷹嘜（「NESTLÉ'S EAGLE BRAND®」）煉奶，是個香港牌子，是那遙不可及的遠方，一八七四年，就註冊的第一個商標。那鷹，過百年的老鷹了。她是先敬拜空奶罐這圖案，再由敬生慕，盯上了香港。「要不是那鐵皮罐，我頂多跑到深圳，沒膽氣過河。」常香說。「怪不得。」海蘊恍然，原來讓一隻老鷹，銜到對面這鳥巢。儀式感重，尋春的，尋出新境，理應其門如市，可常香，卻怎麼老捱揍？原來她有個毛病，陰戶一經抵觸，就笑；不管膠腸，肉鳥，甫塞進去，即笑得不能止。屁股眼兒，是不讓肏，生張熟李臨門，用手用舌頭，以至用「禮拜日」去刺探，一般不拒。偏生稍一撩弄，直腸受牽連，照樣失禁地笑，笑得兩眼反白。那笑清脆，率性，一派小妞兒給胳肢，酥麻難耐的情狀。偶有撞聾的，閉了眼推送，龜頭直撼花心，她更笑出一臉淚水。但笑，嘻哈大笑，在這樣場合，是有殺傷力的，會痛擊嫖客的身心。

笑聲，讓掏出來的東西，倏地軟化；讓活塞運動，變得遲滯，而且滑稽。有時候，她笑得手腳掌拳曲，魚離了水一般，亂踩亂拍，狀似羊癇風發作，對方抽了身，她喘上半天才平伏。笑浪迭起，沒人能夠一舉挺進。雞蟲們，燥火遮了眼，不問原由，不同花樣的笑，同樣視為嘲笑。世上，獨裁者和雞巴，是絕對不能嘲笑的；而嘲笑一條雞巴，往往更直接招來暴毆。為少受皮肉之苦，後來，常香會叼住「禮拜二」到「禮拜日」的龜頭；管不住那笑，就吞進半截，死咬陰莖；不過「禮拜一」肥碩，蘑菇頭嘴巴納得了，堵喉嚨裡窒悶，抽出來，兀自一古腦兒喪笑；於是，讓人毆成豬頭，總在每星期的開始。雨沒消停，隔窗看去，漆皮木箱豎的，燈下辨得出是「禮拜二」，那傢伙偏大，過了零時，常香會換上棕黑色的「禮拜三」，外柔內剛，奶嘴級醫藥用矽材，算柒頭中的翹楚，海蘯最喜歡了。光陰，越發迷糊，就「陽曆」上，標記鮮明。那菊花精，看來等得不耐煩，或者，活得不耐煩，竟扭身取下尖頭粗脖，平安夜站崗的一根俗物把玩。「一股屄味屎氣，有好聞的？」瞧他龜頭貼鼻頭的，要嗅出個究竟，厭恨油生。

正感煩惡，背後房門噗噗噗一直顫響。拉門瞧去，過道幽晦，不見有人；斜對面，藍門虛掩，縫裡無光。低頭，門框下，竟來了一條櫻紅大蝌蚪，長尾末梢一點紅，忽閃忽閃，圓顱正磕着她靴子呢。撿起來，掐滅了尾燈，止了震，回原位盯梢。片晌，耳邊有聲音問：「東西鑽你屄去了？」卻是衣子潛進來，尋她震蛋了。問完，窗外人影晃動，才覺得眼熟，直勾勾一條大屌，竟迎面戳來。衣子下意識地，身子一矬，嘀咕道：「袁良月？怎麼會……」海𥗐對面單位，就像個櫥窗，這導賞凶案的「懸樑大哥」，這不祥人，怎麼突然間，逼近眉睫？「他對鏡子玩雞雞，見不着咱倆。」海𥗐扶起她。兩人依傍着，隔着四五呎，觀察這吃屍油撈飯，吃得面如滿月的。突然，衣子寒毛直豎，發現了什麼。「皮帶……」她囁嚅說。那廝的藍襯衣，這回，掖進了褲頭，露出纏身一條半舊寬邊腰帶，鱷魚皮的。衣子瞪着上頭銅鉚眼，洞眼大小間距，越看，越覺得和自己背臀上，不褪色那三道瘀痕，同出一轍。

「三七……」衣子顫聲說：「那些雞眼扣，我背脊，屎窟，印了二十一個。」雖沒勘出箇中連繫，但覺腿上發軟，得扶着床沿提步。海𥗐想起來，某天，那黃門沒關嚴，挨上去，戶即半開。瞟一眼，衣子朝內坐阿富身上，正使勁研磨，渾沒在意背臀那水墨風景，讓人看了。「還以為紋了三條七孔橋。」海𥗐說。她背上這傷，是不是袁良月，這成了精的菊花男撻出來？一時難斷。但這條皮帶，卻八成是凶器。伍姑娘、衣子和海蘯，都經歷了，跌入了「臨時黑洞」，禍事發生當日，發生之前五天，記憶全沒了。玄黑洞裡，自己讓誰抽了？什麼情況下給抽了？全沒印象。這皮帶瘀痕，無奈是唯一線索和佐證。「不是掃黃來的，那得讓常香下來。」海蘯腦筋急轉，心想，不管懸樑懸柱，既是條雞蟲，頂多鹹濕變態，不足畏，就寫了張字條，囑常香幫忙，委屈她受點苦，誘那廝解了皮帶，屁股上抽一下，好做參照。字條揉成團上拋，常香接住瞜一眼，笑嘻嘻尋路下樓。

咳嗽聲，咒罵聲，關窗的聲音，突然，樓下傳上來。消停了片晌，遠處，響起霹靂啪啦的炮竹聲。「放鞭炮，慶聖誕了？」海蘯還犯嘀咕，隔壁松香的手機報新聞，聽說是開槍了，橡膠子彈。「橡膠，不是都拿去造馬屌了？」衣子小聲說，到底怕喧囂，驚動疑凶推窗探視，心裡虛怯，悄悄退了下去。轉眼，到常香現身「櫥窗」，一邊抓起毛巾擦臉，一邊指手劃腳的，推想簡述了遭遇，要他久候，但夜深人累，服務，抱歉只有限度維持。然後，明顯達成協議。常香淡紫色假髮不摘，蔽體桌布撂一旁，背心底褲連一雙紅手套，爽快脫了，床上趴着，負了手，由他用捎帶來的麻繩縛了兩腕。菊花送到嘴邊，讓她咬住花莖，那袁良月，還是稱菊花精吧，取出照相機，挪到她臀後，霎霎霎光閃，連拍了十幾幀。老手了，不似第一遭來獵影。諒是常香的規矩，不讓拍五官。海蘯隔空張望，高門低戶可辨，卻也是見不着表情。照片拍完，禮貌地，翹臀上親了親，逕去解那鱷魚皮帶。

菊花精皮帶兩頭疊合，握緊了，常香屁股上輕撻一下，定了位，倏地手一抬，猛然劈下，「啪——！」隔着玻璃，竟聽得見爆響。常香沒嚎，只向前撲倒，整個兒繃直了，僵在褥上。簡直施的笞刑，痛得人失聲。「畜生！」海蘯防他再施虐，踢掉右腳靴子，提起來要扔破對面窗戶，好喝止他。菊花精摧殘了常香，刑具纏回腰際，卻掏出一張五百塊鈔票，扔床頭櫃上，拿「禮拜二」鎮着。待見他去解常香腕上繩索，她沒翻身，只一隻手下移，摸住半邊臀肉。「腫起來了！」紅痕，分明印屁股上。「好在要取樣的，不是咬痕。」海蘯捏一把汗，讓這穿衣蜥蜴咬了，要敗血病死的。常香僵挺着，看來不忘哭罵，菊花精作態賠不是，躬身退出門去。她喊話要常香打開窗子，她屁股聳了聳，算是回應。該沒料到要挨這重重一記，灼痛未退，不想動。橫巷裡，黃霧濃重，兩頭湧來，聚在廢物堆上，越聚越厚，早漫過夾道舊廈的三四樓，窗戶紛紛掩上，燈光照映，那霧黃濁，逐漸泛紅。下瞰，斑駁的兩牆，牆洞讓煙嗆了，一路閉合，忽爾那封閉，到了五六樓。

「突然，在雲上了。」海礚嘀咕：要是火災，怎沒聽到警報？最後一扇窗，霧鎖前，傳出詈罵，說惡狗，害一家子哭喪，射催淚彈了！喪心病狂，竟挑平安夜，放毒煙？人間，變「公役」橫行的鬼域了？她真想看到，這一城吃民脂，吃飽殘民害理的，霧散了，能有怎麼樣的下場！的確，「此輩無有不可殺者」，「刀鋸鼎鑊」都是自招的。罵聲沉落，天地越發寂靜。菊花精就巷子裡上望，這會兒，肯定像地獄裡的鬼，看不見這雲上光景。紅霧，距海礚一庹遠近，窗下凝聚；淫雨，沖不淡顏色。抬頭，卻見常香頂着海葵似的一頭紫髮，裸身站在窗前。「艞板給我架上。」常香木然說。以為是餓癟了，要她設席上夜宵兒。「下雨，你過來吃。」海礚勸她披件衣服，到樂生園大廈，再搭升降機過來。藏靴子的雪櫃，內壁霜結得厚，刮出來一塊刨冰，正好替她敷屁股消腫。「搭到『8』字，下一層樓梯。」她告訴常香，停單數的，卡電梯槽裡幾個月，還沒人處理。

「架上。」常香堅持。她薄墊下抽出床板，力不從心，感覺那木塊變重了，得小心伸過去，以防板梢撬起她，甩她出窗外。不想兩頭才搭上，還沒揳穩，常香背轉身，兩手支起軀幹，光屁股一墩，竟已坐到「艞板」上。「爽！」板面濕冷，緩解了臀上火劫。她小腿屋裡盪着，驀地，仰面躺倒，翻手搭住海礑脖子，她和她，竟也像一條橋，連結了明晦兩端；兩張嘴，也顛倒着對上了，像相銜一對陰陽魚。雨落，霧起。橋上，曬台無人；橋下，兩壁陸離，萬馬齊喑的夜，千窗同閉。常香赤條條，橫在雲上，橫在天地之間，那樣坦然，彷彿祭壇上的一塊肉。「濕了……」雨灑着，周圍滑膩得無處着力，她纏搭住海礑，讓喉頭，榫接她舌頭，彷彿要把憋屈，把鬱結，傳電般傳過去。「苦。」海礑不改粗獷，踮着穿靴的一隻腳，伸手罩住了她奶子搓捏；另一手，逕去攫那陰戶，勾牢了回拽。小腹受壓，才驚覺再一牽扯，板那頭，要脫出窗沿。那屄毛，那墳頭黑草，雨濕水滑，她就抓得住，常香勢要直挺挺的，整個兒板面上卸下去。她身輕，常香掉落，敢情帶上她。

兩個皮囊，連成一脈，掉入這厚厚紅塵，人事不知，與世無涉，是什麼個光景？或者，不墜地，不上天，混沌裡化一雙豆娘，相銜浮沉，無悲無喜，千萬隻小眼，只凝視對方，只純粹把一股欲望傳遞，永續連綿，會不會也算一場福報？常香感應她，嘴巴吸附得牢，箍頸之餘，更騰出手和她十指緊扣。常香那邊，嫖客常遺下報紙，某天，大圖是副無頭女人軀幹，冰硬了。不同屋苑，靜夜高樓，時有急凍人肉，轟然掉下。「都不敢上街了。」常香說。不是害怕讓屍塊砸中，是畏懼落雹一樣，會落下屍塊的天空。「墮落！真正的墮落。」海薀總覺得，一座城，沉得比她急。艞板下，橫巷壘起的濁霧，一蓬蓬，一團團，層層往上堆。垂手，掬得着那黏稠血色。就掉下去，霧散之前，該沒人會發現她們吧？「咳！」常香掙開她，那霧嗆喉。惡氣漫上來，現世消失了，她和她，裹在水紅的繭裡。「新一天了。我拿『禮拜三』過來陪你玩。」常香說完坐起，慢慢回入自己屋裡。浮在迷霧裡的橋，空茫寂寞，竟見不到頭。

對面的女孩看過來

——紅門進來了林雀

常香頭一回和對面樂生園的海藴打照面，同樣是下雨天。她戴紅手套，憑窗抽她的薄荷維珍。那天，來一個渾球，她食指攮他屁眼，推究是受驚了，虎尾腳一蹬，竟踹她小腹上。「要拆我傢生了？」她罵道。渾球賠過不是，說經受不了，管不住腿。常香悻悻然，抬頭，卻見海藴眼饞饞，直勾勾看她。她心煩，還肚痛，沒適時去搭理。其實，相較海藴色迷迷的盯梢，她窗後的凝睇，更源遠，流長。細雨裡「相見」前，她上場貨腰，雞手鴨腳，接了幾頭食肉獸，工餘外望，對面屋裡，影影綽綽，竟肅立了三個儀仗兵！都赤帽紅袍，臉色慘青，地獄裡憑空迸上來，對她演奏似的。一顆心，嚇得要跳出來。「真是個鬼地方！」她看了幾天，看順眼了，這地獄來的搭檔裡，卻擠進去一個女人。

女人顏色，儀仗兵一樣，洗刷過似的。進屋，塑料圍布一甩，搭上大鼓，赤條條兩步進了廁間。她臉朝軍樂隊，馬桶上一墩，雖不聞噴薄聲，卻肯定十萬火急，臀溝下決堤。半晌，女人支起身，擰脖子檢視自己。仨樂手掩映，無礙常香隨她目光瀏覽，見那臍上股間，隱約佈了紅線。屄上難得無毛，圓滑可喜，紅線勾勒，乍看，還以為穿了褲衩。對那黝黑皮肉，她有些偏喜，盯着看她搓捋。搓半天，沒搓掉筆迹，拉過浴簾，拿蓮蓬頭去澆。水聲不響，卻聽房門外通傳：「你『粉絲』來了。」幹活要緊，常香扒剩條三角褲衩，床沿坐等撻伐。後來，她告訴海薀，那天去逢迎，心裡想的，卻是她，是她椒乳上，那逗人的，黧黑的小號茶壺蓋。

實在，海薀劫後回屋，狼狽拉撒，屙了海量肥皂水。沖澡那會兒，窗戶敞着，以為對面屋牆，嵌的是鏡子，屏絕人間風景，哪想到鏡後藏了人，飽覽了她醜態？確切說，常香頭一回窺伺她，是搬進這小「炮房」的第二天。巾櫛未備，還未擇吉開張。正拾掇着，新髹的牆漆，有些嗆鼻，推開窗疏散，恍惚間，卻見一個平頭男人，東瞄西覷，形容猥瑣，行藏也鬼祟，一看知道，不是住那屋的。「別爬我這邊，偷皮肉錢就好。」她不聲張，窗後觀察。那老平頭，褲兜裡掏出一個鮮黃塑料袋，揭出邊角口子，揪起電熱水壺蓋，沙沙沙抖落，突然，似受到什麼驚擾，收煞不住，傾倒多了，愣着片晌，還是拈起一根筷子，往壺裡攪拌。

偷往人家壺裡倒粉末，當然不是好事。再看，卻認得那黃色小包，是「檸檬酸水垢清除劑」。自來水雜質積存，壺內總黏附一層晶粒，不清理，要連出水口堵住。她就備了幾小包，水燒開，泡一會，水垢大半隨水去。「除水垢，犯得着這樣閃縮？」窗後看去，床腳對着的，是洗澡間。熱水壺，就擱浴簾旁，雜物架上。老平頭踮着腳，瞜了眼，扳下壺蓋，粉劑該沒撒清光，封好袋口，塞回褲兜，扭頭拉門出去。那鮮黃「除垢劑」小膠袋，解除了常香的疑心，到結交上海䕬，熟絡了，才想起來問道：「你男人呢？怎沒再見他過來？」「哪有什麼男人？」海䕬不明就裡。「替你洗水壺那叔父啊。」她說了老平頭形迹，笑問：「沒喝出水甜了？」

「那水……」海䕬一驚，問了「叔父」出沒時間。最有可能，是隔了兩房的綠門雀叔，偷偷摸進來。「那水獺頭，進我屋幹嗎？」細思，不禁股慄。足料的一壺檸檬酸水，她篤定喝了。怎麼全沒印象？除垢劑溶水裡，能沒異味？肯定是那五六天失憶期，禍從口入；但是鹹是苦，全記不起來；能確定的，是身上積貯的水分排乾淨，口渴得不行，要去取水，電熱壺卻是空的，滴水不剩。插頭還給拔了，倒像她出完遠門，剛回來似的。推想是撒了「除垢劑」，獃行得逞，又回頭把罪證倒掉了。「到底是一條線索。」海葇說。她不喜歡男人，更不喜歡的，是林雀這樣的男人。讓這東西侵犯，光想想，就要吐。

女人，不應該讓傖俗之物糟蹋；林雀，偏生就是俗物的典型。演化進程上，雄性智人，增長的，從來是蠻力；腦筋，不見得比雌性強。但一萬年來，母系社會，女人，卻得讓路與這一脈好鬥毆的，受盡支配，操控；或關門虐打，或破門強暴，或明或暗，無休止地欺凌。林雀不會挑一個惡徒的暖壺，投他的「除垢劑」，他知道後果，一旦事敗，他的陰囊，會遭同樣手欠的，粗獷地捏碎。於是，他挑軟的欺侮，用所謂的文化，掩飾乖謬。實在，他比紫門的尼安德特人更原始，更骯髒和腐壞。人類不虞匱乏的狩獵和採集時期，他的祖先，早就是平躺着，等吃女人糞便的角色。然後，農耕時代來了，子孫就隨泛濫人潮，漫向地球的坑坑窪窪，包括油麻地，或者榕樹頭。

讓原始人的後裔，還是吃女人糞便的原始人後裔，下藥摧殘，不管這摧殘，有沒成事，是深是淺，也夠她屈辱的。這林雀，這水獺頭，可以斷定，表裡全不一致，披的人皮，說的鬼話，內心積攢了萬年的黑暗，就坐電椅上，也點不着顱蓋上一盞燈。海蘊一咬牙，決心要揪出他，灌他吃活絡油，再拿鮑魚刷餵他，會不擇手段，拷問他。「劃這些紅圈，難道要定了位，好分割出……」海蘊讓浮出的念頭驚嚇，腿一軟，坐褥子顫抖。她不敢往下想，緊摟着常香，連說：「不會的，不可能的……」但不管怎樣，矚目的八個紅圈，暴雨裡，貼肉隨她回來，電熱壺，她懵懵懂懂的，重新注了水，自此，也真沒再見過林雀。綠門裡，雪櫃沒銷聲，這頭號疑凶，這對她腸胃和肛門，痛下狠手的鄰居，卻突然匿迹了。

一團陰影，重甸甸，要壓垮她。常香只得盡可能去安慰，去開解。月信來的那幾天，生財工具滯澀，宜休假保養，樂得越過天險去相陪。一般是下樓，再上樓，不勞海蘊架板，搭橋。「我大姨媽，幾個月沒來了。」海蘊說。以為她親戚出車禍，卻原來遇上災星，八圈纏身，就像中了咒，盤踞馬桶，屙完水，彷彿連子宮屙掉，那之後，就停經了。「不是有喜吧？」常香輕捧她細腰，笑着參詳：「長得慢，沒準是一個怪胎。」「怪胎還好。」海蘊覺得，是器官的運作，中斷了，五臟六腑，撂在時間那一頭的「失物待領」櫃台，沒隨她回到皇宮，在這牆旮旯團聚。生養一個娃兒，對海蘊來說，是可怕的。常香見過她直面一個小屁孩的神情，臉上那憎惡，要沒世俗人阻撓，肯定會把這些響鬧的肉球，人類未來的喪鐘，一個個的嘴巴上，焊上消音器。

「這是哪門子的進化？光靠喧噪，竟就理所當然地，獲取生存所需。扔森林裡，能活得過三分鐘？」海蘊說。她不打算懷孕，子宮和月事，當然多餘；但生育權，生育能力，讓一團原始的黑暗剝奪了，這不由自主，卻讓她感到墮入了一個深洞，洞裡一無所有。「就怕生出來黑漆漆一個氣球，戳破了，裡頭還是黑的。」無鼇頭一篇話，常香聽着迷惘。海蘊的大意是：選擇，連串的選擇，讓人覺得實在，甚至存在。所做的決定，構成了這樣一個「我」。大姨媽暴卒，免了招呼，是省事了；但身體不更新，細胞不代謝，卵子不如期而至，卻讓人沮喪。殘存下來，或者說，還在驅動她的，就肉欲了。那股酥麻，儼然一台吹風機，從底下灌進熱氣，撐起一副皮囊。

「我曉得。」常香想到風一起，對岸舊商場外，常有膨脹的條狀物，紅腸般扭擺，腸身還寫着：「歡迎八方卵蛋，光臨指導！」看着親切。海璗憶述，出事後，回屋沒幾天，伍姑娘，也迷迷糊糊地回來了。過去五六天遭遇，照樣忘得乾淨，說是電梯縫裡揳出來，腳下輕浮，幾步已到了家門口。大雨早消停，卻兀自披着猩紅雨衣。手腳多了瘀腫，死命拳打腳踢，攻擊過鐵壁銅牆似的。後來，腳趾、膝頭、指節的瘀青，總不消散；指甲好多崩缺，銼平了，沒見長回來。要斟酌，這提早不來經，伍姑娘和她，時間算相若；而衣子的天葵，破落戶剝剩的舊門聯，紅極一時，卻早就失色了。事實上，那些反常徵狀，都由衣子開始，日趨猛惡的。譬如，對床伴的攬榨，衣子領風氣之先，那可是萬夫莫敵的勢頭。

「一個球，灌的是晦氣，破了，也沒可惜的。」海璗是洩氣了，說到這分上，也唯有看淡，等死了。「別死，還有我呢。」常香笑瞇瞇安撫她：「你知道，我專業的。」說着，舔她耳朵：「不痛快，肏個屄就好。我生受得。」「就肏個屄？這可便宜你。」海蘊苦笑，撲倒她，一個勁兒親嘴。常香那白蕾絲內褲，像覆着一隻小獸。海蘊妒恨，就愛扯那獸毛，種自己肉裡。她一路往下，嘴巴罩住陰戶，只埋頭吃她。泡沫吮啜出來，咂咂咂，舔個乾淨。常香幾讓她弄得虛脫，嘲她一張嘴，頂得上十個饞人的撲噬。那吃相逼切，讓人驚訝，就連聽着，她都覺得尷尬，彷彿在生吃一隻大響螺，舌頭摳不出軟肉，毛躁啊，竟用下巴頦去犁。「總要讓你犁掉一層皮。」常香也不真投訴她，她就喜歡頭對腳的，顛倒着，爬梳着，各自埋頭施為。

有一回，掏得深入，發現她前門，像給什麼楦過了，裡頭空虛，笑她會玩，還玩得陰狠。「變個抽獎箱了。」常香愛鬧，說伸手，抓得出個號碼球。「想要什麼號碼？」海蘊問。她要的，是一個年份，一段回不去的時光。「生人都這樣。」海蘊掏自己，卻想掏出一個「未來」。明天那一顆朝陽，她說，早陪這一副軀幹，急凍在紅圈裡，膠化了，黏死在地平線上。時光，裹挾着讓人費解的，可怕的文藝腔流動。常香暗忖：讀書人心眼多，胡話也多，她得體諒。「會在下一秒突然消失」，這奇怪的想法，讓海薀更投入，也更急於做成一樁事：催生一家不同尋常的「性商店」。三代衣子和阿富，早就在綢繆，在找鋪位，海薀覺得有可為，攛掇隔壁白松香合夥，她男人賣棺材，陰氣下腹積聚，死人財發過，投資賣雞巴，補了陽氣不說，海薀和松香調製出春藥，推售前，他認購一撥，搶先試吃，錢既不外流，腎虧也有望好了。曉以利害，那是一拍即合。

伍姑娘賦閒，某天，卻發現銀行來月結單，結餘多了七十七萬港幣。陳腎是向她要過帳號，說以後開文具店，租鋪辦貨，都是開銷。她沒應承他什麼，不想他轉來一筆大錢，開價果斷，是真要把她買斷了。按時序，估摸錢一過戶，他就沒了形迹。「開不成文具店，開陽具店吧。」一字之差，伍姑娘笑着，心底悲涼。商議了幾回，因緣成熟，一盤熱門生意，牽連上紅黃藍橙四戶，或明或暗七號人，可謂應運而生；雖然，這應的，不見得都是好運。情趣用品，衣子庫存本來豐裕，膠屄膠屌，膠手膠腳，膠屁股，以後送店面陳列，擔保壯觀。底子既厚，就差一個與別不同。「要有創意，賣人之不敢賣。」海薀修人類學，生物、礦物、社會學一鍋雜燴，要經營「凸顯人性」的性商店，她有學術基礎。「左膠右膠，不如一碌爆門的矽膠！」促銷口號，早想好了。

「咱們這店，叫『南極』性商店。」海璗告訴她。「『男雞』店？不會只賣雞雞吧？」

「南北極的南極。」海璗解釋：衣子那一屋地球儀，在南極點，南緯九十度，總開一個口子，一個或大或小的圓孔；然後，捅進去鋼條，或者木棍。地球這屁股眼兒，讓一根根勃起的東西支撐，那頂得深，撞得狠的，還會貫穿北極圈透出來；也有擠進小半，靠螺母咬住的，一般塊頭偏小。總之，沒這些棍棒穩住，地軸偏移，地球就要發抖，抖得死火山，一座座張了口噴火。「要地球轉得順，就得往屁眼下功夫。」她說：「南極」專賣各種材質，針對大窟窿小窟窿的棍子，讓男人女人、陰陽人，南極點一樣，裡頭充實，全樂得團團轉。實在，也有捧住地球，直接肏南極深洞的癡人。衣子得瑟地說過，她的阿富，就肏過一個瓷地球，是歷史上，第一個肏壞南極洲的渾蛋。

「真想盤一盤那話兒。」常香對這楞頭青，竟有些神往。店名擬定，死門前，算開出一條生路。「沒工夫磨蹭，得盡快掙錢，幫補你過活。」她投入籌措，專心策劃，沒打算再出遠門了，地球儀沒標出的黑點，或者污點，當做最後的歸宿。某天，她取出護照，「緊急聯絡人」一欄，鄭重填上常香本名、地址；存摺等文書，要填「關係」，都備注了：眷屬。「我是你女人，你是我女人。」海礁說。眷屬，透露暖意，還避開「夫妻」這僵化詞，繞過非凹即凸的窠臼。兩人志趣不同，見識，或有深淺，卻總能相互依存，平等相待。床板延伸成的一條舨板，牽連着兩個房間，儼然天平的稱盤，海礁在那一頭，她在這一頭，擺平了，輕重權衡了，呼應着，才不致掉入短巷長夜的深淵。

「我這營生，不嫌髒？」她問海礁。「你乾淨。」這是心裡話，感情上，她信奉「地平說」，臭男人，趿拉着拖鞋，一瘸一拐，在地球這塊砧板上營營，大春袋四圍盪着，當個成就，那才叫髒，才叫腌臢。「而且，你肛門好看。」海礁褒揚她。「好看？肛門用來看的？」常香駭然：竟當這《西遊記》了？光陰，在橡膠和矽膠的氣味裡，潺潺流淌着；連呻吟，都是潮濕的；濕得踩着了，腳底生寒。這年初冬，常香遇上來尋春的菊花精。那會兒，她還不知道，這傢伙涉嫌虐打過三代衣子，是條表面順滑的惡棍。「油麻地，好多景點可遊。」自報導遊，說團友推薦，這家的菩薩，有求必應，他專誠來上香。

「幹這口活，靠的口碑。」常香笑說。菊花精頭一次來，要她扒光衣服，放軟身子，癱着，他侍候她。天靈蓋到腳底，他搓揑一遍，再覆轉她，用指中撓。她沒想到，男人留那長指甲，搔得她骨頭發麻，不住瞎笑。「不笑，多給錢。」他說，死人不嘻嘻哈哈，他喜歡死人。常香咬着「陽曆」的「禮拜一」，閉了眼，由他擺弄。屁股兩團肉，給掰得要裂開，幾沒知覺了。陡地，臀溝裡火燙。她一驚，吐掉軟膠公雞，扭頭見一株白菊花，綠葉三兩，尾指粗花莖，正插她屁眼裡，深入得能迎風挺立。「有這玩法的？」她臉上變色，罵他喪狂；罵完，提醒他：「這要補錢！」「噓——」他嘬嘴作聲，穩住她：「死透了，菊花裡長出菊花，還這麼多牢騷？」他把花莖扶正，再種入了些兒，躬身合什，拜了三拜，竟當她的屎窟，是一架山墳。

拜完粉臀，恭肅地，旋出花莖嗅了嗅，由衷讚賞：「絕對是『我城』的味道！」玩味完，整株塞回挎包。常香哪裡知道，有一窩節肢類，時興把香港，妄稱為「我城」？哪裡知道，有一長串人形蜈蚣，小嘴對臀眼，鎮日「導賞我城」「書寫我城」？她還以為「我城」，是「我街」「我巷」「我廁」的大表哥呢。「這『Pose』好，記得多擺。」菊花精不改虛矯：「下回，我帶部『Leica』過來，再補幾幀『Salon』相。」還說：隨他「走過死蔭幽谷」那幫龍友，要看到屎窟花開，肯定采聲不迭。常香由他中西夾纏，一路嚼蛆，只等清帳了，送他西去。轉眼，平安夜來了。來求平安的雞蟲，一條不少。才送走要她用「禮拜二」自慰的，戴好紫鬈髮，紅手套，坐等預約了，來檢驗肛腸的回頭客。忽然，門外驚傳：「有鬼！」顧不得冷熱，背心褲衩的，奪路上逃。天台餐風飲雨，待海盪扔來塑料桌布蔽體，圍欄上危坐，迷濛裡，卻見對面皇宮一點紅光閃爍。

原來衣子在阿富房間，玩一對矽膠震蛋，一條粉緋，一條櫻桃紅，棗子一樣的大頭，就長尾末梢兩點紅明滅。小玩意，兩邊金屬小眼鼓凸，能電擊物主，麻一下，終究止不了癢。那夜，衣子撿出來擱褥子上，遙控驅動了。沒想兩條大蝌蚪，竟顫抖着，一路比賽着游開去，越游越遠。那櫻桃紅的，拋離對手，到了床褥的懸崖，掉門口氈上，門縫裡開溜。尾巴那一點紅，永恆的黑暗裡，風燈一樣，懸在霉菌覆蓋的地平線上。半晌，她起來尋覓，過道濕黑，突圍出去的一個蛋頭，磕磕碰碰的，敲海瀟的紅門去了。

然後，紅燈掐滅。海瀟投給她紙條，通報炮房裡玩膠屌的，不是衙差，還派了任務，要她去受刑。她屁顛屁顛的，屋頂下來，要面對的，正是逢年過節，要來拜「籮柚」的菊花精，一條棘手的淫棍。風雨交侵，實在不堪勞累，只想應付了，盡早打發他走。「要你久等，我不對，屁股你抽一下，算我賠罪。」提議他皮帶解了，隨便撻打，拍個照，擇吉再來。不想這人面獸，一個霹靂，抽得她熱鐵烙了一般。半晌，劫難過去，她和海瀟，舦板上溫存。紅雲赤霧，封死七樓窗戶之前，舦板回收了，褥子鋪好。趁她屁股未消腫，海瀟叫來衣子，要兩人脫去褲衩，挨貼了趴着。嘴上叼個小手電，拿了軟尺，衣子籮柚度一下，她屎窟量一下，比對過皮帶寬窄，洞眼間距，確定釐毫不差，再拿放大鏡檢視，看皮肉上紋理和洞孔，有沒小異。結論是：完全吻合。衣子的三條鞭痕，絕對出自菊花精那同款的皮帶。「證據確鑿。」海瀟結了案。

耶穌誕生的這夜晚，兩個光腚，緊挨着，肉貼肉的，常香覺得衣子和她，親如孿生，小聲問道：「我吃那畜生一鞭，痛得不想活；你這連中三元，生受得了？」「痛不痛，無知無覺，那才可怖。」衣子說：她就像一塊肉，蒙在黑暗的保鮮膜裡，拆解開來，徒然招惹蟲蟻。「報案啊，抓那廝去審問。」常香提議。「皮帶痕，頂多算個物證。」衣子苦笑。「那堆『公役』，壓根就是大糞；能指望一坨糞，去逮蒼蠅？」海藎冷眼看，這讓人掩鼻的現實，是屬於蒼蠅們的。「委屈你了。」她摳出薄荷膏，溫柔地，塗抹常香的痛處。那紅痕，慢慢暈開了，燈下泛着瑩光。常香覺得受用，但一時火燙，一時冰涼，甜苦，全在一個籮柚上交會，綻放，也夠讓人睏累。屋裡的空氣，這會兒，越發的嗆鼻，衣子和海藎，渾沒知覺；常香卻瞇縫了眼，迷糊道：「窗戶關上，催淚煙進來了。」

地球們的凝視

——回藍門尋根的米修斯

普羅米修斯越來越懼怕這個世界，他的骨瓷火炬，最初，是紅燄；他擎起來，群眾喝倒采，嘲這顏色，代表邪惡的國度，邪惡的東西；推崇邪惡，不會得到打賞。塗成黃色，最糟糕了，街頭舉一舉，或者不舉，衙差照樣過來恫嚇，要拘捕他。「再不走，我告鳩你煽動！」衙差變了，變得猙獰。煽動什麼？衙差不答，但手按槍套，要消滅眼前這問題。然後，燄火換成藍色；憂鬱的藍調，配襯心情；但他發現，駐足看的，讚賞目光消失了，換成厭惡和鄙夷。「廢物，才支持藍色！」善心人相告：天藍，讓腦筋長蟲的，騎劫了。只好抹黑。他用黑箱頭筆，塗黑柄上火燄，僵立着，黑火朝天，觀眾算稱意了，都覺得那擎着的，是一支毛筆，他演的，是白面白袍一個鬼判。

無奈世情惡，溷世一窩倀鬼，那所謂的法官，假髮顏色，偏生和他頂着的相若；更可惱，是沒人察覺，其實，他那羊毛鬈髮上，還有一圈鐵線扭成的荊冠。「是荊冠，來受難的！」他以為，聲大，正得了視聽。「演『法官』這腌臢角色，不怕連毛筆，讓人咬斷？」果然，照樣當腳邊坑渠蓋，是他的裁判席。「早晚燒死你。人渣！」「做走狗，生仔沒屎窟。」「死戰犯！」「不得好死！」群情洶湧，竟認定：他濫告的，是無告的蒼生。米修斯總覺得，法官戴假髮，就像煮糊的一塊塊大磨菇，搭在爛透的一顆顆豬頭上。一個個裝逼，扮神聖，但法律這塊屄皮，早不存了，顱上一幅幅慘白屄毛，有地方攀附？「屄毛蓋頂，能蓋出一副莊嚴法相？」他惱這群沒屎窟的走狗殃及他，害他得換行頭，改形像。

「既然盼一個鬼判，勾銷成窩的法官……」他心中豁然：認命好了，從此，演一管陰司來的大毛筆。「髮色，改伊俄同款的桃紅？」抬眼望，伊俄回到了那舊廈三樓，熱點性商店的玻璃牆內，朝他揮手。蕾絲內衣，燈號一樣，換了養眼的綠；左手，卻仍然握一串矽膠，小煤球似的，感覺塞肛門裡，會着火，燒出神話的氤氳。那夜，伊俄尾隨拉着紅箱子的良月，他去追推走舊摩托的假衙差，風雨裡，相攙趕了一程。後來，大角嘴的嘴角遇上，伊俄與頭上，送了他一個鏈墜。「逮到那禽獸，高興。」她說。

黑繩吊着的銀匣子，珠光寶氣，晾在籠屋招妒，脖上縋着礙眼，出門獻藝，他照例揣在懷裡，貼心窩藏。出師不利，腳邊破布袋，賞錢，就兩張十元膠鈔。遊客少了，這瘀青醬赤，這死屍皮一樣的東西，也少了。「奇怪，怎麼就沒人察覺，這座城的衰敗，是『屍皮』浮面，就正式開始的？」

「真要一條路走到黑？」翌日，他仍舊由深水埗，徒步到油麻地的吳松街。維南奇上校的電單車，以前，他是一路推過去。一九六七年的古董，續不到牌，買不到第三者保險，勃！勃！勃！勃！騎着上路違法。於是，得一手擎火炬，一手抓方向桿，車身傍着腰臀，推着靜靜前進。馬路上，有鐵欄給拆了，堆起的路障多了，鋪路的磚頭讓人撬起，似乎要抗擊什麼。他越發懷念他的車，情況再壞，有倆輪子，容易騎着逃開去。有幾趟，路過油麻地警署，門前逡巡，就盼遇上那靠肢體語言，奪走他坐騎的假巡警。這天，演出前繞道走一回，慶幸榕樹頭碰上，那廝衣冠邋遢，一副累垮了模樣。「差館過去，禁區牌下面，沒鎖，你取了推走就是。」阿富這高挑兒同黨，只穿了薄荷綠警服上衫，下身一條縐紗睡褲，看來跑完龍套，沒精力留難他，老車扣押逾月，直接發還。這會兒，米修斯才發覺，他肩章上，沒有號碼。「沒編號又怎樣？沒編號，就不是差人？金條沒壓上『999』，就不是真金？」睡褲巡警辯說。「真假，得燒一下才知道。」他提醒這「金條」。

他走向眾坊街，路牌下重逢他的「1967」；他用年份，作為這台古董的車牌。撣了撣坐墊，難得不起灰塵。街燈亮了，牛皮墊仍留着夕照餘溫。「這樣曝曬，沒着火爆炸，萬幸。」跨上去，騎着蹬了幾下，啵哺！啵哺！響聲是濁了，挨路旁開了小段，見衙差聯群來去，不好逆駛入上海街，兀自下車推行。衙差面生的多，或膘厚，或骨立，異相紛陳，全瞪着他看，琢磨個個大任纏身，要投向洪爐烈火；不然，早抽出手把他擊殺。「停演一晚上，安置好『1967』再算。」座駕珍罕，領回來，反而謹小慎微，多了顧忌。廟街，越來越冷清。大咧咧的，街心推車過去，暢行無礙。智人的腦容量，據說，過去十萬年，縮減了四成；文藝界，他推斷，是雙倍的八成。這樣倒退下去，燈沉影寂，過不久，油麻地就草長及膝，荒涼了；然後，那座俗惡的牌坊下，他遇上一頭毛毿毿的猛獁象，也不足為奇。「彎曲的象牙上，敢情掛着一塊『元朗』白地紅字膠牌。」蠻荒來的，終究要叼着一嘟嚕浮華，回到蠻荒。

到了樂生園，熟悉的大廈入口，這夜，門楣上光管跳閃，忽明忽昧，一幢老樓，彷彿向他發送摩斯電碼。「不要是困電梯槽的亡魂，在求救就好。」燈火召喚，怎麼說，也該去尋回真面目了。他從來厚粉敷了臉，才出門示人。眼裡的自己，就是普羅米修斯。蛻變成這角色，這身分之前，他為「原貌」留了畫像，木板上畫的粉筆畫，顏面朝內，覆着釘上彩虹皇宮的藍房間。「『真我』懸人家床頭，背面豎七色一條戇鳩，不合禮數。」自畫像，他就畫過一回。曾經，他溺愛一個大鳥男，那話兒，該沒阿富的規模，但一個磨菇頭，屁眼裡抛錨，他還真以為，自己是他的港灣。但操作了幾回，大鳥男的大鳥，變小了。「軟耷耷，不會有未來。」大鳥男，掉轉了鳥頭，去找另一個能讓他勃起的臀部。那天，鏡子裡的自己，變陌生了。他把那一臉悲哀畫下來，讓畫中人面壁；然後，他瘦臉塗白，白得扎眼，去演盜火一個癡人。

等發現阿富供奉一根彩虹雞巴，視為聖物，他臨摹了，畫在「真我」背面。這時分，按理單位裡有人。「柒頭畫迎回去，留個念想。」話，就這麼說。電單車推得上台階，進不了升降機，仍舊泊電梯糟旁。停單數樓層的電梯，按鈕，銅面板沒見燈亮。唯有等停雙數的，那鈕扣般小燈，停四層樓，卻兩邊各垂四點昏黃。伊俄送他的銀鏈墜，嵌八顆熟黃珍珠蠟，居中一塊琥珀牌子，黑得又糯又稠，像凝固了的血。「鏈墜，怎麼竟是升降機的佈局？」他心裡納罕。黑繩縋着的銀匣子，可以揭開，讓人貼一幀照片，或者，藏幾粒毒丸春藥；不過，匣子到手，裡頭盛的，卻是豬油般小坨凝脂，沒嗅出肉味，推想是花士苓一類護膚用品。鏈墜裡有餡，伊俄知道？以前，大鳥男擴充他，用這東西，圖的一個順遂；但掛身上應急，興到，隨時隨地摳出來增潤，這不荒唐？「物主，真個急性子。」米修斯暗笑。匣子裡載油膏，方便招賢納士；匣子背面，刻的一道符，卻多半能消災解困。這麼一想，心神寧定。

電梯降到「1」，砂玻璃，透露琥珀光。鐵箱裡沒人，拉門進去，感覺上，他就是一隻豹虎，斂螯收爪，擠身銀匣子的油膩空間。墨黑的鏈繩捲動，電梯，嗚嗚響着上提，升離槽底蒸起的積臭。到了「8」字，線索繃緊，鐵箱抖動着，停了。趕緊拉閘出來，踹開太平門，擋路都是瓦通紙箱，金田牌雪櫃盒六七個，明顯地，長期乏人拾掇。他欹側着，半推半就，走下半條樓梯，倏地，一隻黑貓紙箱裡躥起，踢飛的發泡膠粒，兜頭兜臉亂撲。箱子沒人撿去，貓都據守着。「驚動屋主了？」他黑火炬護身，走了十餘步，七樓過道盡頭，彩虹皇宮的鐵閘，透出綠光。使勁拍門，嘭嘭嘭響半天，沒一伙聞聲來應。「七房人都出去了？」只好門邊蹲着，作長期打算。枯等了一會，再打門，卻聽腳步聲響，這才見阿富一臉是汗，滿頭濕髮，木然站在門後，瞧那眼神，像養肥的一缸水母，不吃蝦，撲身上吃他蛋蛋似的。

「米修斯，舊房客。」見阿富發楞，骨瓷火炬高舉，算給他提示。門開，米修斯進了屋，見他鬆垮垮一條短褲，肚臍下一片紅，看來讓什麼燙了。經過靠左邊「3」號房，黃門半掩，米修斯瞥一眼，裡頭，女人側身朝內躺着，抓一把冰粒，往屁股又抹又塞，分明局部鬧火災了。「會玩！」心裡讚歎，卻不好細問，只說一幅畫留在「6」號房，心心念念，不取回，不瞑目。「門開不了。」阿富告訴他：隔壁原始人屙屎，這邊屋裡疊的地球儀，給撞下來，地上擠着，把房門堵死。推倒地球的那一戶，兩大四小，這會子，出門領救濟金，順勢吃大餐去了，留下老頭在紫門房裡咳嗽。那咳聲，三長兩短，節拍恆定，周而復始。「咳好，一直咳，就不會死。」原始人撂下一句，為皇宮的光陰定調。的確，誰見過一個會咳的死人？

米修斯藍門上推了推，勘出實中有虛，虛實之間，留了轉圜餘地；懂門道，都知道小說，常見這佈置。要來一雙長筷子，伸門下縫隙裡，撩一會，捅一下；一邊戳，外頭一邊頂；頂出些餘隙，寬裕了，進得了前臂，胳膊隨而探進去。他兜住一個球，就往上扔，扔出幾枚，破了緊密的聚合，但半邊身子過得了，胸口銀匣子，卻讓房門卡住。不好硬拽，騰出手解下來擱門框邊，兀自往裡騰挪。擠進了身，適應了晦暗，掩門聲響，該是阿富回屋，品嘗那冰鎮粉臀去了。他榕樹頭見過衣子擺檔，沒買到那七色矽陽，應酬着，要了個吐舌蛇頭套，方才憑一個光腚，倒沒把人認出來。藍房間陰鬱，頭頂是有一個燈泡，地球堆垛，擋住開關，只得火炬手柄擋門，留一條縫採光。他那自畫像前，壘了瓦通紙盒；盒上，小地球揳大地球，危危乎一個宇宙。

滿褥子的滾圓，多藍地子，陸地斑駁。幾十個，有硬塑料，有金屬，有橡木，有玻璃瓷；硌痛他瘦臀，是幾枚銅胎景泰藍的，國界掐金絲，沒拳頭大，鐵頭般重。他擠開褥上膠球，騰出位子，抱着一個大號的小歇。眾星叢聚，兩肋受壓，內心反而安寧。三長兩短，永恆的咳嗽，那麼遙遠，儼如冥王星傳來的微波。他的粉筆畫，躲地球後，得找傢什去撬。他不急，難得從前住處，成了倉庫，在油麻地，在諸神忽略的暗隅，透露一縫幽影。「我的天界。」他是神，在這虛實相融之境，只能養神。瞇了眼，不知日月，突然，天外傳來女聲：「陳腎？阿腎……你來了？腎……」光影動盪，似乎拾到門邊鏈墜，喜不自勝。一個風乾鴨腎，卻沒答應。她沉默了，氣氛變得緊張。藍門沒掩牢，女人輕推着，試探着：「花癡？我刨了你山墳，招惹着你？要還東西，犯得着閃躲？」惱起來，喝道：「你給我出來！」忌憚屋裡黑，不敢冒進。

惡聲入耳，他有些膽怯，囁嚅道：「我米……米修斯，以前住客。」「收屍？你媽死了？出來！」「出去了，地球塌一撥，怕進不來。」「你說，哪來這璺珀墜子？」她說，皇宮裡，她叫伍姑娘，鏈墜替人保管，卻讓一個花癡婆哄走。「那對得上。」米修斯邀她進屋說話。她探身內望，藍調子房間，坐了白鬈髮，白荊冠，白袍白臉一隻白無常。「哇！」一聲，毛髮乍豎，要退，一邊奶子卻門板夾住，顫聲問：「你……你做殯儀的？」要答不是，就是鬼差了，躲地球堆裡，等她引頸報到。「我盜火。」他一炬黑火，餵向伍姑娘。推銷軟雪糕？沒的嚇一跳。看順眼了，問他：「墨魚汁雪糕？一桶黑屎拉出來，你負責？」能立錐，她搬起一個玻璃瓷地球抱着，隔着枚橡木造的，坐他身邊。「你罵的那花癡婆，其實，叫伊俄。」他告訴伍姑娘，宙斯姦污了她，變她做母牛，牛做夠了，陪他掉入這油麻地遭罪。

伍姑娘聽得頭暈，想吐，但銀匣子脖子上套了，心暖。隔了月餘，繞一大圈，竟回到胸前盪着，暗歎寶貝有靈，會認路。「東西歸你。」米修斯問她：「裡頭盛的什麼，你可知道？」「就填一坨花士苓。」剔開匣蓋，油膏剩一半，她擰着眉毛瞪他。「幹啥用的？」他裝蒜。「幹啥都用。」總不能說，這是積穀防饑，危急時，摳出一塊，塞屁股眼裡受用。反問他：「阿朗的墜子，怎麼到手的？」陳腎，是桑拿房裡，水汽蒸騰時的暱稱；到了明處，他叫章朗。「不就是那花癡……」米修斯告訴她，那天，花癡伊俄往廟街走，說要補一場淫戲，拍一個搞雜誌的，編輯部後門巷子裡，強姦一隻酒紅色真皮旅行箱。「皮箱有一道縫，又窄又細，那廝不㕭上半天，難受。」伊俄說。「人家㕭皮箱，有你的事？」米修斯問。「有你這麼蠢的？」伊俄白他一眼：「我在箱子裡啊。」「這麼說，他是從箱縫㕭進去，你裡頭承受？」「就是。」「雞巴搆得着？」「那是改編，懂嗎？要真是良月其人，他會用火箝，用鐵筆，用長筷子，連你腸子夾出來，有『屌個屎窟』就罷手，這麼仁厚？」伊俄責他魯鈍。

最後一趟去做臨記，卻說那良月，讓她逮到了，虐死了，得費些工夫，找木頭車，好送走一大塊臭肉。「神神叨叨，沒句人話。不過——」他問伍姑娘：「這墜子，你說是『阿朗』的。伊俄卻說是件遺物，是良月的女人，畏罪繳她的。你確定你男人，真叫『阿朗』？」「他姓章，單字一個『朗』。」「那你胳膊，怎的寫那名字？」「啥名字了？」「『良月』啊。下雨天，她等埋位，見你胳臂『良月』兩紅字，氣頭上，才沒把東西還你。」伍姑娘後背發涼，陳腎一枝紅箱頭筆，帶進骨場房間，在她手背前臂留名，還附了手機號碼。那茜草紅，不易褪色。過了幾日，遇見花癡，號碼是模糊了，一個「朗」字，卻辨得出；然後，有五六天，記憶全沒了，徹底消失了，就前臂上漫漶筆迹，能銜接樂生園門外一幕。自此，那橘子大字樣，卻離奇地，分毫沒淡退。

這會兒，就着門縫光照，左臂上瞜一眼，還是當天的樣子，模糊，但看得出……她頭顱裡，一個霹靂，這「朗」字分開看，不正是模糊的「良」和「月」？怪不得那花癡，認為寫的，是良月！冥冥中，有什麼牽連？花癡擄走良月，她的章朗，怎麼同時沒了音問？這純屬巧合？章朗，要不是花癡「戳爛」的大蟑螂，怎麼一直沒了影兒？「那花……伊俄，你確定搞死的，真是『良月』？」她只盼花癡，沒逮錯人。「良月，姓袁，我見過兩三趟。」他說，這骨瓷火把，就他送的。最後一次，半天吊着演維納斯，就見到他拖了箱子過街。「的確是一隻紅箱子。」他說：但怎麼看，那良月，都不像是會用雞巴，去捅箱縫的人。那夜，雨中銜尾窮追，卻跟丟了，沒攔下箱子，檢查他藏了什麼。

「當時，不似要活捉了剝皮。但幾個月過去，天曉得伊俄那一股恨，有沒養肥了，反過來噬人？逮到『噍完鬆』，有個頂撞，撞出人命，也是常事。」「常事？」「說是用傘骨那梢兒，捅得那廝嗷嗷叫。叫得氣短了，迷迷糊糊，卻咕噥着什麼：想去『菠蘿的海』，想吃……七七個菠蘿。七七算他四十九，菠蘿濕熱，連吃四十九，消受得了？伊俄說，他是讓撐死的。一把傘，攮得死一個人？」他扭頭自答：「我就不信。」伍姑娘神色慘然，暗叫不好，「七七」不是四十九，是她陸鰐，是陳腎十年桑拿，不懷二心，一貫要點的號碼。她問米修斯：「那把傘，什麼顏色？」這時節，一下雨，滿城的盛開黃傘。伊俄隨手牽一朵撐着，那是黃蝶飛入黃花裡，來去難尋覓。「自然是黃的。」他推斷。伍姑娘那天要討回鏈墜，這花癡突兀來一句：「瞞着我快活……就不死，也不中用。」說完就走。的確，那是一張黃傘，佈着雨絲血絲，危牆下淡去。

「再碰到伊俄，我問問挨捅的，什麼長相。」他問章朗特徵，她總不好說，就大腳趾粗碩，能止癢；而且，趾頭再大，諒不易見着，只報了個眉毛長，左右撩起一根棕黃光纖，日頭下招眼。「怪不得叫蟑螂。」他笑說。「是章朗。」伍姑娘糾正他。一隻白無常來報憂，幾十個地球，眼球般環伺，連手捧的，也變濕冷。「菠蘿的海，唉！」越坐越心寒，她搖了搖頭，扯門回隔壁去了。陰氣消散，米修斯想起來意，探頭朝斜對的黃門大喊，要阿富借他螺絲起子，或者能撬牆的傢什。阿富應了一聲，再沒動靜。他褥子上坐待，半晌，門縫伸進來一個冰鑿，尖梢向外。他見勢頭不對，捏住手背，逕往裡拽。阿富一隻手讓他握住，沒見有鬆開的意思，斜簽着，腳下不穩，竟讓帶入了彀中。

「坐。」米修斯攫住他，防他撥轉錐頭，刺他心頭。阿富甩開他，一屁股擠開玻璃瓷地球，墩在伍姑娘坐過的地方。但中間缺了緩衝，兩臀相貼，要自保，就手中冰鑿了。這地球倉庫，成了米修斯會客室，對阿富，他有過非分之想，見過他穿三角褲衩午睡，人瘦，那陽物，卻搗藥槌一般粗圓，碾着小腹。門縫中一瞥，夢裡，真遭遇了這藥槌鼓搗。他匍伏承受，由得這硬物，把他研磨得粉碎。沒料到和這藥槌，忽然，共處一室，聲氣相投，七竅，幾熱得冒煙；但瞟阿富一眼，見他無情無緒，眼神散渙，想起方才應門，那一副大災臨頭的樣子，試探着問道：「不會是肏屄，肏出個血霉了？」「肏屄還行，就肏……」阿富垂了眼，沒往下說。瞧他褲襠，藏了條死鰻似的，伸手要撈，讓冰鑿戳着，才知道避忌。

阿富中學上的，是基督教學校，對什麼是告解，倒略知一二。這條縫透光的暗室，就是兜頭罩下的告解亭。這盜火的，是錯盜了黑火，但不看臉，現成就一個白袍神父。「confess！」神父說。阿富心虛，覺得「神父」威嚇他。「肏那個……你在行，參詳一下。」他湊近米修斯耳邊，婉轉說話。原來他的衣子，十分變態。身姿是嬌小如前，但感覺上，越來越輕。女上男下，他不能頂撞她，猛一抖，會抖飛她；要抽送，只能鎮壓住緩進。她需索，不是無度，是無時無刻，無底線，無涯際。他臨急補課，搜視了《聊齋》一類典籍，就沒見妖狐鬼怪，行屍走肉，有這般德性。「看來不是這地球上的。」他指頭啄着膝邊膠地殼，嗓子再壓低了，說最讓人齒冷，是衣子不喜泡麵，卻沉迷泡泡。她吃洗潔精，吃梘粉攪出來的泡沫。某日，她盥洗間出來，一嘴肥皂，咕嚕咕嚕俯就，以為修習了古法，替他淨身來了。哪料到泡沫吮乾淨，竟取過威露士洗手液，瓶嘴瞄準了龜頭，噴出來一坨，吃一坨，竟把他那陰莖，當一個雪糕筒。

「這能吃？」阿富看傻了眼。「沒滴露後勁足，你嘗嘗。」說着，從他龜頭吸出一坨，嘴對嘴的，餵他吃。他不識趣，吐掉。她大口吞咽，倒沒見噁心肚子痛。洗浴用品，不能都藏起來，唯有常備瓶裝可樂，搖出來半杯泡泡，就吃半杯。一肚子碳酸氣，人沒爆開。副作用，就是屁多，嗞嗞響着，屁股眼兒顫着，像漏煤氣。這天，裡頭抽搐得緊，透出苦味。說是吃小蘇打了，變鹼性體質。「你喜歡，就當我是一塊琉璜皀。」衣子告訴他，梳打粉，有助蛋白質組織疏鬆，減慢水分流失，肉質容易變嫩。他雞巴楦進去，穀道裡發個酵，肉質變嫩了，對誰都好。「好事，就不能緩一緩，歇歇再做？」阿富叫苦，精神上的衝擊，他受得了；但肉體上，算他鐵打的，終究會勞損，坐下來，往往沒把握站起身。

「緩什麼？要幹快幹，盯得人發毛。」衣子不自在，屁股不肯安生聳着。他不好深入觀察，碾磨一輪，陽物僵挺了，前院滋擾片晌，不能盡根入，抹些涎沫，逕去闖後面月亮門。推送了幾回，越發乾澀。要抽出頭開溜，抹油上蠟，赫然驚覺，讓鎖住了，拔不動；不僅拔不動，那直腸，壓根像通了電一條吸管，要連他卵蛋扯進去。「你放鬆點，我褪不出來。」他撐起身，那話兒讓腸壁黏住，竟把她下身帶離床褥。「出不來，就別出來。」衣子怪他莽撞，吩咐等雞巴軟了，再慢慢抽身。「你鬆鬆……」他慌亂，覺得她肛腸在腐蝕他，倒扯他入胃囊，消化他。「要鬆，𡚸你媽去！」衣子惱他雞巴崢嶸，鈎死她。阿富他媽小澤鯨，小電影界翹秀，屁眼是挨過濫轟，鬆不鬆，自有公論，後輩信口妄評，他難免懊喪。卻聽衣子提醒：「你自己鬆了，軟耷耷一縮頭，不就出來了？」阿富壓她回褥上，長呼短吸，想像一隻青面鬼，用長指甲撓他，撓到卵袋，蛋蛋發涼，寒氣這一侵，陰莖果真連帶疲軟。

陰莖裡頭軟了，小了一號，卻就是膠着出不來。他的榫頭，她的卯眼，無間地契合，還黏連。「咱倆是分不開了。」衣子放棄掙扎，閉了眼養神，卻瞌睡着了。陽具，直腸裡悶着，時間變慢了，半個鐘頭過去，他越發的心慌。這樣膩着一輩子，好是好，但憋的一泡尿，怎麼解決？衣子就不拉屎，那些泡泡，腸胃裡鼓脹，身心能健康？熬得過這晚上，明天還脫不了身，怎麼去幹活？連了體去擺檔，能收雙倍的錢？心驚肉跳，腹下肉棒，火辣辣的，竟似讓熱炭煨得膨起來。打從栽進了「臨時黑洞」，丟掉五六天光陰，衣子睡覺不做夢；睜眼，反似是夢境；迷糊裡，還以為一個烤紅薯，粗重，滾圓，乘她昏沉，封死她，那烤薯還發芽了，刺探她的軟肉。「下回塞糖砂栗子，先放涼了。」她罵他要撐死她，待要篩他下來，腸子一陣抽痛，才想起那陽物，兀自鼓脹，拒絕消腫。

「這樣黏着，哪裡是個頭？」阿富咕噥着，怕一生一世，永不分離。「撐壞腸頭，直上喉頭。你想這樣？」衣子抗議。「冷靜。」他扳起她，併攏着側臥。打電話求助？召十字車送院？赤條條一「孖」人，湊合能披塊薄布，裙子蓋一下，褲襠開一洞，股貼股，上得了車，警笛嗚嗚，流竄於鬧市；然後，躺上手術台，迎接睽睽的眾目，閃閃的刀鋸，這一樁連體事件，這一幕漫長肛交，演化史上，會留下什麼樣的筆墨？更要命，是他和她，還怎麼見人？「我再瞇一會。放心，胃酸下來，早晚把壅塞化掉。」說完，枕着他手打盹兒。這時候，有人敲門，聲音大而急，他更忐忑了。「火燭？」大禍臨門，能拔腿就跑，拔鳥就逃？衣子的臀部，分明是一把鎖，要天長地久，鎖他在這斗室，烈燄裡，相擁化為焦灰。「化灰好，省了這磕碜樣兒，永垂千古。」阿富，竟有些寬慰。

拍門聲，會催魂，還不消停。情急，他想起深藏的一疊陳年「四仔」光碟，有劇情不對封套的，拍一頭大黑狗，肏一個女人。畫質粗鬆，勉強看出肏的是屁眼。女人和狗，屁股抵屁股，背向趴着，牽扯着。原來黑狗那東西，進到腸子，基部會膨大，像倒塞進去一個鎚子，卡死出不來。那女人痛苦嚎着，肛門給楦得鼓起，脹成橘子大了，那狗莖，就一顆拉爆螺絲似地咬着。幸虧幾個幫閒的，有些見識，早備了一大桶水，推想是冷水，直潑向人狗兩臀之間，繃緊的一條筋肉。那狗受驚亂蹬，女人號喪般長嘯，但到底，啵的一聲，狗屌，隨黑狗去遠。「澆冷水去！」他推醒衣子。熱脹，冷縮，道理簡單不過。他摟緊她，陽具撬起她，倒行進了廁間。併着轉不了身，他屁股擠開浴簾，背着馬桶，反手摘了蓮蓬頭旋下。用那金屬軟管，當噴嘴滋射，最是直接了當，就往臍下揳進管梢。肛門緊湊，沒餘隙注水，得右手握管，沖破閉塞，再乘勢讓大水灌入。按理說，腸子膩滑鬆動，陰莖遇冷龜縮，急流勇退，那是兩全其美。

阿富左手後伸，摸到水龍頭開關。「準備！開——」他一擰旋鈕，屁股溝裡軟管，既抵住縫眼，水壓助力，果然攻進了寸許。正嘩啦啦迸濺，突然，水溫驟升，還滾燙，灌進小半，噴出來大半；他的肚皮，衣子的股肉，如遭火灼。「燙！屎窟窿，屎……焯熟了！」她又驚，又痛，扭着圓臀，要掙開他。猛一後推，人突破了浴簾，煙水淋漓的，倏地，一陣空虛，長期的侵佔，徹出了。屎窟窿，像泡過辣椒水，但一摸索，田中家的楞頭大屌，終於，滾出去了！回頭看阿富，呱呱叫着，已關掉水龍頭。原來反手操作，摸着熱水開關，一把擰到盡致。涼水出來一段，緊接着，是煮蛋的勢頭。他那話兒雖在，汆了個半熟，蔫頭耷腦的。衣子過意不去，自己屁眼冒着蒸汽，卻扭轉身跪下來，兜着他卵袋，拈起龜頭，覷着眼看了看，琢磨該還有知覺。「煮老了。」心裡憐惜，當熱騰騰一截豬大腸，含嘴裡細嚼。

「狗合的！一道門，早晚讓拍爛。」阿富咒罵着，脫離了直腸和屁眼的羈勒，覺得可以去開門。他捧起衣子的臉，顧不得雞巴生熟，穿條短褲就出去。「然後，就見到你這瘟神，戴一頂假髮扮鬼。」他苦笑說：要不是知道「冷水潑狗」這一着，誤打瞎撞，來個寒暑交擊，這會還黏着，不能開門納客。米修斯嘖嘖連聲，感歎道：「你這是異稟，要真毀了，可惜。」「你少操心。」瞧出他不懷好意，糟心事，煩難事，既然吐露得乾淨，就把冰鑿給他，兀自回黃門去陪衣子。這會兒，米修斯才確定，讓阿富燙熟屁眼的，正是榕樹頭擺檔，他幫襯過的妞兒。他臨摹了，釘上藍牆那一款七色矽陽，來貨貴，沒貨，要學阿富覓一根供奉，始終不可得。「以後，籠屋裡，掛一幅柒頭畫，長虹直豎，也算『立場』鮮明。」搬開箱子，含笑去撬那畫板：兩枚釘子，下面讓撞鬆了，上面撬一撬，卸了下來。

他騎着失而復得的「1967」，地球們的軌道上，追尋自我，行程接近尾聲；然而，他沒勇氣面對自己，面對那個「真實的自己」。那幅畫，他揣在懷裡，粉臉貼心偎着，兩邊衣襟一搭，剛好露出朝外那一整截陰莖，看上去，儼然一條領帶，紅黃藍綠紫，配襯一身素白，竟十分經看。「凸出重點，好！」抖擻起精神，黑火炬掖褲腰裡，叼住冰鑿手柄，踢開兩個球，就扯門出去。過道上，一燈破暗。阿富聞聲，半開了房門，接過冰鑿，卻想起他有個長處：「你會搞門，隔壁這戶，也替我開一下。」住「4」

號房的林雀，起碼一個月沒現身，挨他這邊的板壁，卻顫個不停，蜂鳴不斷。是聽說過，進了批廉價鮑魚，添置了冰箱，但牆身嗡嗡響，顫抖，還發熱，難不成鮑魚活過來，成百上千，隔着薄壁，一翕一張，吸他精魂？讓一群鮑魚飽啜的想法，折損他舔屄的興頭，他絕對有理由、有責任去探明究竟。「這種門鎖，一撩就開。」米修斯指尖假髮裡尋撥，掐出來一個鐵夾子，撩進鎖匙孔，抵住癱門，冰鑿攮進去一點，連撬帶擰的，「嘎」一聲，竟真把濕熱一道綠門，弄開了。

林雀那房間沒窗戶，推門，過道燈光映入，半屋明，半屋暗，分了陰陽。靠裡暗隅，呎半見方五個雪櫃，上兩下三的，緊貼板牆疊着。推究便利散熱，櫃背都朝外；再看綠門旁，另擺了兩台。沒想到林雀置雪櫃，一置就七台，還是同款小金田。「不對頭，你進來瞅瞅。」他招呼米修斯。屋裡四個塑膠桶，有盛了漂白水等潔廁用品，有載着刀鋸鋤頭等工具，有塞滿毛巾膠布、鬚刨鑷子等雜物，併攏着，頂住地上兩隻雪櫃門。「吵死人。」阿富發現：雪櫃，會喤喤響，響得間歇，但偶然來一場七聲部合鳴，夠讓人惶惶不可終日。床褥豎起來，擋住電燈和冷氣按鈕，阿富不好去開，膠桶挪了挪，將就着蹲下。要探究，血紅桶口礙着，半開了櫃門窺進去，一個錫紙包裹，靠枕大，泛着幽光。「借個火照照。」他說。黑火炬伸過去，頭頂晃着，「亮不？」米修斯問。「死去！」阿富俯身探視，忽然，驚呼後仰，後腦勺，撞上米修斯胸膛，磕掉畫上陰莖一段豔紅，正是海礁房門的顏色。「腳……腳……」阿富嚇得結舌。原來那錫紙包裹上方，揳着一隻女人的腳掌，五隻腳趾，朝他箕張着，活靈活現，才從足踝砍下來似的。

尷尬

——昆德拉的「屁眼」與海礁的「肛門」

「這時代，怎麼看，都是矽製品，大舉臨門的時代。」海礁感歎：開店，貨源不缺，還不絕，矽膠黏稠的大潮，源源的，要把天下人漫淹。熒屏上，瀏覽假屄假屌的供應，一家店，款式數百種；而店，以數百計。指尖快撥，眼神跟得上，每條鳩，每顆蛋，一幀瞥一眼，兩天瞜不完。印象，是留了一點。但覺材質色相，千差萬別；粗略估算，七成以上，主攻肛門；剩下兩三成，標註針對陰戶，用家九成塞肛門裡；那包攬陰莖，生磨硬榨，吸人精血的，竟也造成一副鳥樣，調轉頭，即去痛擊屁眼。幾可以說，這數以萬計，絞盡設計師腦汁，或寫實，或野獸派，或未來主義風格的驢莖馬屌，鳳尾龍頭，九成集中火力，攻佔肛門市場。最駭人，是那長一米肛鞭，粗十三厘米肛塞。

「這算玩具？算刑具？」海礁不住嘀咕：什麼人會對這排洩孔，懷恨這麼深，要用一枚大松毬，楦死自己？那樣子像鰻魚，像八爪魚觸手的，算個細長，能迂迴探到胃裡；但小腿粗一碌撚，能塞得進去？這「為肛門服務」的行業，究竟養活多少人？要不是需求殷切，眾生不遺餘力，床底下積貯，能有這一望無際，萬鳥林立的盛景？

人類幾十萬年演化，算某一撥晚期智人，就知道拿骨頭、石料，甚至牛角、鹿茸、樹椏、象牙之類，磨製古早的角先生，大夥從捕野獸，摘果子，到種莊稼，忙完活，孜孜探索自己；或者，潛入別的部落，偷襲另一個原始人的屁眼；歲月匆匆，轉眼，就現代了，乍看不那麼蠻荒，還局部地文明。但一路敲慢板的，幾十年前，卻倏地發足狂奔。「大爺，撞山了！你悠着點，慢點……」能慢得了？科技的奇點上，霜風撲人面。是有些爺們，察覺這轉捩的時刻，「奇點」硌腳，會停下來遠望；喪鐘，敲個兩三聲。可惜，那尾隨的，不改百代遺風，着眼處，仍舊是「G點」。能稱進化的，明顯地，只是角先生從樹椏、象牙，到矽膠的進化。佛洛伊德論性心理，說屁孩鑽出來頭一年，是口腔期；原始屁孩，見奶頭就咬；到了後現代，也咬食品級矽膠奶嘴。佛爺武斷地認為，咬啜奶頭，或者奶嘴的習性，終會過去，會轉移到所謂的肛門期。約莫十八個月，到三周歲這階段，就是肛門期；屁孩的興味，會由嘴巴，轉移到屁眼；也就是說，探索世界的工具，會由嘴巴，換成肛門。

這當然是謬見！阿富的電影藏品裡，據說，常見女生吸吮一根大雞巴，而這雞巴，醬汁淋漓地，才從自己的直腸褪出來。難道這是從肛門期，倏地，又回歸到口腔期？論調，粗枝大葉。實在，只宜宣告：人類，從一歲半開始，就把肛門，視為最重要的洞穴；而且，一直穴居其中。屁孩在肛門期，要沒得到滿足，佛爺說：那太糟糕了，長大會出現「肛門性格」，變得摳門，頑固，還有潔癖。事實上，那些菲律賓傭工，都知道竅門，知道怎樣遏止催命的喧嗓，小指頭一撩，屁孩，就像史前的屎窟鬼祖宗一樣，笑開了花。經常讓捅屁眼，按理說，長大性慷慨，知變通；但很不幸，傭工多遭遇檢控，窒礙了健全人格的發育。個體的肛門期，等閒要延續一輩子；人類的肛門期，同樣地，歷幾十萬年不衰；然而，到了這骨節眼，這科技文明的轉捩點，問題可大了，可凸顯了。一路鑽研「G點」，永續肛門期的舊人類，能迎攬，能適應，這洶湧而來的曙色？要抓起一管望遠鏡，探索未來；手邊軟硬兼備，唯有雞巴，一碌碌奇峰突起，無奈卻只能榫接過去，榫接史前的人肉卯眼，這是怎麼一個困境？

「尷尬！」海蘯腦海，浮出水雷一樣，浮出這一個詞兒。為了闡明傳統的楔入點，在轉捩點前的窘迫，她推舉出一位人類代表，一團也叫「HeLa」的肉球，去現身說法。HeLa，由 Henrietta Lacks 頭兩個字母合成，一個巴爾的摩黑女人，一九五一年罹患癌症，神推鬼擁，染色體，讓 HPV18 病毒感染，端粒酶過度活躍，不斷修復自己；簡單說，就是細胞可以一直分裂。七十年來，細胞工廠製造出的 HaLa 細胞，幾千萬噸，一坨坨，一塊塊，供人油炸，電擊，實驗室裡，代替人畜遭罪。假設這些 HeLa 細胞，算八十億顆吧，同心同德，聚攏成肉球，一個能碾碎一座小鎮的肉球；肉球沒什麼思想，但有感受，一路滾動，嵌入了，黏附了不同年代的情趣用品，儼然亙古未有一隻大海膽，一頭海膽狀的文學博士，一味靠滾，終於，滾上馬路，滾過了半段斑馬線。無數的黑白，晝夜般黏上厚膘；密佈的血管，宛如河川。HeLa 肉球自信：「滾紅滾綠，我最在行。」轉眼，代表天下蒼生的肉球，到了『安全島』這奇點上。「安全，就是危險！」HeLa 還算明白。紅日落下，燈號是沒了。「滾過去，滾完剩下小段路，天就亮。」然而，斑馬線，那該有的光陰，竟不見了；實在，地平線也斷了；星空，黑幕般低垂。

前路，頓成了陡坡，相續的黑白，急轉直下；再陡，能稱懸崖。這麼重大的一處轉折，改天換地，竟沒為「她」修建護欄，圍網，軟墊，或者緩衝地帶。肉球，廣納肛塞和矽棒，善感得像一個詩人；但感覺，派不上用場。路，是明擺着，但這一滾出去，脂肉坍塌，油星子迸濺，恐怕沒到半坡，就潰散得沒了個毬樣。未來，沒有為HeLa安裝一台升降機，架設一個吊籃；或者，提供能大葬的一塊塋地；安全島上，肉球惶惶然，不知進退。「這就是尷尬，毀滅性的尷尬！」海璗梳理着思緒：據說，每分每秒，無數的靈魂，飛入太虛；但肉球甩上大氣層的肉末，算得上靈魂？有一撥，還嗶哩啪啦，發出文明社會，無從辨識的惡聲和鄉音。這種靈魂，就算化為囫圇一團信息寄存，宇宙間，會有一種「智能」解讀得了？電腦進步了；人腦容量，卻少了；算力，閱讀能力低了，一句話：蠢了。這是集體的，萬劫不復的蠢惡；蠢惡，必然取代貧窮，成為一個階級；階級的標誌，階級的具體形象，就是肉球，一個傾向左邊滾動，臭烘烘的肉球。剩下的階級，就是那八十億的零頭；再過不久，階級鬥爭，就只有智人，真正的智人，對一座感性大肉球的鬥爭。肉球，憑什麼認為，光歪着，脂膏抖顫，堅持鄙陋和獸性，就百病不侵，就有機器人照顧，有「AI」呵護，無憂無慮，再躺五百年？

「美麗新世界」來了，零頭們，肯讓這腐蝕一切的龐然大物，或者蠢物，黏牢要邁進的步伐？當崢嶸的零頭，「星門」下糾集，整裝待發，要太虛裡遨遊，要攬天狼，抱明月而長終；同時，另一疊人，那大肉球，那沉溺在古道，在熱腸裡的廢物，靠資助，靠祖護，靠吹捧抬舉，終於，拉雜成團，滾到了發射架前，就算高呼：「咱是按年獲獎一堆大糞！」這體積，能擠身星艦的負載艙？廣漠的穹蒼，有派上這得獎肉球，去擔的大任？「咱有份量，可以當肥料。」肉球自薦。但這德性，能種得出好東西？起初是誆哄，極少數，對大多數的誆哄：「以後，粗重活，由機器人去幹。大夥吃飽了，就做些有創意的事情。」創意，是肉球能有的？智能機器人去當奴隸，為的是讓肉球，有閒暇去思考？這思考，會結出什麼樣的果？怎麼沒一門課，探討「星門」與「肛門」這兩門之間，智能與感覺之間，先進與滯後之間，怎麼去接榫？怎麼從這一個門洞，通向另一道門？「尷尬死了！」再一次，海蘊代那座肉球呼號。「白馬非馬，智人，卻是人；是人，就不得不應酬，不慰勞屁眼。」她想：人類的意識，遷移到新的載體，寄居於矽膠，甚至，轉化為矽基生命之前；這最後的階級鬥爭，白熱化，壞細胞給刮除，肉球瓦解為肉醬之前，她掂量過了，這門生意，這門為密集的肛門直腸神經，提供爆炸性快感的生意，這兩三年內，還有可為。

當然，對於性商店要維繫的「尷尬一族」，矽（Silicon），就是矽膠（silica gel），就是假屌假屌。矽膠，是矽氧樹脂，由矽酸鈉加酸後，洗滌乾燥而來。主要成分，是二氧化矽，提煉自矽土礦石。矽土，就是滿地殼的沙子和石英。矽膠比一般塑化劑強，遇熱不釋放有害物質，抗氧化能力佳，彈性足，還耐酸鹼，耐高低溫；接觸食物，親炙人類皮肉，都相宜。醫療、嬰兒用品，早用上這東西。工業用烤箱烘一下，時間溫度掌握好，軟硬能調控。當然，最吃香，最受肛門歡迎的，是外柔內剛的一杜包莖。乞靈於感覺，聽命於屁眼，這行業，算有些突破革新，卻未必能想像，矽膠，可以是未來的皮膚，裹住機械的骨幹；而人類的零頭，他們的睿智和遠見，會從顱腔，傳輸到這矽質身軀。為了適應遠行，趨向永生，碳基的人類，說不定真有一天，會轉化為矽基生物，用沙子製造一個耐用的自己，呼出來的，不再是二氧化碳，是塵土。但這階段，低科技的矽膠，客源，還是不缺的。海礄有些走神兒，竟想到造星艦的老闆，工餘，沒準會避開自家「AI」的監控，搶先用上量子加密的帳戶，悄悄的，網購一根奶嘴級矽膠，緩解腦筋和括約肌的壓力。

「要沒受到啟發，那些火箭，那載人飛船，長短，粗幼，怎麼都造成一副『撚樣』？」暗忖：一艘星艦，一個龐大肛塞，捲起紅塵，轟隆隆，火星上降落，她就振奮得大笑。火星藍色落日前，肛塞矗立，儼然老日子的圖騰，說不定，還要招徠外星人，瞪着大黑眼憑弔。「不消說，這是一碌很厲害的東西！」外星人沒舌頭能咋，大概也沒一個屁眼，受得了這大號肛塞。人類舊世界，超過七成性玩具，針對後門；千百年來，顛覆陰濕的，三十七度的黏膜組織；屁眼（Asshole）這角色，離開人類學的遼闊，拐入文學那一條通幽的曲徑，同樣地吃重。米蘭·昆德拉《緩慢》一書，第二十五節開始，對屁眼，對「Asshole」們，作者就唱出了他的頌歌。按照老路，仍舊來一個矯飾的人物，這回，取名凡生。從舞會大廳，凡生甩開一窩昆蟲學家，領着剛搭上的女孩開溜，溜進了古老的庭園。

「一輪明月從樹葉縫中浮出。凡生凝視着茱莉，突然，他神魂顛倒，明亮的光芒授與這年輕女子仙女般的美麗……突然，他不知為什麼，想像着她的屁眼。突然地，出乎意料地，這個影像就在那兒，他擺脫不了。啊，解放的屁眼！因為它，三件式西裝高雅男士的身影（終於，終於！）完全消逝了。好幾杯威士忌都未達成的功效，一個屁眼，在一秒鐘之內便完成了！凡生擁着茱莉，吻着她，輕撫她的胸部，凝視着她仙女般纖細的美麗，此時，他不斷地想着她的屁眼。他真想告訴她：『我輕撫着你的胸部，但我只想着你的屁眼。』但他不行，話說不出口。他越想着她的屁眼，茱莉就越顯得潔白、透明、神聖。」到了第二十八節，對屁眼，昆德拉更用上了詩學的刁鑽角度：「屁眼，我們也可以用另外的字眼來說它，例如吉約姆．阿波林內（Guillaume Apollinaire）就說：身體的第九扇門。他描寫女人身體第九扇門的詩有兩個版本……兩首詩皆美，因想像不同而相異，卻又因形式而相同：每一節描寫他愛人身上的一扇門：一隻眼，另一隻眼，一耳，另一耳，右鼻孔，左鼻孔，嘴巴之後，在寫給露的詩中，『臀部之門』；最後，第九扇門，陰戶。但在第二首寫給馬德蓮娜那首中，詩尾的門有微妙的改變。陰戶倒退為第八扇門，屁眼自「珍珠雙峰中」開啟，成為第九扇門：

『比其他的還神秘』，無人敢提及的『妖術之門』，『崇高無上之門』。」

阿富結交上衣子之前，在西洋黃片的光盤裡，遇過一個棕髮女孩，他第一眼，或者說，第一幕才看到屁眼，他就迷上她。他沒想到，這麼乾淨一個女孩，按海蘯的理解，恰好就是那種「讓他吃驚的美麗，他一開始在她身上沒察覺的美麗，優雅、纖細、清純、無法接近的美麗」，凡生對茱莉的印象，昆德拉一點染，頓成了阿富心聲。凡生還沒得睹女孩的屁眼；而阿富，卻震驚於眼前人，乳臭未乾，一登場，就迎攬或粗或長，前後夾擊的黑鳥；總是繞過所謂的正路，直奔「珍珠雙峰中」；世人，當然包括阿富，忽然，昏昧中屏息，隨鏡頭聚焦女孩的肛門，聚焦那個毫無保留，向眾生披露的屁眼。凡生沒撿到的，科技大躍進帶來的紅利，在阿富的時代，俯拾即是；他可以隨時隨地，隨手用智能屏幕，檢閱操過的，千萬個屁眼，宛如一個獨裁者，檢閱他顫慄的大軍。未來，矽工業的未來，無孔不入；有時候，它用一連串體貼的畫面示警；可惜，沒人當回事。畢竟，每一枚過眼的肛門，都屬於過去，就像阿富他媽小澤鯨的排洩孔，好多年後，在他面對三代衣子那個苦澀的屁眼時，他媽那低像素的門戶，還忽閃着，疊影在上頭；古今倆屁眼，相呴以濕；親情與愛欲，水乳交融，他就怎麼使勁，兀自分不開，抹不走。

當然，阿富也沒外表的膚淺，骨子裡，另有對人文的關懷。棕髮女孩除了那「崇高無上之門」吸引他，從脖子直下，過了腰眼，她背溝上還工整地，刺了十三個楷字，彷彿黛青色一條毒蛇，直探臀溝。這不僅是文化入侵的體現，簡直是文化的體罰；而且，留下深刻的創痕。「這痛，敢情痛得一抽一搐的。」那針頭扎嫩肉的火灼，阿富光想着，就背心發麻。說到底，衣子背臀上，那同色的，皮帶撻打的三道瘀青，那時，還沒衝擊他的視野；他的眼界，止於熒屏上那方寸之地。「這刺青，什麼深意？」搜來幾齣這女孩演的，反覆看，每看到有兩三字顯露，能認得，就定格檢視。雖然總趴床上，坐男人身上，但鏡頭追捕的，就近對焦的，是陰戶，是屁眼，不是背上一行青影；而且，一根黑油油的雞巴進去，她細腰款擺，圓臀聳動，就沒個消停；然後，照例補一個更黑的炭頭，騎上身去；前後門堵死了不說，要命的是，兩黑夾一白，上文下理，全讓擋住；長句子，還不落標點，微言大義，能輕易勘出來？用做學問的嚴謹，四五齣戲看透，算推敲出八九，錄下來，確定行文次序，終於連綴起一句「當生活帶來您時檸檬做檸檬水」。史上最撩人的一個句子，偏生語無倫次。推究該是「當生活帶來檸檬時您做檸檬水」。看來刺青的，搜了堆中文字，只當些圖案往背上着墨，欺負她就見着了，也不認識。

紋身，為什麼要挑中文？生活帶來的，為什麼是檸檬？是暗喻這展覽屁眼的活，過得酸苦？不管怎樣，這句話，樂觀通達，銜接尾椎下的潤膩，比那無根無脈的新詩，都中看和耐讀；這句話，還讓一個黃片新秀，顯得有內涵，有深度。在她背脊，阿富獲得了人生的指導方向，即使沒讓他向上，起碼哄着他往前；他學會了做檸檬水，還有逆來順受。在凡生這角兒的年紀，他有了一個衣子，那個黏死他的屁眼，帶給他不是自信，是苦惱；甚至，是難以迴避的悲傷。《緩慢》寫的阿波林內，壕溝裡四個月，沉浸在強烈的色欲幻想，對屁眼的判詞，改變了：「屁眼，才是裸體所有核能集中的神奇之點。陰門當然是很重要（當然，誰敢否定？），但重要得太正式，這是個公認的、定位了、控制了、評論了、檢討過、試驗過、被監視、被吟詠、被讚美的地方。陰門就是：喧擾人性相聚的吵鬧的十字路口，世世代代經過的隧道。只有傻瓜才會以為這是隱密之所，其實它再公開不過了。真正隱密的地方，面對它連色情電影都得屈服的，就是屁眼。崇高之門，崇高乃因為它最神秘，最隱密。」這皇宮裡七門房客，對「第九扇門」從來另眼相看，經昆德拉的細磨和硬推，就算譯筆佶屈，大夥膽氣足了，無不放開手採挖。

的確，前仆後繼，黎首同闖的陰門，門檻太低，雞巴們在濕翳的十字路口碰頭，也太喧嚷。逢上這盛世，人氣更旺了，後進的張三，沒準會蹈李四覆轍，深巷裡，找到先賢王五的腳迹。屁眼，自古以來，可不像屁文，備受蒼蠅學者的研討和評介；但屁眼，那隱晦，那深邃，那一暈獨醒的朦朧，才是宜室宜家的身心避靜之所。海蘊沒想到一個捷克裔作家，會小眉小眼，緊盯臀溝裡的這一小撮皮毛；這是取材上的不避低下，不擇細流。她自己那屁眼外圍，記憶裡，就繞了一圈幼細的黑毛，是瞧不着，但指尖掐住了，要拔，痛入心脾。後來發現，那「第二性器」即使貞靜自守，拱護的十幾條觸鬚，竟也給刮掉了，刮得一乾二淨。腋毛、恥毛沒了，不想連膩在湫隘處的這一圈，也沒能保住。綠門那林雀，那榕樹頭玩靈鳥的角色，真幹了這細活？毛髮，他珍藏了？擱保鮮盒，擺神台供奉？或者，屎窟毛撒一把，符水送服，可以延壽？想到好好一個肛門，暴露聚光燈下，剃刀貼肉耕耘，那刨根究柢，夠讓她膽喪。這本該神秘，隱密的屁眼，這核能集中點，阿波林内讚賞之餘，能想像現實裡，絕對個人化的標記，會遭遇這徹底的抹殺和摧毀？

昆德拉那座有花有月的庭園，一切是那麼的輕淡。到第二十九節，有兩段話可以一讀：「當我們想說一件事又不能說時，情況十分難堪：說不出口的屁眼留在凡生口中像塞住了他的嘴。他望着天空像在求助。天空如其所願：給了他一個詩意的靈感；凡生喊道：『看！』手指向月亮：『她就像嵌在天空中的一個屁眼。』」然後，「他聽到她的一句『是啊』，卻仍不滿足。她的神情貞潔若女神，而他想聽到她說的是『屁眼』。他希望看見她仙女般的口說出這一個字，喔，他多麼希望！他想對她說：跟着我說，屁眼，屁眼，屁眼，但他不敢。為自己的口若懸河所逼，他越來越陷入隱喻的窘境：『往前，迎向無窮盡的屁眼！』」滿紙荒唐言，倒提醒海蘊，該離開「月亮像屁眼」

這些比喻，回到更切身，也更開闊的題旨。其實，凡生最後還喊出一句：「天空之屁眼如同神聖的攝影機之眼！」算對隱密，對神秘，在未來，將變得皮毛不存，有一點預見。但阿波林內和凡生，那無數的「崇腚者」都留在過去了；幸運地，不會撞上可悲的淘汰，或者團滅。

自從寒武紀生命大爆發，幾億年，幾千萬物種，相信就人類，會把這麼多的精力和能量，耗費在屁眼上；或者，投資在肛門上。這是人類真正與禽獸，與其他物種的分別嗎？在生物學門、綱、目、科、屬、種這些標簽上，要不要補注：「門，也指支配該物種行動的肛門」？造化這樣的安排，是為了娛樂？當然，是造化通過擺佈人類，尋開心；觀摩人類對屁眼的開發，取得娛樂。世界，絕不真實；世界只是終極的，唯一的那個「真實」的投影；那團匿藏在「真實」裡，操弄投影機的造化，也在觀賞着它的小黃片？探索屁眼，鑽研肛門取樂，果真是創世的初衷？細思可驚，也可惡。十九世紀，生物學家拉馬克發現矽藻，這食物鏈的低下層，竟住在自己造的房子裡，牆壁，就是玻璃狀的二氧化矽。矽藻細胞，既然可以外覆矽質的細胞壁，拉馬克認為，大自然合成矽鏈，發展出半碳矽基生物，是有可能的。半碳矽基生命，或者矽基生命，不容易和水發生作用，難以大規模合成二氧化矽，製造出心肝脾肺；但克服了，那玻璃一樣堅凝的身體，包括屁眼，就比碳基人類耐用，活個五百壽歲，那是等閒。就有東西排放，也只是塵埃；到時候，吃環保飯的豬狗，要沒死盡，蔽天黃塵裡，諒吠不出惡音。

矽基生命接管地球之前，能預見的，是腦內記憶（靈魂）的轉移，移入人造的頭顱和骨架，再裹以矽膠皮膚。沒灌注記憶的矽膠人偶，眼神呆滯，但肉質富彈性，也叫矽娃；矽娃，就是她籌備的這門生意，要添購的產品。東莞產的新型號，據簡介，脖子能俯仰，嘴巴擘開，那話兒塞進去，娃頭就一磕一磕幹口活；供電不輟，足把物主榨乾吸死；腰下，另有機關，臀部會不停扭擺，沒一個「靈魂」牽絆，屁股晃得十分盡性，要從後擒住，擠進飄忽的洞眼，得講緣分。讓矽娃含撚，扭臀，矽膠腸子抽搐攪動，到底是科技活，朝全面智能化，算邁出一步。但索價，動輒幾萬塊，沒客戶認頭，是斷不敢貿然入手。不過，一個矽娃，幾十公斤肉，年產驚人。網上見有「矽膠娃娃體驗館」，密室裡擺個矽娃，供人「體驗」；結果去蹂躪的多，破損難修復的，一車車粉嫩的廢品，豐肥的乳波臀浪，暗夜長街上湧動，兜兜轉轉，終究流落何處？年復年的堆填，大地負重，那是多沉厚的蘊積？千萬年後，舊文明廢墟上，矽基生物抬頭，那些結晶的腦袋，發現岩層裡的矽娃，當然，還有矽膠臀股、矽膠拳腳、矽膠飛機杯、矽膠人畜陽具、矽膠異形肛塞、肛鏈、肛鞭等等；說不定，常香那一箱子「陽曆」，也在其中。矽基人，會不會以為，那是它們的提塔利克魚？是它們的祖先？是祖先進化初期的矽質屍體？就像人類以為石油，是史前生物的遺澤。

「開性商店，買賣矽膠，會不會是為未來人，為那矽基生命，貯備食物？」海舝心眼多，想到矽基人要長「肉」，不靠嚼沙子，直接吃矽娃，吃矽膠雞巴和肛塞，吃三代衣子的庫存，會不會改善，起碼軟化糙皮的質地？扯遠了。還是回到當下「尷尬」處境，回到對「Asshole」們命運的垂注。「往前，迎向無窮盡的屁眼！」凡生的喊聲再次響起。但一味靠滾，崇尚感覺的歲月，是過去了；給矽膠留的窄路還在，直腸的記憶，不可能一朝抹去；然而，能讓左膠（肉球裡的劇毒物）碾壓的坦途，變懸崖了。

「迎向無窮盡的屁眼！」是現成的，性商店宣傳口號；但肛門期，是不可能永續了。那個安全島上拋錨的肉球，進退維谷。海蘊覺得，該用另一組比喻，描摹眼前的境況。她物色到時間急流上，一匹疾奔的長頸鹿。那匹鹿，脖子不斷伸長，腦袋直竄上天空，差一點，張嘴就嘸得着月亮。「我吃辣，有一天，我要舔一舔火星。」長頸鹿說。沮喪的是，鹿血，或者瘀血，九成聚在鹿屁股，一個冗贅，龐大，要拖垮牠的屁股。「屎窟諗嘢」原來不可怕，「屎窟唔諗嘢」才是負累，害整體沉淪。「頭和尾，相隔竟一萬里！」長頸鹿不像發問，更像是警告。海蘊心頭一震，巨變來臨，昆德拉的阿波林內、凡生；隔壁黃門的衣子和阿富，伍姑娘、白松香，南極性商店這一夥，還有她，卻隨大流，繞着黑洞般一個屁眼，嗡嗡營營；始終，突圍無望。「尷尬！無窮盡的尷尬……」她咕噥着，覺得自己變薄了，像一片會思考的火腿，夾在上下兩扇門之間。

摳門鬼來敲門

——黃門裡話家常

黃門裡，大夥談創業，未入正題，四個女人絮絮的磕牙，阿富除了恭聽，就只有記錄的分兒。合夥的，原本就五人，伍姑娘陸鱘，倏地，卻插進來一個陳胥，貴為第六位股東。「自來的，來十幾天了。」陸鱘說。記得住址沒留他，來得突兀，還憔悴。「天橋底睡膩了，蝙蝠帶路，來睡你。」陳胥的話，不像話，像詩。骨場黑房裡一別，風雨如晦。她問：怎的一直斷了連繫？他盯着她，眼神透露，是當回家了，倒頭又睡；睡半日，醒半天，晝伏夜起；不打呼嚕，不翻身，籮柚向外，一覺睡到頭。「這會，就我房間裡挺屍。」陸鱘說，陳胥送她一筆大錢，不開文具店，撥十來萬賣假屌，濟世。

「我男人出資，不摻和。」她間接，但篤定地，透露了這段關係。

「是你一抽一搐，把我吸過來的。」陳胥告訴陸鱘：某天晌午，日頭聚焦天橋的石礎。他躺在橋底，五六張黃傘，拱成一個大篷。幢幢的黃影，翬護他，孵育他。他醒過來，覺得身在大角嘴，浸在漂白水裡的大角嘴。街上無人，路面蠟白，焦黑的落葉，是蝙蝠在拍翼，卻飛不起來。「骨場裡見過，竟隨我上路。」他嘀咕。陸鱘記得，打從他赤條條，讓蝙蝠侵擾，這一驚，確實得了個舉而不堅。沿街捲閘，一頁頁垂地上，閘底綻出朵朵的黃傘，他抄起一朵撐着，心裡空洞，但腹下火燙。那些焦黑翅膀，其實，更像冥鏹的灰燼，繞足飛旋，煨硬了他的陽具。

沒什麼不是陌生的，包括那話兒的硬度。欲望，重新填滿他，撐起他。他像要去討飯，卻不知餓飽。步子，越走越輕，不染塵的塵世漫遊，遊了半年，或者半晌，他想起他的陸鱘，想起七七事變，想起陰陽的相銜，乾坤的顛倒和交接；想起陸鱘趴他身上，搔他卵蛋，捋他筋腱，一個勁兒拔苗助長。她的肛門，離他眼皮，不過數寸。那給摳挖過，甚至，舌頭頂撞過，還沒攏合的屁眼，黑濕幽玄，竟還翕張着，鯨吸着。「既是一道門，」他推敲：一門深入，錯不了。但焦點，怎麼一貫地迷糊？烏雲烘染的一丸青蒼，宣紙上漫漶。感覺上，他還沒脫殼而出，仰躺着，額頭後側，桑拿房的一堵隔音牆，嵌了燈，昏沉沉的，多像一盞發黃的滿月。會不會從來，從來啊，那就是一盞月？白骨們，秦時的戰壕裡看過？清朝的濁水上泡過？

「骨場」這詞兒，可怖。那一盞骨燈，角度和亮度，規限了他的見地。那燈影，就比月照恆定，十年，逢星期三，他一顆頭，陷進按摩床軟墊的圓洞，呼吸先烈們，從地毯，或者地獄，蒸起來的餿臭。否極泰來，翻身了，陸鱘脫剩一條短裙，一條掩人耳目的短裙，倒騎上來，到這骨節，陰影裡的陰戶，幾罩上他嘴巴。他沒多費唇舌，脖子前傾，直勾勾盯着她屁眼；受制於光源，那熟黃的兩股肉，熟不拘禮地推出的，總是脂油潤澤一個屁眼；天地之大，光聚焦這一點，他就記住這一點；而且，只能記住這一點。

一燈暈黃，滃染出的半床朦朧，按時糊弄他的眼球，讓他的瞳仁，以為臀溝裡，那黧黑的圓斑，那灰影，就是肉體出入口的原貌。光陰似暗箭，他風雨不改，周而復始的探索，到頭來，壓根不確定，不明辨她肛門的顏色。這怎麼可能？這合乎人道天理？「光源，決定一切；光照之處，就是緣起之地。」他憬然有悟：從來所見，所喜，所念，他都受單一的光源支配，受光色的冷暖調控；聚和散，全是流光播送的蜃景；他的沉溺，他的癡迷，他的不能自拔，全是光影，是某一盞燈，為他編的獨腳戲。「炭爐熄了火，大鑊不起油光，地獄，成得了地獄？」他算明白了，黑得像縮進一條黑毛裡的地獄，壓根不是地獄；那只是一個概念，痛苦，是想出來的。

崇禎十四年正月，李自成攻洛陽城，殺宮眷內官，再割朱常洵肉，肉與皇家園林一隻梅花鹿同煮，搞出一席「福祿宴」。設想那個鼎，那大鑊，鑊底柴薪燒不起，宮苑紅燭熄了，白燭熄了，月亮這反光鏡子，消失了，天地掉進了黑甕，那李闖王，頭頭碰着黑，盲闖之餘，關心的，是水開了沒有？還是：這算存在？不存在？光描繪的場面失色，盲闖王，還會關心烹飪？關心扔進一隻果子貍，這鍋黑湯，會熬得更有味？常洵下鍋前，鑊底火光，連帶一城燈花落盡，漆黑裡，他悶聲疾走，能不擺脫成為一道粗菜的命運？

情節的悲喜，取決於光照。黑暗，沒裹走朱常洵；熒煌燈火，是他的地獄。陳智卻認為：光照，是他的天國；阻斷光源，等如堵了他的通天之路。他掙扎過，的確，硬着頭皮，去改變自身的命運，去撥轉命運的輪軸。第三度登場，借口讓陸鏵看鏈上豎珀，他帶進去一管手電筒，專業的，燈色有白，有黃，有紫外光供鑑別玉石。他告訴她，琥珀有裹了昆蟲的，一坨樹脂塌下，來不及逃，最後一口氣，嘴邊凝固，不生不滅千萬年，一個氣泡推回去，彷彿又活過來。「沒準連有沒死了，都不知道，還隔着一層浮光，看這塵世滄桑。」想好了，等逮住機會，就用白光窺覷。白燦燦的，是稍欠暖意；但起碼，減少色差，接近日頭下的真相。

可惜一開始，企圖就給識破，遭到遏阻。「來『照田雞』嗎？電筒給我熄了。」陸鏵不自在，說忽明忽暗，過道有人瞧見了不好。收繳了納入抽屜，防他當她一隻皺皮蛙，照她蛙眼。那以後，她抬臀饗他，微芒裡，出恭入敬之處，兀自罩着陰霾，十年不散。怎麼可以這樣？每趟臨床，戲肉來了，直腸翻出來的靜脈叢，肛門口的齒狀線，洞壁黏膜的潮潤，他靠的，是觸覺的感知，如露亦如電；越想，越覺得不靠譜。那屁眼周圍，影影綽綽，仰臉看，儼然倒轉一塊菩提葉，葉尖尖長，沿臀溝上溯，游入尾椎。葉片那灰調，比相鄰的膚色深邃，也細膩。的確，就是菩提樹下，佛祖得成阿耨多羅三藐三菩提。

菩提，意為「覺悟」，揳在籮柚縫中，能說沒喻意？沒藏掖的奧義？屁眼是青紅，是皂白，沒勘出，沒看破，就先放下，能說在理？「光的軌跡，就是命運。」他曉得，卻怎麼一遇阻撓，稍經挫折，就輕率撒手？不讓捎進去電筒，難不成，就不能帶上一盞復古 LED 營燈？就不能讓一個肛門，大放異彩；昭昭乎，還它本來面目，豈不甚好？怎麼說，總勝過如今這樣，落得記憶裡，浮一團霧翳。「菩提葉上，擱的是紅棗？黑棗？十年蒙鼓裡，可以瞑目？」對自己，實在沒個交代。曝光沒曝好的一點，九竅最低下的一竅，驀地，暈開了，放大了，大得像拆剩的一塊招牌，固執地，橫空架着；招牌上，霓虹管扭出來的，就是「遺憾」；桌面大，沒能亮起來的遺憾。

萬象，都由光線編織，縫製。是手電筒的那一束光，沒聚焦到一個屁眼上，黑暗催生了，哺育了他的遺憾。這會兒，萬籟無聲，就迴光熾烈。他黃傘擋在面前，瞇縫了眼，一路往前走。「那是西天的光。」他感覺光照下移，那張傘，慢慢暗了，成了一篷灰影。他越走越急，那灰影拽着他，往一個黑窟窿邁去。每走一步，那窟窿，縮窄一點，變小一點；不可挽回地，要縮入一座城，一團脂光的核心了。他茫然地，或者說，習慣地，伸出右手，用昂起的一根中指戳過去。米開朗基羅《創造亞當》那幅壁畫，上帝向第一個原始男人伸手，雙方伸出的，都是食指；陳胥唯一不同，是他戳出了中指；他要的，不僅是接觸，還是深究。

一股電流，酥痲地，通過他僵直的指頭，傳進心頭，把什麼激活了，喚醒了，他左手一抬，脫出傘影的籠蓋，卻發現那一隻中指，竟按上某一幢大廈，某一戶門鐘的圓鈕。這圓鼓鼓，黑油油的門鐘，是誰家的門鐘？他迷糊惝怳，撳完再撳，撳住不抽手，叮嚀了半晌，隔着鐵閘欄柵，他見到他的歸宿，他的精魂所繫，他的伍姑娘。彷彿一顆頭，一輩子，埋在黑濕的墊子裡，洞中一抬眼，就見到她在。「可以翻身了。」一如以往，她說：「做完這一節，讓你玩屎窟。」

回過神，陳胥察覺，伍姑娘陸鱘，錯愕地瞪着他，問他：「怎麼摸上門來了？」這門，按他理解，就是肛門。失了蹤的陳胥，大白天的，打着一張黃傘來敲門，是驚是喜，實在說不清。迎了進屋，從此，她「5」號屋裡，就多了一個來寄宿的；夜色來時，還有了婚姻生活。十年相交，她替他出火，由着他褻玩；到這天，才真讓他進了門，由他遂了願。「換了個人似的。」陸鱘說，陳胥睡醒了，睡足了，反常地凶猛，按倒她，二話不說，連她屁眼肏了。她生受了，破天荒地，拋開老規矩，讓他長驅直入。她又臊，又激動，似甜還酸，說不出的迷惘。「都這樣嗎？」她問衣子。「什麼這樣那樣？」「屎窟給他了，該有這反應？」「人人不同，得看柒頭尺寸。」衣子說：但屎窟有反應，總好過沒反應。

「我男人……」陸鱘嫵媚一笑，換了稱謂說：「那禽獸，把一個屁眼，誇做什麼『悟道之門』。」她問海蘊：「你學問大，替我參詳一下，這要悟的，是哪門子的道？」「不就陰道，」海蘊嬉笑着說：「修這一門，有悟出彌敦道的？」「教書先生，講話，最莫鼇頭屍。」陸鱘覺陳胥深奧，還真有點崇拜他。以前，由着他用手指頭兒去摳她；這摳，原來有講究，一般續上個門字。話說，古時有財主，寺廟燒香，見廟門上刷了金粉，竟一點點摳出來攢起。「這就是會摳。」陳胥說。看來，當她那屁股是一座廟，從廟門入手洗劫。陸鱘沒違逆他，甚至，樂意迎合他。用手指，用腳趾，最終用上雞巴，她是來者不拒。「簡直大開方便之門。」她說。然而，就是接受不了他照射她，抽屜裡找到電筒，扒開她硬要檢查她。「夠惱人的。」讓他肏死，她認了；但對一個肛門，這樣觀照，這樣逼視，這樣明察秋毫，她受不了。「還真有『看蝕』這回事。」陸鱘苦笑，覺得不可理喻。

「籮柚點了燈，那叫洞明。」海礚想起，誇過常香有一個「好看的肛門」，常香駭然，罵她當那是《西遊記》，反複看，不翻爛了，不干休。自己忝為「看官」，對那陳胥，竟多了體恤。陸鱘倒是摸不透他，不知驅動他的，是腹下欲望，是心頭願望；總之，就是個來圓夢的；睡醒了，就肏屄，肏屁眼，夜夜的宣淫。飯只吃一頓，喝完牛奶，灌半瓶可樂；不飢不餓，不暴瘦。以前要人捅他後門，一戳就洩；這會兒，變禁區了，摸不得，一攮就痛昏過去。「胃腸不好。」陳胥說。肯定是讓一隻犀牛侵犯了。陳胥作客十來天，沒人見他出過房間，也不聞半點聲息。按理說，半日死睡，半日撲上身施為，就沒紫門一戶，尼安德特人媾合的聲色俱厲，衝撞到底難免，床板能不磕出怪聲？陸鱘那屁股，能裝個消音器，不咕唧響，還阻斷那啪啪聲外傳？海蘊自家紅門，正對她青門，竟沒聽出動靜，也是納罕。

「會不會伍姑娘太憋屈，虛構些情節，譬如，弄出一頭叫陳胥的猛獸，好安撫自己？」

海蘊暗忖：過去，還有未來，陸鱘要和這不生不滅一隻畜生，隱居八十平方呎一個獸檻，那是她的「真實」；「真實」能讓她樂開花，犯得着去質疑，去偵探？幻想，對鄰居有好處，甚至有療效，大夥心領神會，只順着她思路扯淡。「你先生又在睡覺？」松香問。「不睡覺，我有工夫陪你？」她背轉手，不自覺地，一拽鬆闊的緞子短褲，把臀溝揳的褲襠帶出來。「老公性急，你穿什麼褲子？」海蘊取笑她。門當戶對，淫聲是沒聽見，她卻不似屁股縫裡做文章，人前裝這樣子。前兒，過道上碰頭，打趣說：

「陳胥，留着煲老火湯？擇個吉日，讓咱們見識見識。」不想陸鱘掏出鑰匙，逕去開門。

「日日是吉日，這就來見。」往裡一張，回頭小聲說：「作踐完我，又睡着了。」「那別去擾他……」海薵倒猶豫了，門縫裡覷一眼，陰沉沉的，那屋，像她紅門一樣靠邊，有隻小窗子，卻垂了厚簾，摒絕牆外光陰。單人床上，一條大棉被，貼牆堆着，似乎裹了一個人，或者說，捲出來的一個人形；畢竟，沒見到一顆頭顱披露，難判有無。

「虛耗多，怕冷。」陸鱘解釋。「一入門，就讓你榨乾了？」海薵笑問。這棉被挾裹住的東西，說的是陳腎，但形狀特徵，譬如，兩眉焦黃，會探出觸鬚，大趾頭粗長等，都沒透露。憑陸鱘口中一個風乾醃鴨腎，海薵和白松香，這會還沒聯想到，好多年前，中學那一位教歷史的章老師。

「阿腎以前花士苓不離身，當個寶；眼下也只受得了豬油。我那一瓦罐，快讓摳沒了。」陸鱘敦促阿富：「下回，肥肉多買，請紫門那婆娘幫忙，油多熬一點。」豬油，讓青門屋裡躺的，沒肯露臉的人物，顯得溫潤，耐人尋味。「那陳腎，要真是烏有的，更不能揭破。沒準死睡，不肯醒的，是伍姑娘。你喊醒她，怕要出亂子。」衣子小聲提醒阿富：只有感覺，是真實的。白松香久居阿富隔壁，這天，第一趟進他房間。地方淺窄，確宜促膝談心，大概陸鱘提到花士苓，又招來個摳門男人，還摳得帶勁，一時感觸，想起一個月前，歌座裡遇花筱寧，細枝末節，竟似跟這眼前光景，有些瓜葛。「白凝香？白大班？就知道是你。這萬國殯儀……登台來了？」那天，大提琴泊好，耳畔，是筱寧的聲氣。

「花……花士苓？」松香認出人來。花士苓，是花筱寧的諱名：筱寧、松香和海蘊仨，五年的中學同窗。筱寧性喜文藝，知道劉以鬯，讀完《酒徒》，立志從文，也要寫一部語無倫次的書。過去，她與松香投緣，總說老爸早死，沒餘錢，不然會買座琴，送她學音樂。「大提琴是好，就動作猥瑣。」她笑松香，拉琴像從後摟個男生，扣喉勾襠，寧願學好文史，以後去報社打工。「有支筆，就有活幹。」她說。「你爸怎麼死的？」「就生花柳，堵氣管死了。」「生花柳，能死？」「姓花，不生花柳，生蟲？反正死了。」「有病你。」松香笑話她。高中畢業，她上大學，兩人沒碰面。這不虞的重遇，花士苓，更是神神叨叨的。大白天滿街走，卻穿的睡衣。藍緞子，長褲長袖衫，看得出奶罩沒戴，歌廳裡，十幾雙饞眼盯着，要把那奶頭盯出來一般。

「那睡衣，」松香想起來問海𥗼：「左胸口袋，白線繡了HeLa，衣服你該穿過，送她了？」「沒送啊。」海𥗼詫異。離開那女校，就沒往還。那天，大雨裡回來，紅圈附了身，屁股噴一馬桶水，要穿衣服，日常穿的一套藍緞睡衣，卻不見了，一直想不起撂哪兒。「不會是你偷了衣服，」海𥗼瞟一眼阿富：「三代來了，不好藏掖，悄悄扔了吧？」「我沒偷，也沒扔。」阿富惱道：「靴子臭熏天，我沒捎去扔了，會扔你衣服？」「就偷了，我合穿，沒必要扔掉。」衣子為他開脫。「睡衣，我該見過。」陸𩾣說：「樓下拍戲，放蝙蝠，一個花癡婆，做替身等『埋位』，睡衣就穿身上。的確，說是撿來的，紙袋盛着，撂雪櫃盒裡。八成料子好，通爽，信手牽去，不問晴雨穿着。好像還打一把黃傘，畫了個紅心。這女人陰濕，該畫一顆黑心，好讓人防範。」

「阿富沒扔。」松香接過話茬：「頂多偷了，玩夠了，嗅夠了，讓隔壁雀叔去扔。」那「HeLa」，花筱寧當個名牌子，撿到了，滿心歡喜。當時，後巷裡一個小平頭，鬼鬼祟祟，不敢打包票，衣服是他丟棄，但那廝守住載雪櫃一隻瓦通紙箱，張來望去，形迹最是可疑。「他躡着腳走開，花士苓去搜箱子，才發現那藍緞睡衣。」松香問出特徵，那平頭，形相猥獾，後腦勺像水獺等，拼湊起一幅淫賊圖像，正是隔壁林雀。「林雀，幹嘛要……」海蘯背心發涼。這身睡衣，她慣常屋裡穿着，林雀是剝下來的？對她，他究竟做了什麼？花筱寧「撿到」睡衣的時間，算起來，恰是她連記憶一併喪失的那幾天。這一刻，阿富黃門裡，她挨貼板壁坐着，林雀房間裡，那些冰箱的顫響，嗚嗡嗚嗡，刺痛她耳窩。阿富說過，雪藏着的，是鮑魚，好多好多鮑魚；她總覺得，那不是鮑魚的聲音；隔着五厘米，彷彿有另一個海蘯，對她竊竊私語。

林雀肯定躲着她，像一條長了鋸齒的蛇，黑暗裡盤着。要勾勒出更多線索，松香不着眼那水獺了，換了講節肢動物：「咱們蟑螂主任，記得吧？倒了血霉，落花士苓手上。」同學聚舊，追憶老師諸般糗事，懷想他揮教鞭，校園裡肆虐光景，話題，原該溫馨和煦；但那花筱寧，絮絮說的，卻不像松香知道的中史老師，似乎有什麼缺漏了，於是，疊上另一個聲氣相通，臭味相投的。畢業半年，她到一家雜誌社當文員，氣質適合，轉眼給提拔了，做編輯，幫襯着編一份《字絮》，公帑養的月刊，講文學文化，紙質好，小圈子擼管，擦屁股樂用。「那主編，筆名良月。花士苓，卻老喊他阿朗，喊得親熱。」松香咕噥道：「咱老師，乳名良月？」陸鱘、衣子和海蘯，都是一楞，原來淵源久遠，禍事，早留了伏筆。

花筱寧回憶，上課坐暖的椅子，良月趁人走開，會去摸那板墊。「他那手掌，上百個吸盤，專吸屄味屁氣；摸幾回，連魂魄吸了，女生就兩眼翻白，讓他擺佈。」這話，松香和海蘯頗有共鳴。「確是這德性。」海蘯問：「班主任，不是叫章朗嗎？」「章朗的『朗』，拆開，就良月。花士苓說，老師編輯室裡潛伏，方便吃女生。」松香總覺得：筱寧口中的蟑螂主任，是饞，卻有幹勁多了。校園外，師生約會，那是另一副模樣，他語言有味，舉動輕浮，雖不敢劍及履及，鬨她一個屁滾尿流，四腳朝天；但一張嘴，能吸會吮，真把她搞得一佛出世，二佛涅槃。「所有的記憶，都是潮濕的。」筱寧吟誦劉以鬯的金句，她說，起碼她的屄，在時間的長河裡，一直是潮濕的；老師天線般的眉毛，撩撥她屁股溝的滋味，她歡喜。

「薑是老的辣。」筱寧認定這老，指的是老師；要不然，那火燙，那痲癢，那老薑擦屄皮的灼痛，不會續延至今。「咱老師，堪稱老薑師了。」海璗勉強一笑。陸鱘聽見提到「章朗」，還是眉毛長過鳥毛一個老師，心頭一震，豎起了耳朵。「老薑師，搞什麼都在行。」筱寧說：課餘，那廝辦雜誌，就是設一個局，下一個套，等她脖子伸進去，就勒緊她，強姦她，雞姦她；幾年下來，累積姦了幾百次；最變態，是找個理由，譬如，稿子沒校好，錯一字，一條塑料花莖，就抽下來；最要命，是那所謂的新詩，套交情，邀來的濫竽，意識流，醉話，譫語，堆砌拼湊，能有什麼對錯？判打藤，罰笞杖，屁股打爛，她不怨，當貢獻了文藝；真正觸痛她，打殘她的，松香推究，是這條舞花莖的文棍，一年前，解僱了她；這解僱，對筱寧來說，就是捐棄，是玩膩了見遺。

「這人面獸，能放過？能不斷他花莖，炸碎他菊花？」那筱寧，七顛八倒的，儘說糊塗話。海璗瞜一眼衣子，那天她背着三個袋子來租屋，過道上相見，自己正要去敲林雀房門。「你找廟街擺檔那水獺頭？」衣子問她。「我找他的鳥。」海璗說。當時，她手拿一匣小卡片，過百張。「餐牌，選舉傳單，傳染病史，土特產論文學……」有不像人話的，她都抄卡片上，讓那文鳥去啄。啄出來，順序分了行，就是詩。「有個月刊編輯，雀叔介紹，鼓勵我投稿新設的詩頁……」身上八個紅圈，要說是她人生的分野，她記得，穿藍緞子睡衣，去敲綠門那一刻，分界線，還沒顯現；這會兒，聽說「新詩」誤人，老同學臀股受罪，看來自己脫不了關係。天網恢恢，林雀牽的線，竟連她綁上，那良月，那菊花的花莖，長得伸進了皇宮每一個房間。

「咱們蟑螂主任，就算有去龍友攝影會，有投稿《字絮》，有跟良月和雀叔一起，用鏡頭猥褻女生；對同學們，儘管有非分之想，諒想明白了，仍舊克己復禮，斷不會有那蠻勁，披塊文化皮毛，伸隻魔爪去探人籮柚。」松香質疑：「老師和老編，沒搞混了吧？」「混得到一塊？」筱寧扯高嗓門：「他帶團導賞凶案，領人飲屍油，吸屍氣；潛入龍友會，結隊去品評奶子，賞屁股肉，吊個照相機裝樣子，實在物色了細嫩妞兒，勾搭上，兩排白牙就噬過去，咬一個稀爛。」還說：以前，他裝做章朗，手掌就有吸盤，退化成良月，連雞巴長出幾百個小嘴，不找些窟窿攮進去，吸些新血，不舒爽。打聽出行蹤，她去盯梢，終於有機會下手，逮到這匹惡獸。

陸鱘聽出眉目，琢磨這花癡筱寧，中學時，就對章朗老師有心，曖昧或有，該不及於亂；後來，掉入社會的湫隘處，習稱文壇，壇中慘遭良月狎侮，癔病日深，儼然成了個癲婆；癲婆路遇章朗，朗為良月，逮住她阿朗，當擄獲了良月。黑狗偷食，但求就手，捉一隻白狗充數，夠讓人齒冷。「同一窩裡兩隻臭蛋，互通情報，是有的；卻不似連了體，嘴巴接肛門，活成一塊肉。」情節，關繫到自己，衣子警惕起來。第四次接差事，要她穿水手服拍照，就是章朗。有沒應約，她卻一直記不起來。「那花士苓，最終，沒為難你們章老師吧？」陸鱘追問。「這一節有趣。」松香說：那天，筱寧大角嘴遛達，突然，久別重逢了良月化身，或者，良月附身的章老師。

「以為清減了，憔悴了，拉長了臉，我就認不得他。」筱寧告訴她同學白凝香，她哄那惡獸，說早聽從他教誨，作文，轉用了陰性書寫，書寫我城，書寫我區，連我街我屋，也寫盡了。「老師看完，不責罰，要玩什麼，玩得多深入，我都依你。」她誠邀他回家，煮酒談藝，論粵文的過癮。那惡獸，明知道粵文不像話，不成器，卻屁顛屁顛的，欣然隨了她；當然，進了我籠，上了我門，入了我套，要逃，可沒我門。筱寧說：「顧念他心裡有我，不然，早一榔頭敲死他。」松香把話複述，陸鱘聽着不是味兒，忙問：「心裡有她？那章……老師，玩實的，虛的？」「一場誤會。」松香說：花同學當老師一隻大肉鬏，綑了個嚴實，正不知該剮碎了炒菜，該連骨頭砍下熬湯，忽想起有零活得幹，兀自睡衣不脫，一溜煙到了街上。

「電影要拍凶案現場，她有戲，說抽身拜會過『師母』，還取回老師的寶貝鏈墜。」那鑲琥珀的匣子，她揭開一瞅，載的不是牛油果醬，是花士苓。「是我又白又滑花士苓啊！」筱寧以為，他記得她中學時的綽號，心心念念，掛繫着，貼肉藏着，晨昏緬懷她的潤膩。「好在我不叫『Honey』，沒的招一身蟻，害你春袋給咬成一個壽桃。」筱寧摳出小坨抹唇上，心裡甜滋滋的。這匣油膏，的確，讓她有那麼一晌，萌生出婦人之仁。「穿海藻睡衣，戴我墜子……」神推鬼擁，雨中給誆走的，前陣子，普羅米修斯輾轉捎了回來。陸鱘乳溝裡勾出黑繩子，鏈墜扣連着，俯身讓各人看。「就這玩意。」松香確定。花筱寧領口裡盪着，當是件「信物」戴了兩日，說一股暖流竄到屄門口，一顆肉芽燙麻了，連個屁眼煨熟。

「開過光，能量強大。」筱寧問她：「要不要試試？」「怎麼試？」「抿籮柚上，隨便塞件東西，爽一下。」說着，去揭那鏈墜蓋子。「謝了。」松香耍手擰頭。這撥人物之中，她是個異類；以前，她阿椁硬度足，情急，擠進了一截龜頭，她嗥着掙開他，抄起床邊小凳就砸，砸得他要吐血了，即回復平素的婉約。「都說腸子，神經細胞上億，是人體第二個大腦。有這樣一根雞巴，硬生生，搗人家腦袋的？」這話，有理有據，她固守肛門，像守住祖宗遺訓，大夥唯感佩而已。再說歌座裡營生，四圍鬼哭狼嗥，也不宜陪筱寧褪褲子，玩忽職守。「說到底，有沒饒過章老師？」陸鱘心焦。「鏈墜載的花士苓，不是嗎？」松香說：筱寧以為，那是老師對她的念想，心頭掛的花士苓，就是往昔花枝招展的花士苓；以為他會睹物思人，會因物起興；興發，會引吭吟詩。哪裡想到，他無情無義，竟直接當她一坨油膏，拿她去塞屁眼；塞自己屁眼，塞賤女人屁眼，要悶死她，要她和一篤屎獨處，要她呼吸屁氣。「你說，這多惡心！受這屈辱，不宰了他，解得了恨？」生死成敗，原來全繫於花士苓。陸鎊的反應，松香沒多留意。她沒全把筱寧的話當真，卻沉醉於一場誘捕，畢竟，暢談怎麼弄死一個中史老師，話題可喜，能填補青春的蒼白。「要怎麼處置他？」松香問花筱寧。「你說呢？」「以其人之道……」松香提議：餵他花士苓，噎他不死，一肚子油，終究瀉死他。「那得餵多少？他那臭嘴，撬得開？」「那塞他屁眼，連原廠盒子塞進去，堵死他。」難得能參與，插上手，那是一想就來勁。

「這使得。」筱寧把膝間夾的黃傘，濕漉漉，擱桌面上，神態篤定：「這尚方寶劍，大清的，劍尖抹一坨，一寸寸攮進去，大腸小腸，等伸到胃囊，咱們章老師，該差不多了。」老師能不能生受？能撐多久？有待商榷；但那三呎長一柄傘，横着礙眼，松香要拿到門邊傘桶安插，傘布沒斂好，彈出血淋淋一塊紅斑。乍見一驚，細看，原來是手繪一個心形圖案，橘子大，足見情深。「良月畫來送我的。」筱寧說：打從披了章朗那一張皮，點子可多了，還帶着些道具，那帆布挎包，載的或粗或幼，同牌子的箱頭筆，幾十枝，一樣的雞血紅。批改作文，一個粗線條紅叉，猛批下去，有敢犯錯的？有敢不規矩的？都怪他俗惡，拿象徵她的花士苓做人情，揳後門，要她難堪；不然，懲戒了，放他出去，逢病文就斧削，能浮這一城沉渣？能有這潰腐，這淪落？

「這筆神乎，塗上身不褪色。起初，沒看透他，籮柚由他糟蹋，讓他上面塗鴉。他畫了一顆心，我還他一顆心。」說着，竟扭轉身，扯下褲頭，展示臀上心迹。「褲子拉上！」饞眼投來，筱寧沒知覺，松香是窘得不成。但這一露，倒鑑定了跟傘上一顆，出自同一人手筆，堪稱心心相印。「三心兩意，是真的。」筱寧氣頭上說：「他屎窟我也畫了心，巴掌大，一筆筆填密。他舒泰啊，鬼拍後尾枕，洩露了墜子裡那花士苓用途。這麼急色，冒進，敢想像他那手指頭，摧殘過多少女人？」「可惡！趕快為民除害。」松香這一說，陸鱘慌了，連忙接茬：「紅筆，他當樣辦帶身上，去學校，去攝影會，見同事朋友，都送人試用，求人入貨。一場辛苦，圖的就半日安穩，何苦要這樣折磨他？」到這分上，可以推斷，墜子給奪去前兩日，花筱寧捕獲的，就是斜對面青門裡，她久睡不醒的陳腎。

陳胥一來就籮柚痛，以為得痔瘡了，卻說那痛深入膏肓，睡睡就好。習慣了桑拿房的陰晦，行房不點燈。橫豎月朦朧，鳥也朦朧，她也沒刻意去偷光，再扒掉他褲子檢查。「筱寧說的處置，依我看，更像處決。」松香的促狹，越發讓陸鱘忐忑，托詞說：「屎急，回房屙清楚就回。」起身，貓着腰出去。然後，到海艭揪心：「花士苓籮柚那一顆心，顏色，真和我身上的圈圈一樣？」她拉起褲筒，露出繞膝彎一圈紅痕，要松香辨識。「是同一種筆；或者，同一枝筆畫的。」紅線圈，她最先觸摸，分外的深刻。記得那天，拿阿榑的嬰兒油，推擠她腰背那一線潤紅，總不見褪色；臀下大腿根褶紋等處，水洗不掉，油照樣溶不去。阿榑醒來，浸他雀兒的油不見了，瞎嚷着，順帶投訴：「電梯壞三天了！半夜停電，停那一兩分鐘，就沒再動。管事的死了？等黑松露回來，你問問，電梯好了沒有？伍姑娘說了，能替我擼擼，一擼就好，可也三天沒見影兒。爬個樓梯，嫌累？留宿骨場了……」黑松露，胥虧阿榑說的，就是海艭。

那幾天變故多，松香回想，歌座奏琴，花筱寧來擾，正是搓完海艭身上紅豔豔的圈套，安撫她睡下了，上班遇上的事。「這麼說……」海艭推敲：「袁良月、章朗、林雀，都有嫌疑；但咱蟑螂……章老師，依我看，頂多算提供凶器；紅箱頭筆，算凶器的話。」「又一個倒霉鬼唄。」衣子對海讙說：「八成隔壁雀叔，入龍友會，交上你章老師，拿了箱頭筆，弄暈你，剝光你衣服，浣了腸，內外洗乾淨，你膝彎、股溝、脖子上試用；那筆，出墨快，用起來爽，不覺就條條條，畫了八個圈。眼下，揪出這一隻林雀要緊。」那袁良月，紅筆是沒拿去做案，她身上三道瘀青，要真是這《字絮》人渣撻出來，用的該是打了鉚釘的皮帶。章朗，海讙，她自己，分明各有不測，各有遭遇；疑凶，也各自浮面；但陸鱘，誰是戕害她的禍首？

那夜，她披着鮮紅雨衣回來，停單數的升降機，卡在黑暗電梯槽，就好幾天；到如今，仍舊懸着，沒人去修復。「電梯，是伍姑娘的囚籠？」衣子這念頭閃過，卻聽松香說：「花士苓那些胡話，沒好深究的。她一時章朗，一時章朗露出良月面目，譬如，說很久以前，一個雨夜，普羅米修斯，陪她銜尾追一隻紅箱子，一隻棗紅大旅行箱。她認定箱子裡，藏了個女人，給虐死了，塞到裡頭。趕在良月棄屍之前，她得去揭發他；可惜，一個半瘋，一個半神，終究把一隻箱子跟丟了。樓下醛叔，那替小姐拉客的，據說，走得最前，應該能趕上；後來，查問起，醛叔迷迷糊糊的，竟沒了印象。她指證良月是慣犯，以前，就愛把她塞皮箱裡，開一道縫，㑩得箱子爆裂。」「荒唐。」這事蹊蹺，牽連上她衣子，但生死攸關，就是理不出頭緒。「確有此事。」阿富補充道。那會兒，衣子還沒入住彩虹皇宮，還沒和他好上，雨夜追逐紅箱一幕，囫圇地重現。

醛叔告訴扮差人的阿富，他世侄女衣子，榕樹頭擺檔那情趣妞，拖了一箱子性玩具去街頭賓館，說讓一個什麼編輯拍照用。他覺得不對勁，怕有不測，於是守在賓館樓下。守了兩個鐘頭，那戴黑框眼鏡的圓臉男人，拖着衣子攞去的棗紅箱子下來，挪出升降機，搬下十幾級樓梯，看來很吃力。「箱子那麼沉，除了是我世侄女，見縫再塞了些假雞巴，假驢巴，你說，還能載的什麼？」男人見他過來阻攔，走得更急。他滑了一跤，再追，那廝已鑽到一場戲的光影裡。阿富聽着焦灼，管不了敷了粉，穿了過時制服，醛叔一去，即率高矮肥仨兄弟，走出維納斯投下的陰霾。「救人去。」四個臨時警，懵懵懂懂，見路就走。踅進南京街，到上海街右轉，人就寥落，一地潺潺燈影，越遠越顯陰濕。盡頭紅綠燈前，一隻大箱子紅得好潤澤，好搶眼，魔術師鋸人用的道具箱一樣豎着，揭開來，肯定掉出一截肉體，還例必是女人的肉體。拖箱子那男人，穿連帽黃雨衣，聽到腳步聲急驟，綠燈前一回頭，阿富等人即搶上來，吆喝着要他止步。「箱子藏了什麼？」「就謀……謀生工具。」「我看你是謀——」殺字沒出口，見箱子貼了個黑骷髏標誌，阿富霎時寒毛直豎，「別……別告訴我她……她死了。」他跟那妞兒，從沒這麼親近，這一殼之隔，摸上去，水珠都似有餘温。如果倒轉了塞箱裡，她的臀肉，離他指尖就一厘米。這是生與死的距離，沿着夾縫剝開，他孕育的愛情，就顛倒着誕生，或者，赤條條地枯萎。

那夜，阿富和他三個嘍囉，走上歧路，攔下一隻箱子，但開了鎖，撲騰而起，是漫天的蝙蝠。好在……也算個「好在」吧？沒趕上，沒截住，濕黑裡「孕育」的這段情，儼如漏網一條魚，抽搐着，吐着泡泡，塵土裡兀自延續。然後，陸鰐拉門進來，仍舊挨衣子坐下。瞧她神色，竟像去大便，便出來一團黑霧，連一張臉罩住。原來她回屋去，陳胥仍舊面牆死睡，她被子掀了，褲子扯下，赫然，見他臀上一個「紅心A」，落筆角度刁鑽，填色均勻，絕不是自己能描上去的。「我陳胥……阿朗的屎窟，變一張撲克牌了。」陸鱘說：確是箱頭筆塗上去的，她男人讓那花士苓誘拐，還在屁股上畫押，太冤屈了。「到底逃出來，回家了。」海䃔反過來安慰她。

「是真是假，是死是活，橫豎你一個八月十五，有識貨的賞玩，這是人月兩團圓。」衣子說：「能團圓，什麼都好。」說完扭轉身，摟着阿富，鮮有地溫柔耳語：「沒準那個晚上，你沒頭沒腦，去追一隻紅箱子，要搭救我，要挖我出來；我受了感召，才尋上門，讓你這楞頭大屌，肏得幾乎爆開。」「世界真小。」松香心水清，慢慢把脈絡理順了，連上了，暗想：「伍姑娘屋裡，要真窩藏了人，算他成了乾貨，化為陳臀，可以結案，就是她們中學的蟑螂主任。」瞟一眼海䃔，都有了默契。環境不對，大家沒準備好，不必急着去相認；要是一脫離虎口，就尋上門來，自己出過主意，要摧毀他菊花，他能不追究，不記恨？而且，這許多年沒見，女學生成熟了，玲瓏浮凸了，老師未必認得；就認得，也是枉抬頭；不相認，往來不尷尬。「但禮數，還是得講。」她湊近海䃔耳邊說：「咱們伍姑娘，得改口叫師娘，叫章師奶了。」

為性用品行業點一盞燈

——黃門裡說南極

「大蚯蚓，是『南極』的未來。」澳洲產的，叫吉普斯蘭的蚯蚓，海𥗝沒入手玩過，卻從來神往。這寡毛綱動物，像她一樣寡毛；但蚯蚓的精囊，大過腦袋幾百倍；講邏輯，是不在行；論繁殖，倒不輸專門近親繁殖的文學博士。土壤夠濕潤，不用一年，破蛋出來，就長八吋，直接是一窩入門級的肛塞。破紀錄的一條，南非逮到，幾長七米，粗幼也可觀；可惜這長，堪稱冗長，儼然鬆浮一個病句，沒人能生受。吉普斯蘭，最長能長三米，但養到一米，粗兩三厘米，即推出應市，該最讓人振奮。蚯蚓軟滑，沒棱角，頭部就一個小嘴，像尿道口。伸縮蠕進，纏身　個鼓起環帶，推送着，節節深入，受眾欲死欲仙，不在話下。

泥土裡的重金屬鋅，蚯蚓吃掉排出來，變少了，用來塞屁股，簡直能叫保健。「焦點落鰻魚上，會鑽營的蚯蚓，反給忽略了。」海𥗝說起一則新聞：越南一個男人，一條約莫七十厘米鰻魚，活生生，塞入肛門；結果，大腸給咬穿了，還卡在裡頭。醫生剖開他，最先看到的，卻是當造的一顆大青檸。「要做一道青檸燴海鰻，明顯地，食材擺錯了地方。」阿富，最同情鰻魚了。很久以前，他黃片藏品裡，常有東瀛人讓女優屁股朝天，鐵箝撐開肛門，倒進去蹦蹦跳一水瓢小魚；更殘忍的，就是塞進去活海鰻；他吃鰻魚飯，也不會這樣囫圇吞下大半條。

後來，阿富搜羅舊光盤，他媽小澤鯨，好在沒見遭遇這般折辱；不然，他額頭在娘胎裡，除了慘受衝撞，讓黑鬼搗凹，恐怕還要多了些齒痕。「怪不得戲曲店『校長』說，凡所有相，皆是虛妄。我這個相，是凹是凸，由肛塞說了算，就夠他媽的虛妄。」「用蚯蚓，就沒這毛病。」海蘯聽到他心聲，開導他：蚯蚓沒眼睛，不知道直腸，直通天國。牠蠕動入體，一門心思往死裡鑽，宿主敢情要輾轉床笫，搶地呼天；而且，蚯蚓的智商是「1」，比蝸牛低，難得像蛆官狗吏一樣，不介意逐臭。她打算引進一撥蟲卵，新界找小塊農地培養。蚯蚓不用餵飼，從小泥巴裡集訓，為走後門練本事，順帶鬆土，肥壯莊稼，好處一言難盡。

「交上鰻魚，只是沒遇上更好的。」松香有感而發。大蚯蚓，活脫脫一條肉質雙頭龍，卻比兩頭討好的矽膠棒，來得生動，而且自動。「我女人要受得了，第一條養肥的，我先送她。」海蘯總惦掛着常香，要松香聽着羨慕。「最好接受預訂，禮盒打包送貨，或者通知到取。」性商店的櫥窗，爬滿大蠕蟲，這些紫褐色活肛塞，伸縮自如，還昂着頭，似在探問：「要不要屌你屎窟？」主動招呼客戶。這般光景，阿富總覺得，不是骨灰級玩家，未必能欣賞。「吉普斯蘭刁滑，不能玩。」他提醒衣子。「怕我玩過，回不了頭？」她覷着他笑，讓他寬心。實在，光想到屁股一抬，那活寶，竟毫無分寸，一脹一縮埋進頭去鑽研，就樂得渾身發完痲，發抖。

抖完，衣子提意見：「我一屋的地球，存貨要散掉，得有個噱頭。」譬如，地球儀，體積再小，離不開文教這範疇，是讓人認識世界的；不是把世界，塞進腸子裡去的。塞到腸子裡，讓七葷八素攪黃了，弄褪色了，捎回來要退款，那就不對了。「有一個爛客戶，」她控訴，拿回來兩個焗漆的，說掉色了，瘀紅褪得急，趾甲大的一塊糊了，他愛不釋手的祖國壞了，國境線斷了，國土崩了。一點點瘀血剝落，那狗合的，就嚷着世界不完整了。不是不賠，這領土啊，祖國啊，直腸吸收了，肛門黏住一倆縣市，我賠得起？「『祖國』頂着他前列腺，他爽出油，不見來點贊？來給我補錢？」越說，她越惱火。

不過，衣子想好了，陸鰐那男人，橫豎要推銷永不褪色箱頭筆，血一樣的紅，源源供應，這撥地球，乾脆大小不挑，材質不論，國土要闊？面積要廣？顧客爛透了，還是對的。一於來個去瘀生新，他愛哪一塊祖國，哪一塊，就塗紅塗大，塗得四鄰長浸血泊；總之，按他心意發貨。算他媽的祖國，是剛果；剛果，要大過火龍果，也成；非洲山河，塗個一灘紅。打手槍，舔着舒爽，屁眼裡孵着，保證色鮮質潤，五十年不變。口號她想好了，一句話：「祖國，讓你眼火爆！」這眼，指的屁眼，簡單直白。攤檔上賤賣，賣的賤價，來的賤人；以後「南極」專營，稱赤血地球，朱砂地球，辣醬地球，每一顆，寄托家國之思，民族情懷，買大號，送潤滑油，敢情賣個紅火。

「『祖國』這一塊疤瘌，畫得夠大，就有賣點，就是噱頭。」衣子把牢騷，謅成了營銷方向。「萬法歸一，人類能入眼，肯耗心血，就鰻魚和青檸，就條狀和球形，就這一圓和一豎；嘴皮上，再巖巉，再三尖八角，歸根究柢，愛的，還不是這一圓一豎？咱們用蚯蚓，取代海鰻；拿紅地球，替換青檸檬；推陳，再鑊鑊出新，窮不了。」海藎說。「人家不賣，我專賣，獨門獨市，一定成。」阿富迴光返照般，直奔重點。他察覺廟街連榕樹頭一帶，性商店，性攤檔，賣的清一色小眉小眼小玩意，別說大棒大槌了，假屌，就沒見過有他前臂長的。「有聽過炮機嗎？」他問。衣子竊笑，似有所待；松香、陸鱘和海藎仨，滿臉的茫然。

黃片裡常見的機器，人類可笑的活塞運動，幾可以說，讓這發明取代。嘎嚓嘎嚓，一進一退肏人不倦。在他的青春期，炮機就在遠方，用朗誦詩，敲打樂的節拍行進；用不同角度，把動能，貫注入屁眼和陰戶；然而，好多年過去，他的地盤上，竟沒一台這樣的機器出現。去問，都答沒有，沒聽聞。這行業，這驚人的痲木，壓根脫離時代的節奏，錯過了結實地，為人類服務。「要說屋小，舒展不開，一塊鐵頭，會比那些矽膠手腳，那些剩一個屁股的屍塊，更難藏納？」網頁上看銷情，深圳河對岸，人人樂用；不過，納悶的是，那邊沒劏房戶，分明能舒展開，產品的「行程」，伸縮竟都沒超過十三厘米。「連行程三厘米，都稱炮機；子彈，怎不叫飛彈？」一台台攻門鐵炮，或扁或方，賣相既不相同，緩急變化，也是難測；無奈一根杆子能撩着的，卻就是那十三厘米。

這些小兒科炮機，店裡一隅販賣，算個獨市，卻談不上獨特。東西，要讓人過目難忘，一時買不起，不敢買，臨門畏葸不敢入，都無妨；要緊的是，人客惦記着，寤寐想着，躍躍欲試。「試一下，未必就讓轟死。」只要有生望，打樁機，照樣打入屁眼，何況炮機？人生天地間，經受過的突擊，不突破這五吋，抬得起頭做人？再說，店裡各款炮機長開，終日嘎嚓嘎嚓，嘎嚓嘎嚓，勃勃的滿屋生氣；不管三長兩短，九淺一深，是徐如林，是疾如風，每一種模式，每一串嘎嚓嘎嚓，都感染人，催人積極向上。「你『嘎嚓』完沒有？」衣子提醒他：「除了嘎嚓嘎嚓，有其他想法，也說說。」

「機械人時代來了。炮機，肯定是機械人的『標配』。」科技帶來遠景，也送上商機：

數年後，當客戶摟着南極的矽娃，電動直腸，研磨一條條陽具，機械人會扛着暢銷的炮機，火力全開，攻陷一個個獨守的肛門；不把主子肏爆肏死，肏到噴漿和漏電，絕不消停。世界，在嘎嚓嘎嚓聲中，筆直邁入黑甜。人類滅絕前，能有的轉變，就是由啪啪啪啪，向嘎嚓嘎嚓，不可逆的轉變。「總之，標榜肏屄機械化，打炮自動化。」阿富說了細節：國產的短促，但便宜，貨源穩定。為了讓人開眼，他網上尋索，可巧有人放售進口炮機，美國製，九成新，伸縮達十八厘米，七吋多，盡根直入，賓主盡歡。炮機負責助攻，機身不入體，二手貨無妨。據說，來價連運費，三萬多港幣。他壓了壓，三千八，買賣談下來。物主住離島，改天，再和衣子去取。

南極，企鵝的祖國，要掛店旗，一方白布能涵蓋，省了塗朱抹紫。白旗在炮機的伸縮杆上晾開，鎮日窗前門首，進退招搖，還自帶風聲。「怎麼說，都比擺一隻招財貓催財。」他顧盼自得。「一開店，立馬扯白旗。謙虛！」松香褒獎他。瞜一眼衣子，難得眼神鼓勵，破天荒透露出，他是有思想的。「佈置好，咱們邀個男優來撐場。」阿富說。因緣熟透，開場提到過，田中大鷲，接拍港資的《金瓶梅雨》，不三不四一齣鹹濕片，拍了不長不短一段光陰，終於殺青。前陣子，電影公司發稿，稱首映日，大鷲會到港，率潘金蓮等眾女四出宣淫。

「那幕幕下雨的爛戲，沒想真拍得成。」衣子說。阿富他媽小澤鯨，息影既久，大鷲盛年過了，大勢漸去，但一條巧舌，舔出了新境，讓女人叫完床，沒準還能叫座。大鷲下身一副鳥樣，阿富一脈相承了，她用着親切，細看，還飽含親情。「你真打算拾掇我『家公』？」暗想：能跟這「鷲神之舌」攀上親，閉上眼，都覺得屄門口嘖嘖響。卻到底，剩一條舌頭了，能有大作為？他鷲神來了，見到那嘎嚓嘎嚓，永動不息的末來，能不形穢氣喪，變一隻鵪鶉？扯着白旗，轟隆隆亂捅，分明是諷刺，是挑釁。擺一台炮機，要老爹出糗；或者，還有後着，用更乖謬手段，折辱他，痛擊他；當然，無聊透頂，但一個人缺乏父愛，心智扭曲，催生的畸行，她唯有掩護而已。

「店裡賣些自家製春藥，阿椁受惠，天天來幫襯。」松香讀了講春藥的書，什麼曼陀羅、古柯葉、緬茄、毒茄參、天仙子、肉豆蔻，名目繁多，治性無能，卻沒教調製，材料又難入手，兀自向海藴求救。「胡謅的情節，製得出來，臨床用不上。」她笑覷着松香：「就用得上，你也受不了。」譬如，舊時罪犯受絞刑，縊死前窒息，精液噴灑地上，蓬勃長出的，就那毒茄參。劊子手這類狠人，敢去採挖，也得摸黑行事；而且，最好派條黑狗去代勞。那毒茄參的根，一拔起來，會發出尖喊。「阿椁摳你屁眼，該就那聲音。」海藴不放過她：「『籮柚痛死了』『籮柚痛死了』這一疊聲喊，挖參的聽着，魂魄讓吸走，會立刻掛掉。」

「古柯葉，算有點靠譜。」海藴說：古柯作為春藥，性學家認為，肛門最喜歡了。但古柯葉，要和硝石灰同嚼，才有效果；葉子的古柯鹼，才溶解了讓口腔吸收。傳說太陽神創造了古柯，再送給印加皇帝。古柯葉，來頭大了，就皇帝、貴族、神官能享用；還有一說，很久以前，有一個女人，出落得比女神嫵媚；不幸地，她肛交了，違反了印加道德規範，從屎窟罅下刀，給劈成兩半；其中一半，變成一株灌木，後世稱「媽媽古柯」。脔屁眼，罪大惡極，會讓劈成兩半，各人面面相覷。陸鱘裝做沒聽明白，衣子一伸舌頭，笑問：「要劈，怎不劈男的？譬如，一刀劈出兩個阿富，分頭行事，那多好。」「走這旱路，搞不好，就一條死路。」古人撐腰，松香理直了：「還是中藥店裡，找些藥材磨粉，腎虧的，吃了不咽氣，稍稍抬頭，就是功德。」

「進一撥港產印度神油，攙些花椒八角提鮮，換個瓶子，貼南極牌子，叫『冰火油』，塗完龜頭，抹屁眼，賣得就好。」阿富不拉扯，掐斷了話茬。這半晌閒嗑，他是越嗑，越不寧。隔壁七隻冰箱，這天，嗚喤嗚喤，分外鬧心，還夾雜突然的嘎嘎響。海蘊挨板壁久坐，林雀那屋，雪櫃貼牆疊着，櫃門，暗中頂她腦門，相隔諒不到十厘米，噪音，似乎沒侵擾她；陸鱘等人，也沒表現煩惡。「那喤喤，嗚喤嗚喤，喤喤……難不成，只衝着我來？喤喤，忽長忽短，會不會是一串串密碼？」那七個雪櫃，雪櫃裡的鮑魚，感覺上，隨時要壓垮間隔牆，到這邊來開會。慘白的，七道隔世的隔熱門，這一敞開，成百上千，濕冷的大鮑魚，一翕一張，要參與討論，要發表賣假屄假屌的意見，越想，他越發忐忑，渾身的雞皮疙瘩。那天，米修斯來訪，助他撬開綠門，他之前龜頭受燙，神不守舍，竟沒把小雪櫃，挪到房間另一邊，也沒騰出些縫隙，做些隔音消聲舉措。

「要沒冤情，就別吵了。」阿富瞪着躁動一面薄牆，好生苦惱。

咱們送水母去

——萬聖節的生者與死者

「腳……腳……」阿富嚇得結舌。那日，潛入林雀綠門，七個小雪櫃，竟似佈了個北斗陣相迎。他先是一驚，待打開櫃門，錫紙包裹上方，赫然，還揳了一隻女人腳掌！箕張的腳趾頭，要攫他鼻頭。「雪……雪藏腳。」倏地後仰，替他撬門的米修斯，吃了窩心一撞，黑火炬，脫手掉入腥紅膠桶。桶裡刷子抹布一類雜物墊住，才沒磕壞了送人類的火種。低頭撿拾，瞜了雪櫃一眼，連妝容變色。「雪櫃藏……屍！」米修斯顫聲說。「藏屄，藏你媽個屄。」阿富回過神，看出端倪，轉驚為喜：「這廟街玩鳥的，玩腳，玩得忒刁鑽。」認定那林雀，冰鎮了膠腳，貪圖塞屁眼舒爽。雪櫃門拽開，伸長手去揪，着手軟膩，柔若無骨；實在，也真沒鐵線骨架，就踝上橫切面，有個屄洞，入雞巴的。當下大小陰唇翕張，似有重要講話；阿富捧起來，嗅了嗅腳趾，覺得讓魚，或者魚血熏過；但撲鼻一股機油味，卻把腥氣蓋了。

「雀叔說進的鮑魚，要冷藏，沒想進了這一屋。」要不是早有聽聞，投資七雪櫃，還冒出一截殘肢，要說砍開了一個女人，大卸八塊，十幾塊，分別冷藏，那也是人情之常。「過道太窄，不然，進來倆正常的，就比七個疊起來管用。」他叮囑米修斯待着，別搬弄東西，省得物主追究。「門就開着，透透氣。」掐住那一隻膠腳的趾頭，逕回自己房間。「你的貨？」他把那陰戶豁口，迎向衣子，要她辨認。「你講不講衛生？」衣子擋開他：「這是PVC，出油的貨，擱一年，大半溶掉。我爸留的遺產，早扔了七成；剩三成，開箱翻出來，大雞巴黏小雞巴的，糊成一塊。那狗鞭馬屌，變軟，還變形，扁撻撻，溶得成了蛇頭，有人受得了？賣這些爛貨，害人！」越說，她越激動。

田中家這肉棒，頭腫如菇，才脫離她屁眼；腸子裡，還有火烤着。餵進半桶冰粒，腸頭肯縮回去，他卻拿一隻「軟腳蟹」來擾，氣頭上罵道：「玩臭膠，看毒死你！」捏住腳踵，趾頭逕塞他嘴。這猛一彎腰，屁股裡化了的雪水，「渤」一聲噴薄，漫了半床。阿富撂下凍腳，找浴巾覆褥上吸水，忙亂半晌，竟發現：「你副大腸，乾淨得……屙一床，半點屎味沒有。」「你……」她咬牙切齒，不知該罵什麼，只探手褲襠，捏他卵袋。阿富長嚎着，掙脫魔爪，挾了屄洞長踝上，那立體主義飛機杯，退了出去。再進林雀房間，暗室嗡嗡響，米修斯不在了，走得安靜，沒見留下，或者，動過屋裡東西。「要不是一股藝術味尚存，真不敢相信，有這樣不倫不類的人物來過。」這天，他進出藍、黃、綠三個房間，寒暑交替，頭緒紛繁得教人累。

假腳，他按原樣擺好，穩住錫紙包裹，掩了櫃門，塑膠桶攏起來頂牢，確定一切復位，才有氣沒力地出去。掩門前，有些猶豫，畢竟噪響還在，困擾人的源頭沒堵上。「就七個雪櫃，在呻吟，發熱，發抖。」診斷出表面病徵，病難根治，只得撒手。然而，分明錯焦點了。那晝夜不息的咕噥，那竊竊私語，那突然的召喚，他沒去回應，沒去窮究；甚至，錫箔包裹現前，竟沒去捏一把，感受「鮑魚」的彈性。為了鮑魚，算那是碗口大的鮑魚，添置七台雪櫃，繳納不菲電費，值得？要是利錢厚，能發家致富，怎沒見人囤積？林雀這藏的，會不會是更猥瑣，更離譜的東西？他一概忽略了，錯過了，卻回去纏磨衣子：「什麼是PVC？」「你過來。」她食指一勾，扣住褲頭，就扒他鬆垮垮短褲，揪住陰莖，只一個勁兒扭擰。「斷……要斷了！」他求饒。「屎窟讓你毀了，肛門爆炸，你不去補救，卻管完藍門，管綠門；再囉嗦，我直接咬……」說着，硬起來半根肉橛子，她一張嘴就叼住，他聽命噤聲。

「含撚」，明顯可解心中鬱結。阿富順應了，由着她當個奶嘴，吮啜着，不哭不鬧，片晌睡着了。他盤了腿，結個趺坐架式，讓她側了頭，枕上大腿，不敢去驚動，扭身取過手機，心裡嘀咕：「她愛的，是我？是我這一碌棍？」陷身哲學泥沼，只盼黑濕裡，兩排白牙，不要突然咬合，斷他香火。「搜一搜什麼是PVC要緊。」查那縮寫，為聚氯乙烯（Polyvinyl Chloride），是聚乙烯和聚丙烯之後，第三種廣泛生產的塑膠聚合物。但聚氯乙烯容易劣化，會釋出氯的自由基，要添加鉛、鎘、鋅、鋇、錫等害人的安定劑。總之，用聚氯乙烯餵屁孩，塞屁眼都不好；林雀玩假腳，毒害自己活該；但以後開店，要減少進貨。

衣子枕着他，睡得好深。她的嘴，像一個鎖頭，鎖死他。打從背上現了皮帶的撻痕，她說過，自始沒做過夢。「沒準醒過來，入眼這一切，才是夢境。」這話在理，起碼，不做夢，就不愁她夢裡啃甘蔗，瞧得他變一堆蔗渣。他那柒頭，是她出生入死的鑰匙，他得安生留在匙眼裡；實在，腿麻了，半身不遂，還犯睏，瞇縫了眼覷去，朦朧中，藍光盪漾，滿屋的水色。眼前，水族箱那玻璃筒裡，浮生們有些失序。有一朵，觸手柔長，半晌沒見開闔，估摸是不行了，剛死的；猶生的，四圍擾動，才讓亡靈看起來活着。水母的壽緣，約莫一歲即盡，這五朵刺絲胞的同門海月，一缸藍水裡升沉，按這物種來說，有些年紀了，原該陸續離去。「水母不老，總是一副年輕的樣子歸西。」他心痛。暗地裡，他替水母取了名，除了那偏紅的，不搭調，從來缸底橫着漂移，儼然半透明一隻螃蟹，當然得名林雀；或深或淺，藍色四朵白鮓，就是海蘯、陸鱘、白松香和他三代。

這死了的，中膠層有紫暈，是水母衣子。枕着他睡覺的這衣子，不知道一朵水母，取了她諱名，代表她逝去；不知道一筒鹽水，浸漬着她的魂。「不是好兆頭。」他想。日子，迷迷糊糊過着。衣子那天來租房，水族箱邊，供一根彩虹雞巴，隨五朵水母晃動。他那尷尬，真尷尬得像一個氧氣泵，朝她死命地噓氣。那會兒，衣子擺檔賣性用品，戴風信子顏色鬈髮，淺描了唇，悶聲杵在白蝕一樣的夜色裡，燈下泡影，早撩他夜夜夢遺。租了屋，沒搬過來，這青黃不接的空檔，他媽小澤鯨屏幕裡叫床，《卡門》作掩護，高聲播放。就那天，水母，一朵翻滾抽搐，堪稱命危；一朵不動了，倒過來，花瓣般開着，死了。這死的，是水母海蟲。海蟲那時入住不久，過道上，見過幾回，都是背影。至於不上不落，要活不成的，是水母陸鱘。不盡快施治，連伍姑娘死了，餘下松香等仨，早晚夭亡。

惶亂間，忘了金魚街沒早市，天濛濛亮，趿了拖鞋出去。他皇宮那一層，電梯壞了。停雙數的一架，燈號快閃到「8」字。他奔上樓，電梯紅門透出慘青，就是那一趟，千載難逢地，看了海蟲一個全相。「水母……水……要死水母。」他語無倫次，句子說全，該是：「水母，眼淚污染了水，害死也叫海蟲，代表你，夜夜陪我睡覺的水母。」水腐，珊瑚鹽沒備着，這盲目奔竄，沒想到遇上她玫瑰圖案桌布蔽體，狼狽現身的一幕。然而，白跑一場，嗒然踅返，玻璃筒裡的海蟲，竟活過來了；似乎只是昏迷，人一走，就甦醒了。那水母陸鱘，接近水面處，掙扎了兩三日，突然，靜止不動。以為壽終了，要去打撈，載入塑料袋，回頭去看，卻也復活了。然後，莫名其妙地，一直保持這花開五朵，不增不減的定數。

水母大半輩子相陪，咯屁了，隨手一撈沖馬桶裡，太寡情；何況，這是水母衣子？前事不忘，有海礁和陸鰐的雖死猶生，他更知道要緩一緩，不宜妄動。「觀望兩三天，沒見起色，再籌辦喪事不遲。」有時候，他真覺得這水族箱，是這皇宮的縮影，是三維的一台全息顯示屏；又或者，按海礁說法，那是意象；一頭感應他的意，冒出來的象。這粼粼一屋幽藍，會催眠的。挨着靠牆擺一個充氣地球，才合眼，覺得自己捧着一個濕冷人頭；人頭，屬於那種會不斷前磕，反複吸啜，一直扭臀的型號；當下情景，是口爆後，扭下一顆矽頭，要去沖洗，卻發現捧着的，是海礁的頭。

「我的頭，怎麼在你手上？」她瞪着他，滿臉不悅。「我……冇個嘴巴，過過癮，沒想到……」「要玩，怎不玩三代的頭？」海礁嗔笑道：「就是個下流胚。不過，你心裡有我，想冇我，我也是歡喜。但莖長屌粗的，一個勁兒搗喉嚨，機油都搗出來了。」

「不好意思，誤會。」他要把這顆頭，裝回矽娃脖子上，左擠右壓，就是榫接不上。

「我皮膚黑，你知道的。」海礒提醒他：這細皮白肉，是三代的身體；她的軀幹，在另一個房間。「你房間？」他問。「綠門雀叔的房間。」她答。「他屋我進不去。」

阿富納罕：「你火……火辣一副身子，怎麼藏那廝房間？」「寫了詩，讓雀雀老師，推薦去投稿啊。」「投個稿，這就……身首異處？」「無妨，魂還在。」「在哪？」「你水族箱裡啊。」她笑得生硬：「龜頭搗半天，我那魂瞧着，都嚇得要變色了，還裝蒜？」

「我……」他林雀冰箱裡取的，明明是一隻腳，怎麼變一顆頭了？「我頭好暈。」海礒投訴：幹口活還罷了，就當她簸箕，兩邊晃，篩得她難受。「我洗洗。」他撒的精稠，總洗不乾淨。熱水龍頭旋開，對準豁開的豐唇，又沖了半晌。她咕嚕咕嚕，吐完泡泡，吩咐他道：「等瀝乾水，捧我回紅門屋裡，擱窗戶上。」「不怕掉下去，砸壞檐篷？」「我女人對面樓賣淫，活得累，我得看護她。」「就來了惡客，要幹爆她，你得一顆頭，還不是張大嘴，乾瞪眼？」以為隔一塊板，她和橙門「2」號白松香互通款曲，卻原來窗前站崗，為新歡放哨。

「你捧我回屋就是。」她說。他聽話擱她窗框上，臉蛋朝外，但框面窄，再三擺弄，終究立不穩。一鬆手，傾出去要倒，慌忙懷裡兜攬。亂中，頭覆轉了，矽膠海蘊大駭，要咬住什麼，張口，正好噬向軟耷耷一截陽物。「哇——」他嚎喪似的，甩不開箝制，痛醒了。「嚎什麼？」衣子飽受他推搡，睜眼問道。「斷了，咬斷了。」定睛看，龜頭她嘴邊蔫了，難得還在。「我還要用，會真廢了你？」親了親他卵袋，罵他沒見識。她起身如廁，琢磨他盤膝久坐，下身痲痹，算個殘障，撿起一罐可樂遞給他：「多練習，別荒廢光陰。」那錫皮罐，外觀是可口可樂，內膽卻藏一團矽膠，蓋掩處，有個細滑屄洞，大小陰唇俱備，臨急降火用的。

「學學你爸，練好一條舌頭，互補不足。」衣子挑出這汽水罐飛機杯，塞進去一顆玻璃彈珠，要他三寸不爛之舌盡伸，伸出四寸，五寸，伸到曲徑通幽處，舌尖一捲，把彈珠摳出來。「撩不着，仰起臉練，邊走邊練。罐子倒轉，波子易出來。不懂事的，還以為你活膩了，日夜飲可樂。」課程設計好，她解釋：這是防她不在了，他有門本事，有個生計。未來靠舔屄為活，他沮喪，還是孜孜矻矻，苦練了幾日。某天，仰直脖子，借助重力取巧，要讓罐中彈珠下墜。鼓舌如簧，差一點沒摑着，忘形之際，衣子覷準他項背一拍，他「骨」一聲，竟啜出彈珠吞了。

「沒事，珠子多着。」她有一副波子棋，玻璃珠，合六十枚。他吞全了，胃囊，正好縋陰囊裡落戶。「就怕出不來。」他不無近憂。「出不來更好。」衣子笑道：「沒聽說過舍利子？過幾天，你火化了，有一兩顆傳世，你爹臉上有光。」「承你關照。」阿富釋然，就等消化不良，瘺成一個高僧，骨灰堆裡，挑得出夠擺滿棋盤的五彩結晶。「舔屄舔屁股，舔出個涅槃，不枉。」他腿好痳，盼有人拉一把，但洗澡間，水聲淅瀝。「下雨了？淒涼的雨。」作為人類史上，娘胎裡，就讓各色陰莖虐打的孤兒，他經歷奇苦，天生了解世相的虛妄。衣子要他練舌頭，培育舍利子，那是為他好，助他修行，促使他坐化。

過了兩天，確定水母衣子死了，就連鹽水舀出來，載透明袋子裡，結束好。「尖東海傍遛遛，順便送個殯。」他覺得，海月水母，該重歸大海。這一年，兩年，隔水靜觀的這一切，譬如，這房中淫戲，這欲火烤焦的自己，都該隨白浪化入墨色的淼茫。「萬聖節，吃洋腸。咱們扮兩隻寃鬼上街，應節。」衣子藍門屋裡，有一副木雕天狗鬼面罩，漆得血紅，鼻子凸出七八吋，活脫脫的一副撚樣，取來罩阿富臉上。他氣悶，揭起來當頂帽子，繫繩下頷縛住，不但時髦，還神氣。「一屌擎天，帥爆了。」她戴了假髮，提了那袋水母，推他出房門。過道盡頭一窗昏黃，那透明袋子，水漾漾染了些顏色。她像提着一盞風燈，浮彩繞膝，隨他到「6」樓搭電梯直墮塵世。

沿吳松街走，暮色幽藍。那勃起一根赤屌，招搖過市，堪稱出眾。「鳥大招風，該縮頭處，別抬頭。」衣子擔心他。迎面一叢人，旺角太子來的。扮相奇譎，反映的，都是糟心惡心事。「香稈人，挺住！」身罩黑痲袋一個巫婆高喊，夾道應和聲不絕。「香稈人？」她摸不着頭腦。「香稈一樣幼細的人，挺不住，香就蔫了。」阿富瞎掰；其實，香稈人，就是發不出「香港」兩字的土特產。除了巫婆，有人扮催淚氣罐，頭頂，還冒着黃煙。有人把太子地鐵站某個出口，用紙皮盒子做成頭罩，兩顆紅眼，黑暗站頭裡閃光。有衫褲上寫控訴血書，推想讓癩狗咬了，悵然寫道：「長年豢養的畜生，一夜間反噬人。」

惡果，霉黑腐臭，原來一直懸在頭上，滿城蔓生，像腫瘤狀的攝像頭。沒走出幾步，兩個長褲短袖衫，一色薄荷綠，還穿着夏季制服的皇家警，擋住了去路。「阿嫂！」兩警齊刷刷的，向衣子立正敬禮。原來是阿富倆廟街兄弟，劫過她家當，後來，幫襯着搬家的閒肛隊員。「拍完戲，戲服沒退還，着上身一路嚇鬼。」肥老三說。制服逼真，銀徽黑皇冠帽，寬邊黑皮帶，斜黑肩帶上掛了對講機，嘎嘎響過，就傳出喊聲：「哎唷——哎唷！」滑稽，卻也淒厲。「老高呢？」阿富問。「你沒見着？扮太子站，就他。」矮老二指向街對面。再看那「太子站」，果然拿着對講機，「哎唷，哎唷！」不住呼痛。

「不能消停一下？」阿富問。「他痛了兩個月，滿身瘀青。怎麼來的？說不明白。傷痕也不退。扮太子站，扮那差館出口，是覺得恐怖，能嚇唬人。打從得了傷，老高都繞路走，說磣得慌。夠蹊蹺的，那出口，總落了閘，階前擺滿了花，多是菊花，怎麼看，就一座大墳。」肥老三說完，按着對講機，向老高發話：「你陪阿大逛逛，不去想，就不痛。」「哎唷——」太子站，呻吟着來見。老高穿黑鞋，緊身黑衫黑褲，那瓦通紙站頭，頂上骰子般一個地鐵標誌，忽閃着。畢竟頭大如斗，人顯得矮小，彷彿讓整個「B1」出口鎮着，迎面六級台階，熏黑了，像一排蛀牙。「哎呀！我懷疑我撞鬼了。」

老高摘下對講機，不忘說一句，噭一聲。

「不會吧？你這德性，就一隻鬼。」阿富開的玩笑，他聽了緘默半晌，冷冷地說：「那倆廢物要『行吣』，我陪你走走。走累，要搭車，也有個站台等着。」老高熄了頭頂燈，不遠不近隨着。阿富回過頭，提醒矮肥二子：「這身裝扮，遇當朝衙差，小心招禍。」「都是演的，虛的。」矮老二說。「他們更虛，心虛，就壞事。」阿富擔心。這倆皇家警，映照一段崇尚規矩的過去；文明，對當道的腐蛆人隊來說，是礙眼的；陰冷殮房裡，不搭調地，燒起一牆華美的壁爐。「哎唷！嘎嘎，哎唷——恐怖地鐵站來囉！」隔着三四步，阿富和衣子背後，不絕的，是接通地獄的呼聲。

火種一樣，忽明忽滅的人叢裡，僵立着一個普羅米修斯。這時節，這氛圍，這萬聖百鬼的簇擁，就是他夢寐的舞台。那賣相，儼然紗布沒纏好的一隻木乃伊，戴着羊毛地毯裁出來的假髮。「一看，就是個法官。」阿富說。的確，這盛世，沒一種行當，比這邋遢和淪落。塗黑的骨瓷火炬，這回，換一坨燄火，豔紅搶眼。米修斯見了他，退了半步，紅火炬擋白嘴前，要不是表情錯愕，真以為他當那麥克風，要開腔唱戲。「做賊了？」他信口問。「沒有的事。」米修斯虛怯，以為行藏敗露，他來拿人。原來那天他開了林雀房門，阿富進屋，讓冰箱裡一隻人腳嚇破了膽，發現斷口沒骨頭，是矽膠的，又喜孜孜捧出去，回自己房間讓他女人品味。

米修斯聽說七個櫃子，冰鎮的，全是鮑魚。他多年前吃過，記得那嚼勁，那鮮甜。地板上擺的兩台雪櫃，他打開另一台，沒見層架間隔，也沒揳了手腳，錫紙包裹或大或小，嚴嚴實實，塞了三四個。信手牽一個小的，他覺得，不影響結構，不會坍下來讓人發現；再說，順走這麼一點點，就像蕪文裡，剔去一個逗號，頂多算微調，談不上剽竊；理既不虧，他小心抽出來，倏地揣進懷裡。「七八隻該有，做刺身，吃兩頓正好。」伙食有着落，悄悄開門溜了。「1967」電單車，他摺在樂生園樓下，竟忘了開走。沒到旺角，冷冰冰一包熟食，本來隔着一幅《彩虹雞巴》，頂他肺腑，走急了，卻落到肚臍位置，寒氣入侵他丹田。

「不能未補身，先破氣。」掏出包裹抓住，另一手握黑火炬，急步家去。但錫紙濕漉漉，手指箕張，扣進去抓穩了，卻感覺是囫圇一塊肉，不像零碎的鮑魚。「拆開看看實在。」他住籠屋，要烹東西，沒爐灶。橫街裡一蹲，揭開了兩層錫紙，保鮮膜又覆了幾重，纏裹的，是一墩子兩頭削平的連皮肉塊，狀似半截帶骨火腿。「這個真吃不來。」心裡罵道：人家藏的凍肉，你阿富硬說鮑魚，沒的害我作賊。橘皮紅一座垃圾筒身旁待着，沒多想，餵了肉塊進去。「怎不說那是鯨魚？」他反過來責怪阿富，說着，擺出個火炬朝天，引雷接電的架式。「早晚劈死你這條戴地毯，亂斷案的法棍。」阿富拉衣子走開。太子站喊着「哎唷」，應遊客要求，傍着米修斯合了照，兀自隨人上路。

「竟有人演咱們醛叔？」阿富湊近看，熄了燈水果攤旁，摺椅上坐了熟人。皮條客，算個人物？醛叔恪守陰濕樓梯口，像老唐樓嘴皮上一顆贅疣。看來，他逢人薦引：「三個女人，一個長相好，一個服務好，一個你肯將就，就什麼都好。」細味，饒有哲思；日久，連人帶胸前縋的髒背包，變經典了。這一刻，他垂頭枯坐，兩膝壓一疊舊報紙，穩穩鎮着，不讓惡風扳倒。背後瞧去，這醛叔的後腦勺，竟似張着個大豁嘴，把一塊青磚銜住。「嵌得好深，手工嘎嘎的。」衣子讚歎。「讓人砸了。」醛叔一摸腦殼，誤會她問的，是死因：「直接砸進去的。」「能拔出來？」阿富左右端詳，嘖嘖稱奇。「你試試。」醛叔提醒他：「當心血噴臉。」

「我瞅瞅就走。」磚頭，他沒敢抽出來。憑那粗糙，就知道貨真料足。青磚，比紅磚結實，經久，耐碱性；但燒製不易，成本高。經營老式園林，亭台酒肆；修葺，重建古建築，顯擺有點文化內涵，才會用上。「工地壘着，蓋紀念館吧。」醛叔說：雨夜裡，見泥淖上有一座石礎，躺了頭紫脹的臭豬，八成要蓋的，是死豬紀念館。「青磚紅磚，眼下能買到，八成空心磚。」阿富只關心建材，說燒製實心磚，黏土用得多，破壞耕地。「空心好，嵌腦殼不沉。低頭讀報，脖子不累。」感觸之餘，他吟誦：「白菊花盛開的月份，空心磚，磕上一個空心人。」然後，仍舊揭膝上報紙。

頭版印的大圖，綠色三角錐體，荃灣海濱一座金字塔；塔底，沁出黑血。醛叔說，綠塔裡，有一個黑衣男人，浮屍才讓撈上來，塔裡鎮着。字小難認，大意是：男人背了縱火罪，原該提堂應審；審訊前一夜，卻衙門受虐，冥暗裡，熬不過酷刑。「奇在三角帳篷，突然，傳出來雪糕車的音樂聲。」有人來電話，《藍色多瑙河》的叮嚀，輕快，帶着回憶的溫煦。男人接聽不了，旋律，不搭配他痛苦的沉溺。於是，手機的鈴響，一路延續，循環不息。「聽見沒？叮叮，叮叮！就那聲音。」醛叔模仿着。

「翻過去。」阿富說。覆面一疊墊了底，展現另一天頭版：一個女孩，一體的黑，正讓人拉扯上船。是水鬼隊的橡皮艇？大白天，人物黑魆魆，白底黑鞋子，一隻腳，黏死在海裡。黑白，那樣分明。第幾具浮屍了？阿富記得，有更年輕的，十三歲？十五歲？擅泳，卻赤裸裸泡着。死因，同樣地「無可疑」。眾生得適應，這是一個「無可疑」的新世界。皇宮裡，他經歷的種種，較諸這現實，這欺天罔地，簡直合情合理。視線稍移，大圖下，小圖昏黃，某屋邨平台一隅，沒有頭，沒有四肢，就一個女人袒露的軀幹。雪藏過，屍塊冰凝，深夜高處下墜，該砸毀好多東西。着地轟然，卻蒼白無血。

另附一圖，屋邨外，泊殮房黑箱車，鮮黃的黑箱車，螢火蟲般，罩着綠暈。不是來收屍的，據報，是黑箱車來了，女人那段急凍軀殼，才落下來。「死因無可疑。確是自己在家裡，無緣無故，沒了頭顱，沒了手腳；然後，凍硬了自己，飄浮到窗口，掉下來。」有圖無文；案情，是醒叔說的。報紙，面版枯黃，像新挖的陪葬品，屬於蛆蟲，屬於遙遠的過去。盯着看，要看出小字標注的年月，但流光，穿過衣子提的塑料袋投照，那瀲灩，亂了新聞紙上蜃景。死水母袋子裡獨舞，一縷浮魂，疊上屋邨的夜，顛倒着，在急凍乳房和肚皮上舒卷。

醒叔，或者說，演活醒叔的中陰身，也像囚禁在零度以下一塊凍肉。他抬起凍壞的白眼，看着衣子，看着這戴紫藍鬈髮的女人。橘色連衣短裙，趿着涼鞋，手提袖珍水晶棺，百鬼雲集的街頭，美得不可理喻。他自言自語，說膝頭上成疊鋪的，都是碾平了的，不散的殘像。「翻下去，就有頭條，報道我的遭遇。」原來，同樣的命苦。街上熙攘，阿富沒停下來，報紙堆裡，逐頁尋索。老高那太子站，面對醛叔後腦勺那一塊青磚，替他配音似的，喊完痛大呼：「我死得冤啊！我冤啊。」聽着心煩，招呼衣子走開。

「醛叔背包塞一疊報紙，是人虛了，輕飄飄，得找東西鎮着。」衣子說：以前她背三個包，載幾十條賓周；如今，是挽一個柒頭。他是她的壓艙物，沒有他，她走路歪斜，沒方向。「沒有你，一陣風，夠把我吹滅。」這話溫存，阿富連鳥毛豎立。打從背臀現了皮帶撻痕，她一直變輕；體形是不改，到二十公斤，四十四磅，卻不再增減。以為錯覺，伍姑娘骨場帶回來電子磅，去測試，確是四十四無誤。「秤誰都這數。」伍姑娘親自上秤，跟衣子沒兩樣。海璗見她過道上量重，自己沒清減，就輕了，輕多少不確定，上磅又是四十四。

「再找個人秤秤，還是這磅數，就不是咱們仨出事，是全人類，全世界輕了。」伍姑娘說。她以前鎮日「劏蛇」，海𥗝說，那腦袋，讓一篤篤蛇精射壞了。然後，衣子拎了那塊磅，去阿富做零工影碟鋪，要找個大塊頭踩上去。下樓見了醛叔，邀他稱量，倒秤出七八十磅。「他上秤沒卸背包，減掉報紙額外負重，一個醛叔，連骨帶肉，該也是四十四磅。」她說。「這種磅，不扔掉不成。」阿富推斷：那是一個鬼磅。「都是蠅量級人物。」衣子凝視阿富，語帶感慨：「沒準咱倆，真不是一個層次的。」阿富來不及反應，身後太子站插話：「看來，我也是『四十四磅』一夥。」原來這老高，一天失掉一磅，兩個月下來，昨天上磅，剛好落得個拗口的四十四。

「劫數。」衣子苦笑。抬頭，燈火熒煌處，有不知演誰的，戲服紅得油亮。「伍姑娘？」阿富見過這膠衫。陸鱘失蹤約六日，突然，回皇宮了，穿的就這一款雨衣。天早放晴，卻抖落一地涼水，記憶裡，水色淺紅。那人物，頻舔膠衫，說口渴，一點一滴，是最後的水源。這妞兒火辣，阿富盯着看，頭上紅屌，又豎直了些。「那是小紅帽。」衣子告訴他：小紅帽遇色狼，色狼碩大，站着，有一幢樓高。她掉進狼的肚子，黑漆漆一個鐵胃裡，她渴極了，以為雨水，那些腐蝕液，全舔乾淨，就有人搭救。「我不是小紅帽。」妞兒說：「我是郵差，住烏茲別克，送信的。」某天派信，派進了一部升降機。電沒停，電梯卻卡着。受困三日，死了。真事，電視有報道。送信，變了送死；禍起之時，敢情下的大雨，合該穿這一身紅雨衣。

「『困粒』能死人？」阿富半信半疑。「當然。我就『困』死的。」耳邊迴盪，是伍姑娘嗓音。回望，不見有人。不遠處，一個穿睡衣的，藍緞子衫褲，右邊褲筒下半截空空蕩蕩，一隻腳掌，該踝上新鋸下來，笑呵呵捧手上。「賣腳嘞！可舔可塞一隻好腳！」睡衣女人叫賣。長相，七分像海儘。「林雀玩的，就這一款膠腳。」衣子說。「暢銷品。」他走近看，悚然一驚：「斷口有血，還有——骨頭！」「人腳，當然有骨頭。」女人扯起褲筒，展示截肢地方。膝彎處，繞着畫了一圈紅，竟也跟海儘身上筆痕一樣。「沿紅線落刀，輕省。」女人解釋：往膝彎鋸，半條腿太長，怕塞不進冰箱；踝上先鋸一段，趁熱捎下來應節。「誰鋸的？」他問。「熟人啊。不熟，能讓鋸？」女人白他一眼。

「那幹嘛要……擱雪櫃？」阿富不解。「連骨帶肉，一整撥入袋，就背得動，鼓鼓的，扔哪裡是好？」她說。再一看，才察覺她當個瓷墩，坐冰箱上，熟口熟面的一台金田牌。「道具。」女人說：藏屍用的。「你這標……標準身材，多少個櫃，藏得下？」「規劃好，砍細，用這種小的，得七個。」她說：「一趟買全，都同款的，不容易。」「我隔壁……」暗想：林雀悄沒聲息，能弄齊全，也算個本事。「雪櫃藏屍，沒錢，可不能隨便玩。」衣子說。她叮囑阿富：以後，受不了她，不想肏她，就把她殺了，別費這勁兒，隨便塞旅行箱，拉去丟了省事。嬉笑着，走出不遠，人潮湧動，回望，斷腿女人不見了，只蒼白一個立方體，突兀地，墩在街心。

瞥眼間，暗處，有中年漢彎了腰，猿猴般走路，屁股溝裡，竟夾着斂起的一柄黃傘。推想裁掉了前半截，看似攮進了肛腸，十分猥瑣。「演的哪一齣？」阿富問。「屎窟鬼。讓一根傘捅屎窟，捅死的。」「能死？」「不信，你試試。」他作狀去拔傘。阿富撒腿要溜。「我頂得住。」衣子鎮定地護他。死得大損市容，夠讓人咋舌。「有沒發覺，那廝伍姑娘提過？」衣子問。「誰？」「陳腎。」她說：那屎窟鬼，兩眉有長毛探出，霓虹裡閃動。伍姑娘男人，有這特徵。「不是失蹤了？」阿富說。「八成死了。」衣子推敲：「萬聖節，這是個聚處。」影影綽綽，趸進佐敦道，樂生園住的尼安德特一家，牛鼻夫婦，放牧着四個原始嘩鬼。麻雀館門前，嘩鬼撲騰，拔掉了牆根香燭，要圍插藏他媽肚皮裡的弟妹。

滿街滿巷，望不盡的尼安德特人。恆河，喀布爾河，尼羅河，棉蘭老河，卡普阿斯河，黃河……游過來，爬過來，跳過來的尼安德特人。不是說，三萬年前，都讓消滅了？消失了？海藎說，他們彩虹皇宮紫門那一戶，是孤證，是異類。「可這入眼的……」阿富好迷惘。「萬聖節。」衣子兀自提醒他。尼安德特族群，衰落主因，據傳，是喉頭氣道比智人短，難生共鳴，發不好「a」「u」「i」等母音。用語貧乏，溝通能力弱，描劃不出未來盛世圖景，只得跌跌撞撞，滾下歷史舞台。但尼安德特，沒準還是把一撥智人宿了，強橫的基因鏈，一直鎖死後起的，智人的骨肉；時辰到了，這條鏈，悄然抬頭；而且，從內而外，反噬外觀醒目，實質贕鳩的宿主。

新世代尼人，臍帶，纏結另一個尼人的臍帶，綑成團，聽任左翼毒蟲指使，碾壓這一路風景，讓繁華受驚失色；一條佐敦道、彌敦道的人，讓這原始基因，蠻荒信仰反撲，反咬出道道血痕。尼安德特人的前額，沒讓黑屌搗擂過，卻都比他阿富深陷。「好在你鼻孔不仰，不然，空氣都讓你吸沒了。」衣子說。「你笑起來，特好看。」「我凶起來，更好看。」她還是笑盈盈的；水母晶瑩裡盪着，也在笑。水母成災，是海龜、翻車魚少了；原始人，密佈街衢，油尖旺肆虐，會不會也因為沒天敵，沒老饕吃掉他們？去尖東海濱路上，他最希望，見到游過慘白街燈的海龜，見到翻車魚。

「以後，多出來走走。」阿富牽了她手。她不知道，要送走的水母，也叫衣子。「水母多養些，隔幾天，辦一回喪事，好出去。」她說。燈花燦爛，滿目異人。纏腳布，有纏到頭額的；世界顛倒，惡氣不蒸騰，都向下沉聚。尼安德特人積弱，原因複雜，有一說，是近親繁殖。圍一個大爐，不光取暖，還同類相食，相肏。一家子，肏來肏去；慢慢地，到了這代人，腦容量，回復祖先們的一千毫升；再逢上智能手機，勾魂吸髓，容量肯定更少。體毛，會全長回來嗎？敢情會。一嘴懶音，連誦詩，賣廣告，報新聞，都帶「香稈味」的新猿人，早驅逐所有的良幣。

這不是什麼文明城市，這是入侵物種佔領的泥沼；原來的生命樹上，結滿了黑色的菌株。語意含糊的物種，蓬勃蔓延。尼安德特人、香稈人、我城人、陰陽人，喪葬的路上擾攘。「人家是放生，你柒頭富，是放死。」衣子取笑他。尖東海濱花園一段長廊，廊外，海潮暴漲，不似平常；浮光忽紅忽綠，直撲人面。鐵欄柵的間隔處進去，兩人危乎乎的，各坐一根入海石樁子上。阿富沒把水母倒出來，他小心捧着，連那袋子拋入海裡。水母衣子，屬於他黃門那清淨「水域」，就盼漂出公海，浩瀚裡，脫身而出，回返空茫。然而，片晌湧動，卻像磕上什麼，黑水上膠着。再一看，流光裡，露出腥紅的一角，載沉載浮。以為是個工具箱，黑浪一推挪，聳起了，卻分明是一隻箱子，外殼棗紅，一磕一磕的，朝衣子漂過來，恍惚間，竟把袋中水母，徐徐往回推。

阿富也是納罕：「船上落下的吧？」鴨靈號才滑過，舷旁，幢幢的人影；三面枯帆，明燈上照，那水紅，紅得鬼氣；倒映波上，漾過來就三灘血。彷彿一船遠行人，此去萬里；有些行李輜重，載不動，隨水紋回到岸邊。「那是……」衣子臉上陰晴不定，囁嚅道：「我的箱子。」拉杆上有條小鏈子，扣連她失掉的一塊黑貓頭銅牌，浪花淘洗着，越顯清亮。「怎麼會在海裡？」四五米外，棗紅大箱子，冒出小半，阿富也是覺得眼熟。那夜，雨中追逐，載走他心上人，就這麼一款「靈柩」。

「不對頭。」他背心發涼。行李箱欹斜着泡水裡，明顯載了東西。「這藏的……」他要有一根魚杆，幾可以鈎住箱子拉過來。「撈上來再說。」正尋思對應，但見拉杆搖曳，銅牌上貓頭晃着；紅箱子，朝他倆磕了幾磕，竟是告別似的，突然，沉沒不見。再看那海面，袋裝水母，也隨一個箱子，消失無蹤。兩人望着散渙的燈影，良久，不能言語。「再坐一會？」他扭頭凝視衣子。方才動作大，頭頂的天狗鬼面罩，早掉了下去。一條浮鳩豎着，搖搖盪盪，竟像一根紅燭，一路拜這銀天金海。「回吧。」她無情無緒，說喪事辦完了，要渡的渡了。海面生風，生怕給刮走，只由得阿富攙着，跨過欄杆，回到人行道上。「尾班車快到了！請勿超越黃線，Please mind the yellow line！哎唷！痛死人啊……」老高朗誦着。抬眼看，那太子站「站頭」，焦黑紙台階迎人，地獄敞着門似的。「不逛悠了，搭地鐵家去吧。」衣子說。

浮生

——阿富和衣子的離島遊

「南極」招牌高懸，燈光，晃得人目盲，性商店開張了。就在吳松街，在賣咖喱蟹那大牌檔樓上，臨街橫着一面薄屏，上百呎，展示南極的玩具。晌午，吉時，熒幕一片黑，赫然，從右到左，反白大字，魚貫而出：「歡迎東瀛殿堂級男優舌藝宗師田中大鷲莅臨南極開幕儀式主持剪綵！」相續橫行，雪夜裡，無聲滑過的三十個車廂；過去了，首尾再相接，輪迴不息。時辰到，大鷲拾級上樓，階梯陰翳，冥鏹灰燼成堆，轉角處，牆根燭油黏附，竟似有人夜夜原地吐血。

三層樓，來的都喘氣，就這大鷲，連呼吸不像有。阿富激動，想到親爹失察，真落入他算計，竟不知對應，倒是合伙三女，學着日語門面話，齊聲說了歡迎。大鷲真身，沒黃片裡高大，是女優嬌小，托起他。大鷲能讀心，用簡單的白話說：「洞窄，火車顯大。」阿富吃驚的是，尾隨來的翻譯，八分像他媽小澤鯨。推想他未忘情，找個同款的傍着。「黑目柚，內人。」大鷲說。也是個女優，情態親切。算起來，該算阿富後媽。

海蘯，陸鱘，衣子，清一色白連衣短裙，他黑目後媽，是裙黑衫黑，一黑三白，一字排開，肉光緻緻八條好腿。這樣佈局，儼然小電影場景，大鷲是導演，是動作指導。他十指箕張，作勢掰屁股，扯屄皮，手把手，手把鳥兒，隨時撥草尋徑，助他深入。這是他期望的團聚？是大鷲家的庭訓？阿富承認，自己還是一顆受精卵，他爸狠肏他媽，性虐他媽的片段，在時間另一頭重播，的確，害他憋不住鳩硬；然而，同時同地，把南極這四個女人均勻肏遍，他沒這能耐。

「這活，真不是人幹的。」大鷲訴苦。「幹不來，炮機會取代你，替你幹。」阿富換了笑臉，招呼他喝水歇下。黑目幫襯着，綵帶拉起，四個女人，各掐住一段，中間虛位，等大鷲站隊揮剪。綵帶，大紅大紫常見；這五人，拈着橫在胸前，卻是一條白緞，飾以白菊花球。大鷲覺陰冷，顏色不對，向妻子求解。「店名南極，南極，冰封雪蓋，算你是黑人，照樣凍成蠟白。」海璗向黑目柚解釋，她們穿白裙子，也是為了貼題。「主題先行，需要的。」海璗說。

「有請田中先生！」阿富聞聲，遞上剪骨頭的大鉸剪，退幾步站定，舉機錄影。各人背後，黑油油一台美製炮機，嘎嚓嘎嚓，尖嘯着，適時啟動，十八厘米行程的鋼杆，推送杆梢插的一面白旗。那是一條絹子方巾，日常墊衣子臀下，接過好多泡沫。白旗，乘大鷲下剪，疾如閃電，他顱後揮舞，宣告攻門打洞，機動化了；男根失勢的時代，轟然到臨；那澎湃，那永恆的抽擊，分明諷刺大鷲的落伍，為他的臨床歲月，為他肏壞他媽，舔爛摳破半城女人，劃上句號。他要錄下這一幕，這台機器，徹底擊垮人類的一幕；以後，初一十五，臨街播放。他要羞辱他，要他為拋妻棄子，為所作獸行，向熙攘的人間，定期懺悔。

白緞剪完，揪着離散一簇白菊，大鷲轉送了使勁鼓掌的海璗。她脖子和腿彎的紅線圈映眼，他以為繩子勒的新痕。「出色！」嘴上稱賞，到底覺得過火。海璗分派了菊花，一人拈白菊一株，無聲肅立。大鷲身後蕭條，頓時，一派淒涼景致。陸鱘管財務，鞠了躬，白信封載的一紙支票，雙手奉上。市道不好，大鷲來港幾天，領銜的《金瓶梅雨》勢弱，熱不起來；倒是這南極，遷就他，提前開業，就為邀他去剪個綵，留個影。他覺得榮寵，卻難免犯嘀咕，生恐有什麼隱情。

阿富遞上名片，沒職銜，就「南極田中富」。明明是初見，那長相，氣質，卻似個熟人。「阿鯨，是你？」「我老母。」「姓田中？」「你不屌我老母，我還以為，我姓田。」阿富說一句，黑目翻譯一句。「你額頭，天然凹？」大鷲惋惜。破了相，損了貴氣。「你那一幫黑炭頭，人人有條搗藥杵，額頭讓搗凹了，我認命，胎裡要倒轉身來，換了屁股遭罪，我就能出來，菊花壞了，豈不成了未足月一隻屎窟鬼？」黑目，盡量去達意。大鷲聽完，問他：「黑人黑棍擂出來，有你這樣白潺潺的？」

「是黑是白，那還得問你。」阿富惱道。「這麼說……」大鷲瞟一眼他褲襠，憬然有悟：「見到親爹，照樣勃起，你有沒道德底線？」這是拐個彎，誇他兒子。畢竟，幹他這一行，動不動就鳩硬，早晚出頭。「我沒勃起。」「那更了不得，不得了。」大鷲歎了口氣，正色說：「阿鯨要早告訴我，我……」他踏出一步，擁抱他，一手拍打他籮柚，看來，是他表達父愛的方式。「隨我回日本，衣砵傳你。」幾下重拍，檢測出他臀大肌結實，大鷲認為，能鎖精不洩。事發突然，阿富也是迷惘。他沒料到，大鷲毫不掙扎，一舉認了他；香燈攞着，點起了，就等他繼承。

父子相認這骨節眼上，四女背後的進口炮機，停不了抽送，嘎嚓嘎嚓，噪音放大了，彷彿全人類的活塞運動，聚焦到一面白旗上，發出最後的悲聲。向吳松街那大屏幕，播送大鷲功業，舔屄舐屁眼特寫，都是阿富剪輯的精華；雖然，舔的是馬賽克，但滿嘴涎沫，忘形耕犁一幕，是油尖旺，那天最詭異的風景。大鷲不知道兒子要他出糗，對眼前事，他有些欣慰。「我對不起阿鯨，對不起你。」他說得由衷。阿富的嗔恨，沒有了，消失了，自覺不僅有長處，也有出處，他不再是一個孤兒。醒叔在樓下派傳單，廣傳南極消息。風大，傳單紛飛，飄舞着，撲上三樓玻璃窗，女人們背後黏附，紙錢兒似的。

在這個父子坦然相認，阿富心結盡解的夢裡，大鷲身後，那一台炮機，顯得格外清晰，細節分明。事緣不久前，他和衣子的確去了長洲，盤桓兩日，順帶取回來這極具攻擊性的機器。那天，長洲碼頭上岸，早約好物主，空闊地大榕樹下見。自稱「炮灰君」的，樹蔭裡候着。「圓框墨鏡為記，就那傢伙。」阿富說。「不會吧。」衣子見來人豪邁，黑皮膚，甚是神氣。「還以為是個大屁眼，要肏爆自己的猥瑣男。」她眼饞饞看着。「屁眼大小，看臉知道？」阿富不解。「不知道，去問啊。」說着，到了炮灰君面前。

原裝人造皮箱子，看着高檔。揭開檢視，墨黑磨沙主機外，鋼架、電線、配件，各有層格，整齊擺放；另贈品兩袋。炮灰君說：「慢慢玩，急了，凶險。」「語重心長。」衣子稱謝。貨銀兩訖，道不同，各奔東西。「人家拎隻皮箱，像個殺手。怎麼換你提着，似到長洲修水喉？」衣子取笑他。「想換？」「沒時間，不換。」「怎沒時間了？」阿富驚問。日來，常聽她說晦氣話，要有變故似的。「沉甸甸，先安頓去。」怕他累，建議先去「攞房」入住。

半路上，衣子對他說：「你讓着我，遷就我，我都知道。我最放不下，心心念念，就你了。以後，我走了，你把店開好，錢管好。騎呢人多，大小事，悠着點，硬槓不行。替人開檔，收攤，賣四仔老翻，沒前景，曙光不照你。影碟機不出產，你蒼井老師，小澤媽，大鷲爹，一屋光盤，留着做杯墊？你人柒——踏實，做蠱惑仔，委屈你。開店賣假屄，賣膠撚，地球不爆裂，一天少不得。以後，移民火星，莊稼，換地方能種；造馬屌，造狗鞭，總不好隕石坑裡設廠。讀屎片，年年出狀元；你好好幹，就一假鳩狀元，飛機杯狀元。」阿富垂了頭，半晌，仍舊問她：「你要走？我能讓你走？」

渡假屋，在東灣沙灘另一邊。房租過了賬，鄰近雜貨店取了門匙，就去開門。簡陋的廁所，淋浴間，空落落的白屋，擺一張雙人床，床邊櫃上一盞燈，床尾五六步外，大陽台開豁，鋪大紅方磚，三面及腰堊土牆。別墅老舊，孤立沙灘旁，高兩層。他們住樓上，光身子站堊土欄前，樓下過客，難得窺見。天熱，兩人進了屋，一塊洗了澡，水沒瀝乾，兩條肉蟲，撲倒床上，即驚覺床單氣味不對；水沾濕了，還透出一片斑駁陸離。揭起一看，都登時懵了。床單覆蓋的，竟是一幅世界地圖。

地圖由月經、破身的初血、淫水、臭汗、口涎、精液、潤滑劑、黃油、茄汁、芥末、湯羹、咖啡和茶漬；甚至，淋巴液、屎尿的遺迹構成；最離奇，五大洲齊全，亞洲、非洲、北美洲、南美洲和大洋洲；七色陸地塊，或愛液襯底，或唾沫細邊，或幾團瘀血攏聚；國境線，是有些漫漶，仔細辨認，幾個能稱泱泱的，總墊女人臀下，淫水潺潺，不舍晝夜。就這樣，強國弱國，大小雞巴澆注，化育成形，呼之欲出。「咱油麻地，是哪一灘精？」衣子笑問。「這兒。」阿富虛點一塊赭紅斑，斑上有小白點，料相去不遠。

「找塊放大鏡瞧瞧，看醛叔有沒街邊拉客。」衣子說。不管怎樣，這床褥，這髒穢的塵世縮影，就蓋了白布，是不宜上頭行事，更不能上面睡覺了。這光景，阿富回想，也是感懷。這一榻糊塗，人類交媾史這濃墨重彩一個封面；交錯地，壓印下青春軌迹的這紀念冊；紅男綠女，探索對方性器和排洩孔，留下的洋灑報告書，畫面噁心，那分泌龐沛的歲月，卻可觸可感。他和衣子，儼然掉進了慢悠悠的八十年代，失魂地，在一幢渡假屋着陸，床單的降落傘，不偏不倚，覆蓋着四十年前，那遙遠的某一天；而且，不慎攤開了，那本該屬於長輩們的，不衛生的歷史。

唯一能喚醒他，佐證他根植這爆炸性的現在，還有爆炸性未來的，就是那一台要命的炮機。「老一輩的青春，都這麼邋遢？」這樣的床褥，衣子能想像，是她爸那代人的集體記憶；說不定，她棄暗投明，老早改嫁的媽，就是在這幅「文學地圖」的烏有國境，懷上她；然後，離棄她。去海灘的上坡路，店肆之間，豎了好幾牆鐵絲網，網眼上，勾搭五顏六色鎖頭，縋着絮絮不盡山盟海誓。人進去了，儼然進了迷宮，掉入妄言妄語的森林。「咱倆，要不也買個鎖頭，寫句什麼搭上去？」「有吉位？」她問。再看，鎖頭密麻麻，鐵蕈菇一般佈着，早掛成了銅牆鐵壁，連出路幾也堵了。

「再說，你一肚屎水，能寫個什麼？」「流傳在月夜那故事，當中的主角極漂亮……」寫不來，他倒會哼一段。「老套。」她笑着啐道。鎖頭陣裡出來，再看對面商店，原來鎖鑰專賣，添塊小木牌，一段癡情，終可尋隙扣在路邊。「嗻錢。」衣子補了句。她想像在眾鎖之間，四個大鎖頭，鎖住她手腳，她大字形晾着，三道創痕儼然。她讓阿富鎖死她，從後㑚她，㑚她陰戶，㑚她屁眼，㑚得又急又狠。他那話兒，就像一個大唧筒，抽她穢氣，每一抽扯，她就孅一點。

她的汁，她的魂，她的過去，她的人生，就這樣，半滴不漏，沿龜頭的唧筒小嘴，源源啜入他五內。終於，她黏腸掛肚，在他血脈裡，住下來，陪他終老。悲哀，卻是最好的結局了。讓阿富肉扁，抽乾的她，成了一塊厚木片，一個皺皮「大」字。從我城，到我島，愛欲熏心的，又在她背上敲釘子。鎖頭搭上去，連原來的屁股溝，都縕滿了地老天荒；或者，阿狼愛阿雪，大魚親小春等，重甸甸，像她一樣質木；那文藝腔，卻要人死了還臀痛。等生鏽了，一場雨下來，誰見着，都以為路邊倒的豬血。

炮機的遙控器，四個鍵，英文標注功能。橫豎房間有插座，床邊支起架好穩住，鋼架下，四個吸盤，咬死光滑地面。開機，鋼杆動了兩下，嗚嗚響，氣勢迫人。按了個換檔的，淺進，淺進，突然一深進；再淺進，淺進，突然更深進。呼嘯着，越急越深，越深越急，發出飛機引擎聲，十八厘米伸到極致，轟個二四下，卻由急轉緩，周而復始。「確定不是拆牆用的？」衣子覺得，推近牆身，絕對磕得出個大洞。「可以調。」見左右有「十」「二」符號，速度調低，該捅不死人。皮箱裡贈品，原廠標配矽膠陽具，墨黑色，卵袋不算，莖粗五厘米，長二十二厘米。聊備一格。

「要不要試機？」她問。「不是試了？」「用人試。」她說：沒試過，光嘎嚓嘎嚓！怎知道能轟人？「不行！」阿富堅拒，這活，沒工傷賠償。「我來。」她情動，興發，不治理難受，也顧不得矜持，直接假公濟私。私處納不了這長短，要搗毀子宮，還是一板一眼，後門進去穩妥。她隨身捎帶了小罐豬油，屁眼塞進去一坨，撐鬆軟了，黑屌榫接上杆頭機關，通體多抹了油膏，就脫光了趴着，等阿富調好角度，即一手後伸，扒開一邊臀肉，將就着，啊噢！吃進去小半。「死硬，還是你蘑菇頭好。」迷亂中，仍照顧了他的感受。

插座離床鋪遠，電線連不着，本來上身搭褥上，屁股高抬，舒服受畗，沒這態勢突兀；不過，阿富沒見過這般光景，這浪蕩，恣肆，像全豁出去了，用一個翹臀，硬撼一匹鋼鐵小獸。「這東西，炮灰君沒準用過。」他說。「用過就用過，你給我調……」只催促他調到最慢速，適應了，再做計較。為防衝撞力猛，阿富倒體貼地，給她兩膝墊

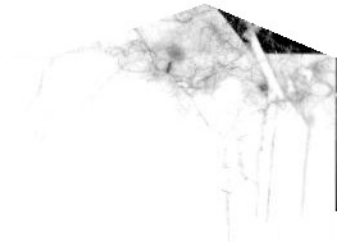

了枕頭。但手忙腳亂，顧得看她，錯按了程式鍵，換來一款講究衝突，奇峰忽起的，不像炮機行程，更像小說課程。

倏！倏！兩下短攻，陡地，倏——倏！盡根直入。「嗚嚄！」衣子長聲慘嚎。那雷霆一擊，腸內豬油滾沸，肛門迸出油星子。好在黑屌，有兩顆大黑卵蛋，根柢厚，能做緩衝。啪的猛一響，抵住衣子會陰，逕直兜了她起來，送了出去。要換了根無蛋的，陰莖進去二十二厘米，抽身慢了，炮杆再竄進去十八厘米，撐出一個腸直肚直，那是斷無生理。心念電轉，衣子已四肢離地，輕飄飄的，飛向陽台，撲落早鋪上紅磚地的床單。

管不了黑屌憑空抽插，一室機器轟鳴，他搶過去，看陽台上蠕動的衣子。「沒事吧？」他一臉惶恐。衣子卻笑得直喘，喘定了，問他：「你瞅瞅我屎眼，看有沒給轟爆了？」阿富扭轉身，輕掰她兩股，膩得流油一個黑洞，合不攏了，要吸他進去似的。「就撞開了。」他擔心有內傷，問她：「裡頭痛不？」「痛你阿母！下回，讓你試全十二種模式，十五段變速，你再告訴我『裡頭痛不』？」她嗔笑着，淫興，沒讓炮機擊退，婉轉地，含羞央告：「不是說『撞開了』？撞開了，你還不進去？」她探手他褲襠，抓他陽具，硬梆梆，卻在流口水了。

燠熱漸散，床褥不能睡，陽台早鋪了床單，阿富就和衣子赤條條，躺到涼浸浸地磚上。天色澄藍，薄雲扯開了，月亮圓熟，熟得掛不住。他和她，就像在大船甲板上，幕天席地，波瀾不興。第一趟，他脫離局促的藍房間，脫出幢幢水母的陰影。每一瞬，心頭烙印了，都成為回憶。衣子坐他身上，陽具囫圇吃進去了，仰了臉，腰臀有節奏地扭旋着，研磨着；他得保持挺拔，憋住，不能磨出東方的魚肚白。他喜歡這角度看她，喜歡僵躺着，就能滿足她；酥痳止不了，她會揍他，拔他的毛。

他看着她下頷，頷上白月瑩潤。興許，她正引頸舔那月盤，像舔他的卵蛋。古往今來，除了他，會有人覺得，月亮像一顆卵蛋？為了分神，他緊盯月面一塊圓斑，那蒼白的隕石坑，長出一根毛，隔着三十八萬四千公里，指向他，鼓勵他：「天亮前，血可噴，精不能洩！」沒三四個鐘頭，雞不會報曉，他那話兒，扛得住？撬來撬去，龜頭吐幾回白沫，眼看不成了，好在還知道，月球有一個撞擊盆地，叫寧靜海，美國人在那兒着陸。寧靜海，讓人寧靜。他得聚精，會神，把海找出來。

「軟了？」衣子停了聳動，屁股一抬，蔫乎乎溜出個東西。原來專注天文，精是沒想起要射；血聚到眼球，陽物沒了支撐，卻變廢物了。衣子沒責罰他，這難得良夜，把他當一根蔗，通宵榨汁，也蹧蹋了他，只挨他躺着，一塊兒賞月。「上面有海，寧靜海。」他說。「寧你老母個海。」她笑着回他。阿富握着她手，肉貼肉的，說了些閒話，月光刺眼，耳邊，潮聲沙沙，也實在睏了。朦朧中，卻見她起身憑欄，放目天海。「這是什麼？」衣子叫醒他，要他參詳。

一帶長灘，闃靜不見人。陽台下，幾十步外，浪花推送，拍過來都是藍燄。「這藍邊，鑲得好看。」「藍眼淚。」他說。一般在夏夜，受海浪等干擾，渦邊毛藻發出螢光，連海水染成了幽藍，也有叫這夜光藻，叫這海耀。對水生小動物，阿富有些了解。「去看看。」她說。「光身子去？」「灘上沒人。」說着，內衣不穿，套上薄薄白色連衣裙。

要邁步，腳下空虛，輕飄飄的，竟似踩在浮泡上，忙抓住阿富胳膊。

「腳軟。」她說，推想屁股聳得急，磨得久，氣虛力弱。載炮機那皮箱裡，炮灰君慷慨附送的，還有一綑棉繩。兩股線，紅白交織，約莫十米長，乍看，見紅不見白，本來就是綁女人用的。手藝好，一個女人，能綁成喜氣洋洋一隻鮮肉糉。「外頭風大。」她要他一邊繩頭束她腰，另一頭執手上。阿富摟着她，下樓到了灘上。她的輕如無物，讓他忐忑，生怕一鬆手，她就飄走，繩子也在腰上繞了兩圈，打了個活結；冗長一條臍帶，連着兩個人。

到了水邊，熠熠如萬螢飛舞，衣子張開手，海風吹來，整個人就斜斜地飄飛。阿富一驚，挽住繩子往下拽，一輪角力，放風箏似的，算穩住了，衣子浮在頭上五六呎夜空。「都怪你！」她笑着，居高罵道：「一味頂撞，熱空氣灌多了，我變氣球了。」竟真當他唧筒了，才說他吸乾她，抽她的魂；這會兒，卻怪他龜頭會鼓氣，能充填她。以為她四十四磅，是定數；突然失重，他惶恐之餘，哪有心情抗辯？只一鬆一緊迎風控着，讓她身子保持四十五度角，平穩地飄盪。

腳下不停，不覺走到水裡。那藍眼淚，那夜光藻拍上他小腿，濺了一褲子。垂眼看，他下半身藍了，襠部熒然有光，就這樣赤膊站着，連結着她，像藍淚上一根盡忠的鹽柱。她覺得，淚水要泡壞他。「你退一步，我上面看得遠，告你情況。」他放盡了繩子，綳着，她飛得好高；風靜，七八米上，兀自浮着。他感受到，甚至，見到她所見，那濕潤的，平鋪千百里的藍，無邊無際，一直蔓延。他漸漸明白，那是具體了，清晰了的悲傷；是他沉潛的悲傷，受到觸發，撞上岩礁，磕上趾頭，讓什麼硌着了，哭出藍森森一海苦淚。

他哭了，他覺得自己哭了，號啕大哭。「你嚎什麼？」衣子大聲問道。聲音從天而降，神靈在發話，他越發虛怯。「我不捨得你走，你不要走，我心痛，我難過啊！」按捺不住，又嗚嗚哭起來。幽藍，倏忽漫到天際，天就亮了。有風沒風，她照樣懸浮，要收回來，不容易。暗想：沒準龜頭真給她泵了氣，還是氫氣。「你放個屁試試！洩了氣，多半下得來。」「你自己放去！你還不明白？我歸天了，下不來了。」歸天，等如歸西？他不好問。

一宵腥鹹撲面，他口渴得不成，仰臉說：「我去買瓶水，你要不？」「我吃泡泡。」曉色初露，一條紅繩，連着天上人間。沿水邊，他走過大半個沙灘。人家遛狗，遛烏龜，他像遛一隻大號葵扇鸚䳇。那一刻，一種不可理喻的悠然，回來了，生活回來了。情景不常見，的確，誰有這樣福緣，遇上反重力一個女人？沙灘那頭，連通商店街，店肆未開門。記得斜坡路上，有一座汽水機；短褲口袋，有八達通卡，管用。屋叢裡，橫架着電線，電壓就算不強，不纏人，風無定向，害她磕上電線杆，也是不好。

「那邊有條木樁，繫船的，你把我綁樁上。速去速回。」游早水的來了，怕要扯她下來，當浮床騎她。樁上綁了她，為防生變，還打了死結。汽水機，有塑膠瓶裝可樂，他體貼，嘴裡叼一瓶，邊走邊喝；兩隻手抓四瓶，急忙往回走。鋁罐冷硬，扔上去，要沒準繩，會砸壞她；膠瓶易接住，一瓶失手，扔個三四瓶，總該有一瓶沒落下。她到手，自去搖出一坨坨白泡。

沙灘在望，百步外，一隻紅眼大黑鳥，竟立在石堆上，猛啄椿上紅繩。阿富大驚，四瓶汽水，出死力，連續摜過去。可惜，離題百丈，最後一瓶，直射半空，噗一響，重重擊中衣子臀部，餘勢推動她，直繞椿子盤旋。黑鳥沒讓嚇走，兀自啄啄啄，一秒一啄，時間催人，他腳下不停，朝衣子奔去。

「屌你阿富！我屎窟，坑過你？要捱你炮彈！」漫天環迴罵聲裡，差十步，就到椿前，繩子，卻讓尖喙啄斷。黑羽撲面起，搶過去，要抓住繩頭，卻差那麼一點點，攫空了。踹石頭上，縱身躥去，棉繩已離他一庹遠近，兩股線，分解出一紅一白兩綹流蘇，飄舞上揚。他着地仰頭看去，衣子扶搖而上，止了罵，淒然朝他揮手。「三代——」他長聲呼喊。突然，下體劇痛，醒了。「瞎嚷嚷的，作死？」原來夢話，吵得衣子睡不穩，惱起來，腳跟伸過去，碾他卵袋。

被害人林雀

——紅門窗外常香的稀客

「這活，幹幾年了？」林雀試探着問。「哪有幾年？」常香警覺，做得長，徒然涉事廣，只說：「才做沒幾天。」省了多費唇舌；來脫褲子的，樂聞保質期未過，屄洞新鮮。「這旺地，我是今天第幾人？」他問。「生意淡，你是阿一，頭啖湯。」對執尾籌的，她照樣這麼說。「本要早來。」林雀說。大廈門口，見醛叔替她馬檻拉客，他怕人認出，等醛叔走開，才躡手躡腳，竄進樓梯口。偵察了半日，算確定常香一戶，能直望樂生園七樓；只有這一戶，伸手幾能及海韆房間。

「那天，我壺裡投迷藥，你有沒見着？」他想這樣問她；問不出來，就拷打她。現實不容許，話，唯有婉轉：「你抽煙？」抽煙，得開窗疏散，對面光景，就一清二楚。「客人抽的。」她說。「我抽一支。」他借口開窗門。「事後才抽。」她說：事後不煙，不像辦過後事。「事前抽，一樣。」窗門推開，他半身憑出去。對面屋暗，窗玻璃上，半是倒影，半是實情，明昧之間，三隻紅衫青面鬼，拱護一個女人！一驚，縮回室內。再看，哪有什麼女人？就三個聚脂製品擺着。

「對面，做小姐的？」林雀問。「要爬過去吃鮑魚？」她問。他一楞，笑說：「好奇。」「來我房間，好奇對面房間？」乾脆以攻為守，等他說漏嘴，露餡。他心虛，編了話說：「那是鬼屋，沒聽說？」「聽說了，一屋四鬼，都厲鬼。」她順應他。林雀語塞，片晌，不死心，問道：「真沒留意，有什麼不對勁？譬如，有人舞大刀，放毒霧，撒白粉。」「撒白粉？撒了，氣氛好？有這腦進水的？」常香裝蒜。看到這水獺頭，這剛毛如刷的後腦勺，不由得想起，初到埗，推窗見有鬼祟人，向熱水壺投「檸檬酸水垢清除劑」。那黃色小包，盛的，肯定壞東西。

「的確，進水多了。」他撒入粉末，本來，就想讓那海殭暈厥，兩三個鐘頭，無知無覺；他要做，想做的做完，心願圓滿，自會把她洗淨，抹乾。她醒來，雲裡霧裡，不知道，不記得，大家仍舊笑面相迎，兩不虧欠。那多好？偏生一分神，就出個紕漏。那日，乘海礚外出，覷準皇宮裡，剩對面紫門一戶，老頭在咳嗽，節拍催人，臨事是躁急了。但演練過，心裡推敲過可能遭遇，按道理，步驟謹細，腳印抹除；萬年船，小心駛，儘可駛到目的地。

但百合匙一攮，進了那紅門，取出除水垢劑的包裝袋，他不輕率，不忽略細節，防人生疑，早把「九陽迷暈散」換裝入除垢劑的鮮黃小膠袋；可憾是，揭開熱水壺，袋口向下，正倒進粉末，不遲不早，忽覺背後有人窺伺；壺邊有小鏡子，鏡裡小窗前，人影晃動。心神一亂，手一抖，藥散，傾倒多了。適量，是預期的昏迷；人再懵懂，折騰完，頂多一兩天不省人事；昏睡時間長，他玩得更從容，更多樣，能更多刺探。

「誰害我往水壺，多撒了『除垢劑』？」這大哉問，一直纏繞他，困惑他。如果是眼前這娼婦，她會不會見過他，認得他？倆房間窗戶，架一塊板，能相通，算得雞犬相聞。這常香，要是在裝傻，那可留不得她，要尋隙清理她。那藏身暗處，壞他事的，八成是個女人，不揪出來，他隨時身罹法網，蒙牢獄之災。說到底，那還是害死他心儀對象，害死他海艕的兇手；他要為她，為成了一塊塊脂肉的她，找出罪魁，找出關鍵時刻，把一切導向災劫，包括，害他雞毛鴨血，不可終日的禍首。

「你來沒幾天。那之前的……鳳姐是誰？」林雀窮追猛打。「我怎麼知道？沒客人，轉馬檻唄。」常香說。「天有眼的，走着瞧。」他嘀咕着，心志堅定，有機會，他一準替海艕，替他自己報仇。說着，見房間一角，擺了個小冰箱，心頭一震，見了債主一般；再看，還是自己張羅到的，七個金田牌的同一型號。「怎麼來的？」「買的。」「這款好？」「擱滴露濕毛巾，大小正好。」她說：手帕冰鎮了，緊急關頭，屁眼沾辣醬，着火，擦一把能活，還爽利。林雀異常，他漠視嫖客權益，不關心後門護養；要究竟的，是雪櫃。

「哪裡買？」「淘寶啊。」她說。他沒這概念，問她：「多少錢？」「連郵費，四百。」「那我……」他開始嗥叫。原來他豐澤、百老匯、蘇寧，港九新界，大小電器行尋覓，兩天內，集齊七個，付現鈔，不同地區，手拉車兜住縛穩，親自逐一拖回同一地點。他怕上網搜購，怕留下手機查詢痕迹，打電話怕留下號碼，只得先近後遠，逐家問：「有沒金田 KF-090，46 公升，直冷式？」沒有。問分店地址；到埗，再問；一家家搜，走三家，運氣好，有一台；運氣不好，有，但沒現貨；可以留資料，貨到通知。他留資料，留個指紋，都有後禍。

第一天，十幾區走遍。搜到一個，公車接公車，回樂生園。停單數的電梯，突然壞了，卡在某一層。「這壞，真會挑日子！」咒罵着，搭另一邊，上「8」字樓，幾十級階梯下來，盒子太大，進得了鐵閘，要悄悄挪入自己綠門，恐怕過不了短短一段過道。樓梯拐角，把累贅包裝拆了，瓦通紙箱擺好，過防煙門，雪櫃抱到宮門前，覷進去沒見人。潛入屋，東西撂下，換了衫褲，戴不同帽子，又再上路。第一個，索價兩千，心裡早叫苦。存款，不到兩萬，早提出來了。怎麼計量，要一件不漏冷藏，雪櫃最少七個。

頭一天，花掉八千多，勞累到入黑，四個小金田堵屋裡，拾掇到清晨，枕着錫紙裹的肉塊，瞇一會，刮掉鬍子，換個新形象，等過道安靜了，再鎖門出去。就這通道誤事，稍寬一點，進得了家用大冰箱，選擇多，買一個，頂多兩個，擺十幾塊肉，綽綽有餘。眼下，勞民傷財，尤其傷財一項，最讓他懊悔。劏房，有個血淋淋劏字，卻絕不是屠宰的好地方。最後三個雪櫃，要買全，更費事，連屯門店僅餘的陳列品，他都急着抬走。「舊貨，減兩百。沒保養。」店員說。這算個喜訊，留幾百塊，稍後，買張車票，回樟木頭老家，再做打算。

搜全了，紙箱堆疊好，樓梯下來，卻聽阿富和紫門一戶說話。他閘旁柱後，等了半晌，卻到四隻原始嘩鬼，下課回來。書包一扔，過道上打鬧，腳撐兩牆，練壁虎功。要有一隻小人腳，無情力，踹開他房門，那可糟糕。他長拖板買了，六台櫃通了電。規劃，使鋸，行刀游刃，尚算得當；分剖完，推挪拼砌，整體七分之六入了櫃；剩幾件大腿上肉，紅線外再割細，方便揳位。就這幾件，紅膠桶裡，大堆冰粒鎮住，未裹以保鮮紙和錫紙。嘩鬼破門見了，捧出一兩塊，交他媽燉了當元蹄，最怕吃了沒中毒變啞。

陰影裡，等了半晌，又餓又累，頭暈乏力，坐小雪櫃上吁歎。沒想過遂了願，後來種種，煩瑣極了，還不足為外人道。幾經周折，七冰箱封好，樟木頭躲了數月，銷聲匿跡。但才安頓，心緒就不寧，總覺事情複雜，環節多，當中有個不虞的漏洞，有人揭露，有人舉報，恐怕等不到風聲過去，低調回巢，逐櫃出清急凍「鮑魚」，百般安排，都是枉然。「不打洞，死不了；不補漏，可活不成。」話雖這麼說，輾轉潛行，摸上這六樓雞竇，遇上辣手常香，適逢以「禮拜一」饗客，特大雞巴，隨時侍候，他更是悔不當初；當初，要知道淘寶，搞個假戶口，一車來個七台，省事省力省心，最要緊，省錢。

常香一說，他掐指算出，除了一場無謂的奔波，還多花了一萬兩千多元！他頹然坐倒，抱頭不語。常香脫剩內褲，抓住「禮拜一」，笑着他膝前晃悠。「要不要屌你屎窟？服務費，加一百。怕痛，星期日來。」她說。林雀見她套上腥紅膠手套，水潤潤，活脫脫一個屠夫助手，看樣子，是要起來反抗，手刃他這廟街屠夫。他有點恍惚，有氣沒力地說：「我就坐一會。」「坐一會，也要付錢。」她笑嘻嘻的。嫖客不坐她，坐床，她最高興。「怎麼一副死相？」常香假惺惺。

「讓人害慘。」他說。他沮喪，疲憊。在他大願得償，獸欲得逞，從海豔流瀉着神油的屁眼抽身而出，他沒得到解脫；他的磨難，那一刻，才宣告開始。他失魂落魄，走在鏡中形影，指點的岔路上。電冰箱籌集完，樓梯的瓦通紙箱，阻礙上落，惹人心生疑竇，他得一個個扔掉。海豔的睡衣，那順溜的藍；那臭絕人寰，卻讓他神馳物外，一雙短筒破靴，都得捨棄，得率先塵世埋沒。然而，黑貓瞪視下，他搬下去第一個紙箱，載着泡沫塑料和緞子睡衣，即遇大廈門口拍戲，港產片，幾百人堵着圍觀。

他縮頭縮頸，紙箱擋胸前，勉強踅進一條橫巷。花筱寧，那花癡婆，左右逢不了源，見他巷裡拋棄東西，等他走開檢視；箱裡，一套睡衣褲，質料上乘。抖開來，竟十分合身。「拍虐待戲，就穿這。」即場取了換上，擠身大光燈下，自覺一顯赫角兒。翌日，再去扔紙箱，卻是荷里活的來了，來拍街景，幾乎撞上一粒紅巨星。人馬雜沓，徒添心慌。想不到電影業的餘暉，那返照的迴光，害他一屋肉塊棄不了，連一堆紙皮，要擱下，都諸多顧忌。

「總之，晦氣就是。」他躺下來，着常香替他揉一揉頭額。她垂眼看他，覺得一根矽陽堵他嘴，壓入氣道，抓起個木頭座子猛敲，就可以了結他。可惜，那時候，雖意識到凶險，卻沒能確定，他熱水壺裡，投撒藥粉的意圖；沒能想像一個編寫「生肖運程書」的東西，會帶給人這般惡運。林雀，卻沉浸惱恨裡，他慘遭海儘魅惑，不能自拔，墮入這泥沼。他認為，坑害他的，歸根結柢，是思潮；思而成潮，就像鴇而成母，從來不是什麼好東西。

這海儘，胳肢兩窩腋毛，聽說，是女權主義、女性主義的象徵物。女性主義，他知道個鳥；但袁良月，那菊花導賞員曉得；我城書寫家，也曉得。那兩叢烏潤，是文藝的泉源。對於他，這失落了幾十年，屬於湮遠童年的腋毛，那濕膩的記憶，他沒想到，再一次，在樂生園的紅門重現。她和她的毛，誘惑他，招惹他，鼓舞他，唆使他越過黃線，再越過紅線。海儘堅毅地，保留和保守的時代，野性和感性的時代，迎風招搖。

他管束不了自己。為什麼要管束呢？他要入侵她，從內而外，啜飲她。那兩腋輕柔，他仔細刮落，順帶連恥毛，連肛毛，都抹上肥皂，剃得乾淨滑溜。他珍藏了，等同收納具體的一段純真歲月；除了歡慰，還興奮得無以復加。

良辰吉日，確定過道無人，他架起她，拖過橙黃二房，開綠門，把軟搭搭的她，平放褥子上。那時，他還不知道她沒了氣息；她身子還暖，奶頭錐子一樣要扎破睡衣的藍緞。左邊口袋，有個白線繡的「HeLa」簽名；簽名下，是最稱手的印鈕。他從腳趾舔起，千載難逢，絕聖棄智的三句鐘，他品嘗她，無微不至，無所不用其極。嘴巴，耳洞，肚臍，胳肢窩，陰戶；然後，鼓其餘勇，終點站：肛門。呂博士攤檔買的神油，他當潤滑液，灌她屁眼，自己陽具受用。褥子上，早鋪了塑膠床單，能防不測的噴薄。

「這一趟，我要屌到你飆屎！」他嘔心瀝血，創造了一個時機，他做了心理準備，還有生理準備。興頭上，她涼了，直腸不抽搐，不反應，他知道出岔子了。還是憋住氣，盡根抽送了幾十回，才腸子裡洩了。然後，是無盡的煩瑣，無窮的懊惱。首先，對留在腸道中，糞便裡爭逐的子孫，他憂心後顧。書上說，精子，死人體內活得更久。該死，但不肯死的精子，要讓人逮住，根查，會牽連上他。他把她挪近馬桶，跪着，屁眼朝上，一個對刀鋸，頂禮膜拜的態勢。他擰掉蓮蓬頭，直接用喉管，塞入她肛門注水。

水勢強盛，灌滿了，稍一擠壓，屎漿噴湧而出，飛竄入桶裡。反複灌注，噴出清水來，還不安心。洗手液噴嘴，對準前後門內射，再大水急沖，泡沫散盡，琢磨大小腸，乾淨得能白焯，能清燉，才拔出喉管；然後，擺平她，喉嘴伸進喉嚨，替她洗胃。內外洗滌完，抹乾，他想到，該全盤規劃後續的一切，逃躲這一場意外的餘波。「只能分割了，十來塊，大小相若，趁月黑，逐一扔到世界的四隅。」耳邊響起聲音。

廟街，有月黑的時候？怎麼割？割成多少貯存？那是當前要務。龍友會的蟑螂主任，派了他幾支「永不褪色」紅箱頭筆，他得用心計量，再在膚肉上，劃出下鋸作依歸的紅圈。紅圈八個，他把海礚翻來覆去，盡可能畫得準確，而且美觀。「時間到。請吧。」常香在他耳邊說。林雀側着頭，睜眼，只見到櫃面豎了「禮拜一」的小金田。他的恨更深了。要不是讓這單位的一個小姐害苦，十八區積存的七個小雪櫃，肯定還賣不出，等清貨。

佛頭之下

——醒叔那一疊報紙的頭條故事

樂生園比鄰，老樓門首有個雨篷，醒叔總坐陰影裡，為常香姐兒們拉客，仍舊逢人薦介：「頂樓三個女人，一個長相好，一個服務好，一個你肯將就，就什麼都好。」他偏喜常香，不忘續一句：「屎窟痕，找阿香，好到離曬譜。」黃昏，日影移過摺凳，燈光迷濛，人類的食欲，短暫地，蓋過性欲的時段，胸前縋的背包裡，十吋厚一疊舊報，他照常抽出來壓膝上。都是頭版，都是要聞港聞部分；圖大，字小，標題聳聽。報紙，他慢慢看，新舊不講究，一天讀個半版；讀完，墊最底下，一整疊鎮壓住。報頭漫漶，紅藍纏搭，瞧不出邪正。

向晚，浮面一疊，頭條大圖：亂石灘，一隻半開棗紅箱子，變形的一隻大蚪，伸出來雪白一條小腿，塑料雞巴四五根，點綴在箱子豁口周圍。綠波推擁，拉杆扣死一面銅牌，鏡頭前，反射曙光。圖片說明：汀九橋底，麗都灣旁石灘，漂浮行李箱內藏女屍，約二十餘歲，屍身赤裸，肛門和陰部，遭釀入特大黑色肛鞭，緋色矽膠陽具。根據箱子黏附藤壺推斷，估計海上浮沉數月，唯屍身全沒腐壞，鮮嫩如生，見者稱奇。警方掌握線索，正循死者指甲殘留物，包括行凶者皮屑，厲行偵辦。據稱，鎖定數人，皆為某龍友攝影會成員，多文教界翹楚，懷疑凶手，借外景拍攝為名，誘騙女子當私影模特兒，到指定地點淩虐，甚至殺害。報頭，沒見日期。醛叔膝上，諸相紛呈，卻全是錯亂的時光。

暮色裡，藍色雨篷下，紅箱圖片浮現這一刻，百步之外，阿富和衣子，相攜走到廟街頭，面朝佐敦道牌坊。長洲一夜，噩夢，真實而悲傷；痛定了，他不再給衣子買瓶裝可樂，他買瓶裝雪碧。「我要吃泡泡。」衣子說。橫豎道旁有便利店，風大，囑她抓住牌坊下一庹寬擋路欄杆，左右旁顧，不似有紅眼黑鳥這等威脅，轉身去買飲料。不見膠瓶裝雪碧，在罐裝雪碧，膠瓶裝可樂之間，他猶豫片刻，噩夢的陰影，籠蓋他。他不能讓一個瓶子，擴大陰影的邊埵。不旋踵，握着寒徹骨一個綠鋁罐出來，佐敦道上，一部拖頭，突然，煞停了車。那車拖架上，橫枕一個金漆佛頭，慈眉善目，碩大無朋；顱內，似容得下百人。就這樣，嘴角含笑，向他這邊覷着。

阿富向左側了頭，要直面法相，倏地，萬籟，連萬緣寂靜，那頭顱，朝他傾斜，從拖架翻落，鼻頭磕馬路上，龐大，但安靜，甚至，那翻覆，有些輕靈，遮沒老樓舊店的背景。然後，燈燄迷離，金燦燦一座後腦勺現前，過客散盡，就剩背向金顱，笑容淒美的，他的三代。她斜倚路障，渾不知身後光景。他驚愕，驚愕得失聲，揮手要她避一旁去。彌勒佛頭，剎那間傾覆，圓滾滾，恰恰一個輪迴，肥圓寬厚，一隻右耳罩下。噗的一聲濁響，竟把衣子嚴嚴的，鎮壓在耳窩裡面。然後，塵境金黃耀目，佛頭仍舊枕着，大概牌坊兩邊楹柱，擋住了去勢，穩穩地，眼皮離他三呎，朝他微笑。

「怎麼回事？」當下，以為又做夢了；但凡遇見膠瓶可樂，就做離奇的夢。這一回，怕是衣子冥頑，滿嘴的粗話，上達天聽，彌勒菩薩，枉駕降臨，收歸耳下，讓她帶假髮修行。「三代！三……」他慌惶失措，蹲下來呼號。途人聚過來，抓住眉頭，揪緊眼瞼，兜起鼻孔，拉扯嘴角，竟真能扳動巨物。原來佛頭，泡沫塑料製成，髹以金漆。

物料雖輕便，但體積巨大，還是難以着手。無身佛，鬧市過街，事出有因，傳兩地合資，拍神怪片，特製了浮誇道具，不想運送途中，前車遽止，後車拖架磕拖頭，橫生出奇禍。

「使勁！起——」吆喝入耳，阿富回過神，合十數人之力，竟真把佛頭掀起，佛鼻朝天，一個齊脖子橫斷的頭顱，搖擺着。那大耳窩，分明一兩人能蜷臥，揭起來，金漆漩渦晃眼，但顱外顱內，怎麼看，就是一無所有。人呢？怎不見了？「三代……哪去了？」他聽聞有「耳食」一詞，他女人，莫非真讓一隻耳朵食了？這一食，還食得屍骨無存？殘渣不剩？那一刻開始，他就在牌坊周圍，繞着圈兒，尋覓他的衣子。半年後，他才一點點，一點點的相信，夢裡那紅眼大黑鳥，尖喙的啄啄，從沒消停；一啄一秒，那些「死去活來」的時光，是流逝了，回不來了。

翌日，黃昏細雨，醛叔藍篷下，兀自讀報。頭版換了，覆面頭條，主圖調成黑白。樂生園大廈，電梯門開了，是撬開的。鎂光燈下，女人挨鐵壁坐着；發黑的是膠雨衣，是瘀傷；發白的，是膚肉。電梯壁，貼了幅尋人啟事；要尋的，隱約是「海璗」。圖中海璗，笑着，似安慰受困者：困電梯，常事，死不了人；除非這樣的老樓受困。文字解說：突遇停電，升降機，卡大廈五六樓之間暗槽，達數月。近有業主籲集資，維修故障。最後，攪下鐵箱籠「5」樓開門，終發現死者。經調查，為油麻地某桑拿浴室，俗稱骨場員工。推測凌晨下班回家，電梯驟停肇禍。手腳掌、膝蓋有傷。穿制服，着拖鞋，披連兜帽猩紅雨衣。衣上雨水，受困數月，竟似未乾透。

醒叔認得這骨妹，見着，會打招呼。這段新聞，要不是因緣成熟，翻了上來；要不是電梯門打開，發現了屍體；瑿珀一樣，無比緻密的漆黑裡，這一劫，永遠封存，永遠沒人揭露，破解；說不定，還會塵世流轉幾十年，一切會在老路上，開花結果；一切不會中斷，她會有陷入那一台電梯，或者說，那一架刑具之前的人生。刑具，不都擺在刑訊室，或者地獄；刑具在明，也在暗，在所有潺滑的角落；斷頭台那一張薄刃能割斷的，一部電梯，一輛車，一個瘋子，能輕易做到。但那幀照片，讓人覺得，受困之後，她出去了，肉身在外。數月的塵世遊，續了舊緣，卻趕在維修工，破門開閘前，回到牢籠裡。

醒叔讀報，再讀報。燈影裡，舊聞陸續推送到眼前。這天，圖片背景，是大角嘴某一條天橋下，石礎邊，五六張黃傘，拱成的一個黃篷。風大，黃傘飄移，現出一架手推車。木頭車上，一個載洗衣機的瓦通紙箱，封條裂開，紙皮揭起，裡頭蜷縮着一個中年漢，穿着斯文，臉貼鑲金邊赭紅枕頭，但西褲褪下，可見肛門裡，攮進了一柄斂起的黃傘，傘柄埋入大半，分明是致死主因。據報道，枕頭為一部大書，是硬皮燙金精裝《紅樓夢》，厚三吋許，書脊、硬皮封底有十道凹痕，其中三處極深，全跟雨傘把手的圓頭吻合。可以推斷，傘笠捅入直腸；傘柄，屢經文學巨著敲打，逐吋深入；可惜，遇阻滯，最後三記猛敲，直搗臟器，致人於死。足證經典，經受得推敲，為促成該「讀書人」的身故，作出重大助力。根據書皮和黃傘上指紋，警方抓獲自稱花士苓女子，懷疑有妄想症，只承認為產品代言，使用劑量不當，過少，導致揳入困難，費力；認為受戳一方，沒配合施為，直腸過短，才出現偏差。「終日花十苓塞人，這回讓他過足癮。」疑凶說。

仍舊是尋常的一天，舊廈雨篷，難得收斂起。暮色，有些黏糊，從斑剝的牆身滑落，附到醛叔身上。這一天，終究要來。「一個長相好，一個服務好，一個……」話，再有深意，到底用老了，比人還老；這世道，除了一兩個詩人，沒有誰僥倖靠三幾句話，混一輩子飯吃。讀過的小疊報道，都涉身邊人事，墊了底，推上來的，自脫不了連帶關係，鑼鼓敲響，到了他登場。的確，頭版一幅大圖，場景空曠，日頭慘白，天藍得似有黑幔襯底。工地上，散佈青磚建材一個大坑，側臥着一個虛胖中年人，後腦勺有個大洞，幾能嵌進去一塊磚頭。

那隕石坑一樣的凹陷，脫俗地，圍了一圈肥壯白菊花，一重重同心圓漾開去，像時光的漣漪。當那菊海的浪沫，無聲拍來，拍到他腳邊，他垂下頭，看着核心的自己，他成了一個漩渦，把自己吸了進去。那天之後，沒人再見過醛叔；甚至，沒人記得，他長年在樂生園附近，為嫖客點燈，為雞蟲指路。

荒廢工地上，屍體，怎麼會被發現？卻原來，阿富想起衣子說過，某天，海璗紅門房內看去，對面馬檻，菊花精袁良月，用皮帶抽打常香臀部，比照了撻痕，竟和她身上瘀青，毫無二致。衣子佛頭下消失，他徬徨無告。三日後，去報案，知道如實奉告：「我女人讓一個大佛頭『耳食』了。」衙差會當他去攪局，會懲治他；於是，時序推前，指稱衣子讓《字架》月刊的袁總編，用一隻棗紅大箱子擄去。「那傢伙，帶團飲屍水，一個油麻地，都知道他不地道。」唯一有意識的衙差說。一經偵查，果然，這插菊花的，犯案纍纍。刑訊之下，供出有一回，拖一隻大紅箱子，棄屍途中，遇醛叔銜尾窮追，心中惱怒，躲暗處，待醛叔經過，一枕青磚，砸他腦勺。醛叔非官非宦，他沒腐化；他躺在磚堆裡，櫛風沐雨，等菊花開落。

醛叔不見了，沒了，留下一張摺凳，凳上一疊報紙，或新或舊。鋪面一份，報道工地屍體發現，菊花精被捕受刑。天氣壞，路過的，信手牽了去遮雨。上下循環，換了光陰，最早雨中出場的，卻最後露面。「玩雀，玩出火！」標題僋俗。面頁大圖，七個金田牌，調轉了朝外，櫃門全啟，冷藏品，堆壘在周圍。錫紙包裹，或大或小，十幾個，鏡頭下發光。包裝紙，有些拆開了，似是帶骨頭的肉塊；有一塊，該拍到肛門和生殖器，打了馬賽克。房間狹隘，膠桶、漂白水瓶、刀鋸等工具堵塞。雪櫃擱地面五台；第二層，倆面壁的，照樣扭轉向外；七張闊嘴，白森森，扣喉挖掉了獵物似的，作勢反噬。錫紙墊着的一顆頭，脖子貼櫃頂擺穩，齊人高，注定成眾生焦點。冷藏期長，短髮似掛了霜，眼睛瞇着，嘴巴張着，舌尖微吐，彷彿無休止地，沉浸悅樂裡，忘其所以。

圖片解說：這類劏房單位，一般鋪設數吋高地台，各房間渠道、水管、電線，地台下縱橫交錯，宛如葉脈。凶案被揭露，事緣某日，戲稱「彩虹皇宮」的劏房單位，綠門「4」號，門縫冒出嗆鼻青煙。當時，全屋就對面紫門「7」號，有一老頭，屬新石器時代人種，擅長咳嗽，懂電話報警，喊了句：「屌你老母！救我……」濃煙，熏得他咳不出聲，死了。消防員破門，追尋源頭，發現青煙出自七個冰箱下，地台板塊的縫隙，查明為電線受潮，讓鹹水淹了，短路起火。雖濃煙瀰漫，但地台下小火，缺氧自滅。煙散後，檢視現場，發現雪櫃中，藏女人屍塊。由於規劃得當，有個佈局，不類時下肢解案的粗疏。事態簡明，警方鎖定該房租客、冰箱物主林雀，人稱雀叔，為頭號疑犯，明令通輯。

雪藏人頭，隔一塊薄壁，正對阿富床頭；兩張臉，吁寒問暖，一直面面相覷。最讓他背心發涼，雙腿發軟，是綺夢裡，他捧持過一個矽頭，驚惶裡，矽嘴還咬住他陽具。還有，那天黃房裡，籌謀開「南極」店，海鐽挨靠薄牆，耳邊喤喤，竟似那死人頭在鼓噪。「一個死人，跟隔壁自己的一顆死人頭親近，互通有無，這正常？」驚詫，到了盡頭，是痲木。他枯坐褥上，站不起來。

厚積爆發，是那一玻璃缸藍水，沖出這人人樂道的慘案。衣子消失第七日，阿富兀自尋索。半夜，回樂生園「7」樓，精神惝怳，壓根沒察覺，扯門拉閘，搭上的，是停單數的電梯。故障沒了，修復了，壁上尋人啟事，撕走了；陪他節節上揚，仍舊是暗槽裡，陳年的積臭。他成了一團走肉，甫進屋，褥上癱臥，水光掩映，瞥眼間，只見四隻水母，陸鰐、松香、海鐽，偏紅林雀，半浮不沉；觸手，看似還在招展，卻不過是他這人形氣泵，用一串串氣泡，推動牠們。難不成是這些泡泡，映照出諸般形相？興許，都逝去了，就這一口氣扶持着，推搡着；七色門，六根六塵，五彩水族，都是虛妄。

扭頭，見那紅漆木雕天狗鬼面罩，就在身側，凸出的長鼻，抵住他尾椎。「帥爆了的……撚樣！」他的衣子，這樣誇過他。因為悲哀，因為思念，再一次，他戴上那木雕鬼面。眼孔小，視野窄了，世界，剩兩個圓洞。他覺得，可以戴着這猙獰面目，過完這一天。然而，要站起來，卻見不着腿，踩上了個地球肛塞，一失足，向前撲倒。那實木長鼻，直磕上圓筒，竟把水族箱鑿破，哐啷一響，玻璃迸散。他褥上坐倒，涼水潑了一身淋漓。不見外傷，面罩撞脫在地。突然想起，那夜，偕衣子去送水母，這紅漆天狗，早掉入維港，隨一隻紅箱漂遠。怎麼這會，卻在原來地方？他一個廟街小混混，能承受這沒冷場的折騰？再苦，再難堪，因為三代，因為這愛，這欲，這纏綿，他還是寧願，這一切，真實不虛；即使腸胃沉墜，心頭有東西硌住，他還是希望，這經歷的，譬如，舌探飛機杯，誤吞彈珠的情節，確有其事；而他慶幸，檢視那一盤波子棋，各陣營，果然分別缺子一枚。這倒好，過兩天他死了，火化，承衣子所言，說不定，真會燒出來一把舍利子；遺世的一掌顏色，就像他飽滿的劏房歲月。

二零二五年七月十七日

摳門鬼隔壁沉睡

作　者：鍾偉民

出　　版：真源有限公司

地　　址：香港柴灣豐業街 12 號啟力工業中心 A 座 19 樓 9 室

電　　話：（八五二）三六二零 三一一六

發　　行：一代匯集

地　　址：香港九龍大角咀塘尾道 64 號龍駒企業大廈 10 字樓 B 及 D 室

電　　話：（八五二）二七八三 八一零二

印　　刷：美雅印刷製本有限公司

初　　版：二零二五年八月

初 版 一 刷

PRINTED IN HONG KONG

ISBN：978-988-70897-5-9